# 樱红蕉绿

乐 心 ◎ 著

上海文艺出版社

图书在版编目(CIP)数据

樱红蕉绿/乐心著. —上海:上海文艺出版社,2024
 ISBN 978-7-5321-9044-7

Ⅰ.①樱…Ⅱ.①乐…Ⅲ.①散文集—中国—当代Ⅳ.①I267

中国国家版本馆CIP数据核字(2024)第109390号

责任编辑　冯　凌
特约编辑　长　岛
插　　画　王　君

**樱红蕉绿**

乐心　著

上海世纪出版集团　上海文艺出版社
上海市闵行区号景路159弄A座2楼　201101
上海文艺出版社发行中心发行
上海市闵行区号景路159弄A座2楼206室　201101　www.ewen.co
苏州市越洋印刷有限公司印刷
开本880×1230　1/32　印张12.25　插页2　字数191,000
2024年6月第1版　2024年6月第1次印刷
ISBN 978-7-5321-9044-7/I·7119　定价:68.00元

**告读者　如发现本书有质量问题请与印刷厂质量科联系**
T:0512-68180638

樱红蕉绿

寻找沙蕾

草叶编

小镇晒春

# 时间的河流上布满花朵落枝（自序）

有一年我住山里，春笋正旺长，友人指着山坡上的竹林说，新出的笋能顶动几百斤的大石头，夜里下雨，春笋一夜会长一尺。晚上他做了个记号，第二天一早我出来量量，果真长了一尺。

在生命蓬勃的力量面前，我觉得时间好像露出了一瞬间调皮的笑容。

有一天，百岁翁给我发来一个语音说：中秋夜，锡强看好了时间，11点钟的时候，我们出来看月亮，天上一丝丝云都没有，此时月亮又大又圆。啊，想到我们之间友好的关系，但愿人长久，千里共婵娟。

在生命绵长的岁月里，我觉得时间好像呈现出了一种静美的柔性。

我特别喜欢自己散文中，那个用麦秸秆编草戒指、天竺果作红宝石的女孩；那个给别人写了半世墓碑，最后笑着给自己写挽联的人；还有那个酿酒师说的话："一个人活着，有等待、有回味的东西，才有意思。"

时间和生命是一个永恒的命题。

孔子感叹"逝者如斯夫，不舍昼夜"。

在流逝不停的时间之中，相信仍有不变的坐标。《孔子从未远离》，《穿越千年香如故》的苏东坡风神俊朗走来，是我对永恒生命的致敬。

而我更多的是站在故乡的时间河流上，溯流而上，我看到献出年轻生命的杜夫，看到东方既白、渐行渐远的提灯人梁厦先生，看到那时候的沙蕾先生、瘦石先生。我努力打捞他们精神深处的片段，举杯敬那些过往。然后我顺流而下，走向现在的时光，去看永远生活在农民心里的赵亚夫，去看两个快八十岁的犟老头打船圆梦航太湖……

我看到了时间河流上布满的花朵、落枝。看到河流之中，花朵与落枝之间生命的倒影。无论是蒋捷的"樱红蕉绿"，沙蕾的"时间之歌"，亚夫的一次次"记得"；还是雄心勃勃地创业，到慢慢地陷入抑郁症痛苦的朋友D君。我看到时间河流上一个个芸芸众生，既普通又不普通的灵魂。

在时间之河里，有的人立定了，有的人在迷茫中被河流带走了。

以前读蒋捷的词"流光容易把人抛，红了樱桃，绿了芭蕉"，只会浅层次地理解生命时间，当我倘佯在时间的河流中，看风景看人事，与那么多了不起的灵魂相遇，发现时间在朝我微笑。原来，时间过去了，它没有把我们抛走，我们生命的精神就凝结在蓬勃的绿芭蕉，甘美的红樱桃里。

乐心

2024年2月8日

# 目　录
## contents

瘦石先生……………………………………… *001*

寻找沙蕾 …………………………………… *009*

秘密会议中的人 …………………………… *017*

亲爱的杜夫同志 …………………………… *025*

野萍………………………………………… *033*

风骨………………………………………… *037*

提灯人……………………………………… *045*

徐悲鸿父亲的偶像 ………………………… *053*

赵亚夫的"记得" ………………………… *060*

少莉与春荣 ………………………………… *068*

时光深处我看见 …………………………… *081*

那些村　那些人 …………………………… *088*

唐门遗韵…………………………………… *096*

世济其美 ……………………………… *104*

打船记 ……………………………… *112*
酿酒师 ……………………………… *120*
说书先生 …………………………… *127*
铜匠 ………………………………… *135*
放蜂人 ……………………………… *143*
能工巧匠 …………………………… *150*
父亲的歌 …………………………… *159*
故乡三女儿 ………………………… *165*
莫先生 ……………………………… *175*
经纪人 ……………………………… *182*
百岁翁 ……………………………… *190*
仰望星空 …………………………… *199*
素华 ………………………………… *202*
写碑人 ……………………………… *207*
世间丰盈 …………………………… *211*

穿越千年香如故 …………………… *217*
灵山随想 …………………………… *221*
孔子从未远离 ……………………… *231*

| | |
|---|---|
| 竺山的模样 | 238 |
| 风雅金陵 | 246 |
| 致敬蒋捷 | 252 |
| | |
| 美栖 | 262 |
| 老亲家 | 270 |
| 小镇短歌 | 279 |
| 勉哉!同学 | 288 |
| 乡食 | 294 |
| 市井 | 302 |
| 民谣 | 311 |
| 卖萝卜的涟上人 | 318 |
| 温情豆腐 | 325 |
| 余光中乡愁里的桥 | 329 |
| 老树 | 337 |
| 草叶编 | 345 |
| 心中有桨 | 354 |
| 草木 | 357 |
| 光阴故事 | 365 |
| 樱红蕉绿 | 374 |

# 瘦石先生

1

瘦石先生的父亲叫尹荫琪，因身形魁梧，镇上的人都叫他尹大魁。这是个非常和气的人，大脸盘，总是穿着灰色或藏青色的中山装。因为他当过居民代表，好多人尊称他为尹代表。至于他本名，反倒没有多少人知道。

我小时候常跟母亲去尹家，母亲是东街居民小组长，跟尹代表走得很近。另外，镇上的居民每个月凭购米证领取粮票，我们这个片区领粮票的地点，有一阶段是在尹大魁家。每个月25号，由粮管所的工作人员集中发放，大人没空去的话，会派小孩去领粮票。

我最初知道尹瘦石先生，是听尹代表跟我母亲攀谈，当时他吃的中药丸，是大儿子瘦石从北京寄来的。那个中药丸外面包裹着一层蜡，装在大栗样的黑壳子里。壳子口子上有螺纹，可旋动开关。我很喜欢这个黑壳子。尹代表就把药丸拿出来,空壳子给我玩。我至今记得这个细节。

有趣的是,老街坊锡芬妹妹跟我说,她小时候曾经跟外婆去"访人家"。当时,有人将瘦石先生的弟弟安石,介绍给她表阿姨,外婆和表阿姨的母亲有一天吃过晚饭,特意到尹家去坐坐。尹父和安石都不在家,只有安石娘,也就是瘦石先生的后母在家。锡芬的外婆是个厉害人,出了尹家门就说:"不灵,人家太小气,上门去,糖都没拿一粒出来给小孩吃吃。"

锡芬说完这件趣事,我忍不住哈哈笑:"你外婆眼神不灵,不会看人家。"

锡芬听了我的话也笑了。事实上,外婆因为患白内障,街坊们都叫她瞎婆婆。锡芬长大后,每每想到表阿姨生活曲折多磨难,就会觉得外婆偏见,因为一粒糖,坏了一门好亲事。不然,跟尹家结亲,多好呢。

不过,现在回想起来,尹家当时比较落薄,瘦石先生被打成右派,送北大荒农场改造几年,此时虽已回北京画院,但右派帽子估计还没摘。安石在乡下插队当农民,娘在门口摆个小摊,卖些针头线脑和糖果,补贴家用。这样的家境被锡芬外婆嫌弃,也属正常。老妇人只关心柴米油盐过日子,不会看到有文化的人家就是不一样。比如,家境落魄中,尹父还热心公益事,在镇上北街图书馆义务当管理员。安石下乡务农，依然有梦想，后来考上大学。

周铁镇上的人，当时只知道瘦石先生是有名的书画家，至于多少有名，并不清楚。

先生十八岁离开家乡，早年间投身抗日救亡运动，转辗武汉、重庆、内蒙古等地，中华人民共和国成立后，才有机会回到阔别十几年的家乡。之后，他又历经运动，下放黑龙江农场劳动。当时因为信息闭塞，他的消息传回来不多。

一直到20世纪80年代，他在北京文联、中国文联担任要职，家乡关于他的美谈多了起来。说得最多的是，当年他与柳亚子先生在重庆联合举办"柳诗尹画"，有幸为毛泽东主席画肖像，并得到主席为画展题签。

乡人们谈论到瘦石先生，总是很亲切。这么有名的大人物，回来一点架子都没有，是个厚道讲情义的人。

## 2

我年少时，路过北街冯俊昇家，多次停下来，看他店堂里挂的奔马图。简陋的店堂，因这匹马有了华彩。这幅画是瘦石先生赠送给冯俊昇的，他们是发小。

冯家旧时开布店，家境比较富有。后来落难，生活黯淡，冯俊昇摆个小摊头，卖铅笔、橡皮、练习本之类的杂货。瘦石先生非常挂念旧友，以画相赠。这让人对冯俊昇另眼相看，走过他家门口总会驻足观望。

东街的杨寿春，过去在镇上煤球店里做煤球，脸面总是黑乎乎的。街坊们说，当年寿春跟尹瘦石一道离开家乡，在贵阳谋到文书一职，因受了精神刺激回乡。我小时候听了半信半疑。后来，寿春在贫病交困中死去，他的儿子顺清跟邻居们说，准备到北京去找尹瘦石先生。街坊不信，都笑他，尹老是有影响力的书画家，岂是你能见到的？可是后来大家都信了，还当佳话传。

顺清当时穷得连路费都没有，向别人借了一千块钱，贸然到北京。瘦石先生不忘当年与寿春的情意，接待顺清，送给他一幅《奔马图》，上书顺清贤侄。得知顺清喜欢画画刻印章，还送了他一盒印泥、几枚寿山石图章。

先生的厚道温暖了贫贱卑微的人。

南街有个叫沙风寰的人，过去跟瘦石先生家是前后邻居。

沙家兄妹凤骞、风寰、娓娟，学名叫沙蕾、沙恒、沙慈。瘦石先生跟沙恒和沙慈走得很近。沙慈活泼开朗，长得很好看，瘦石先生喜欢这位邻家妹妹。但是，所有的美好在日本铁蹄踏入江南时，如影破灭。国家存亡到了危急关头，不愿做亡国奴的瘦石先生离开家乡，沿长江艰苦跋涉，用了一个多月时间，最后抵达武汉，参加抗日义勇军。

而此时，沙家大哥沙蕾已是有影响力的诗人。弟弟沙恒（风寰）报考了中央军校广西分校，随后参加武装抗日。

抗战胜利后，风寰离开部队回到周铁。因为家里良田多，他被划为地主成分，加上在国民党军队里当过少校，境遇可想而知，很多年里接受监督劳动。

已是名人的瘦石先生回家乡，总会找风寰叙旧，青春的火焰不再，友谊却如温暖的柴炭。他也没有忘记沙慈，有次出访到加拿大，还特意去看望定居在那里的邻家小妹。老邻居几十年没见面，格外激动，因司机开车认错了路，到约定的地方时，天色已晚，瘦石先生端详了沙慈好一会说："娓娟，你还这么漂亮。"

在异国他乡还能见到年少时的邻家哥哥，沙慈很欣喜，过后写信给周铁的哥哥风寰，讲了见面细节。

3

瘦石先生在满意的书画作品上，往往加盖"仰雪词馆"或者"风烟一壑家阳羡"的印章。

"风烟一壑家阳羡"出自清代文人朱彝尊的词句："风烟一壑家阳羡，最好竹山乡里。"意思是：家乡在山色秀丽的阳羡，最妙的是，正好是竹山先生（蒋捷）的故里。

离家六十多年，终究还是要回到这个地方，一个名叫家乡的地方，那是他一世的念想。

1994年，瘦石先生将自己的主要作品及珍藏的书画文物无偿捐献给家乡。一百四十多件（套）珍品中，有他本人各个时期的作品，还有书画大家的真迹：黄宾虹的山水，何香凝的墨梅，徐悲鸿的奔马，潘天寿、熊佛西、唐云等人的画作，叶圣陶、郭沫若、丰子恺、沙孟海等人的书法。

周铁建尹瘦石艺术馆，赵朴初先生题写了馆名，端木蕻良撰写馆记，黄苗子篆额，金石大家陈复澄书碑。这一切，都源于瘦石先生良好的艺德画品。

有次他站在《铁骨霜啼看绝尘》作品前，跟周铁文化站站长闵定一说，在香港展出时，有人出高价要留下此画，他没有答应。

可见家乡在瘦石先生心中有多重。

尹艺馆大厅里的书碑上，他加盖了两枚钤印，上首是"世居三万六千顷"，下端是"白首契阔"。

读懂他印章的意思，也就懂得，什么叫树高千尺连着根。1998年4月，瘦石先生去世，家人遵照他遗愿，将其骨灰送回家乡，投入太湖母亲的怀抱。

那年，骨灰撒入太湖后，盒子就埋在周铁尹艺馆附近的亭子边。后来，尹艺馆书画藏品由市里接收，宜兴美术馆建了先生雕像，家人想把骨灰盒安放在雕像坐基中。搬迁时，尹夫人吕秀芳掏出一个锦盒，里面珍藏着先生以前掉落的二颗牙齿，她想放进骨灰盒内。当时，在场帮忙的两个乡民缩手了。闵定一对瘦石先生很敬重，他没有顾忌太多，上去帮打开了骨灰盒。他看见里面有先生用过的四样物品，一副眼镜，一支毛笔，一枚印章，一块紫绛色小石头。睹物思人，他像跟自己的老父亲一样说话："尹老，市里的尹艺馆环境好，更适合书画珍品的保管珍藏，现在我带您随书画一起去吧。"

说着，他将先生的牙齿放进盒内，抱着骨灰盒上车。半个多小时的车程，他双手紧紧护着骨灰盒。

多年后的一个下午，闵定一跟我谈起瘦石先生，依然满怀敬意，过去的细节蓦然放亮。先生亲和随意，比如，喜欢喝酒，但不一定要茅台，人投缘的话，泸州老窖也喝得乐悠悠。他也不要地方领导作陪，老乡家烧菜粥、烤韭菜饼、包馄饨，他视为最隆重的招待。有时候，酒喝得高兴了，他会讲笑话，惹得别人哈哈笑，而他自己一点都不笑。

我忽然觉得，活在人心中的，往往不是一个人高坐云端的样子，而是平常平易中细小的动人之处。先生艺德画品为世人敬仰，而家乡人最感念他的是，厚道、有情、谦卑。

以前先生回乡,都是住在周铁银燕宾馆,在迎来送往中,这家宾馆的主人胡燕萍与尹老夫妇结下深情,瘦石先生去世二十多年,胡燕萍年年清明都会献上鲜花纪念他,如同父亲。

2022 年 7 月 8 日

# 寻找沙蕾

我在周铁寻访沙蕾足迹,走过他走过的街,吹过他吹过的风,耳畔仿佛响起他的诗句:

可是你瞧不见我/我有隐身术/我唱着赞美诗/你以为是风的歌

我不觉会心一笑。久远的沙蕾先生,鲜活如昨。

我穿过大半个宜兴城,在东山新村一处老房子里,找到他弟媳徐皆敏。九十五岁的老太太打开抽屉,捧出两本影集,里面有沙家人的照片,有她从报上剪下来收藏的沙蕾生平旧文。

这个炎热的夏季,我尽力打捞出诗人的片鳞半爪,读他的诗集《时间之歌》,在能查找到的史料中,在追忆的文章中,沙蕾清晰起来。

沙蕾生于1912年,他本名叫沙凤骞,沙蕾是学名。

沙家在周铁镇上是望族,沙蕾伯父沙彦楷是清光绪年间的举人。民国十二年,曹锟竞选总统,出重金收买议员,沙彦楷不为所动,毅然辞去议员回家乡。那一年,沙蕾十一岁,正在周铁竺西小学读书。伯父一身正气的风骨,想必给他留下深刻的印象。

沙蕾从小就喜欢"叹诗"。他自言一生爱"诗姑娘",从小就认识,而且热爱她。

一个人的心灵发育史和精神成长史,与养育他的一方水土和少年时受的教育有关。周铁是诗意之地,小镇往东三里有个福善寺,南宋词人蒋捷归隐此地,写下"流光容易把人抛,红了樱桃,绿了芭蕉"的名句。周铁也是忠勇之地,小镇往西三里有个唐门村,住着岳飞后裔,精忠保国的正气歌代代传唱。

沙蕾身上既有江南人的温情,也有大西北男子的豪放。因他祖先是陕西回民,所以,他后来被标注为"回族现代文坛最为重要的诗人"。

沙蕾成名很早,二十一岁就在上海出版诗集《心跳进行曲》。1937年,抗日战争全面爆发,他离开上海,转往重庆,与文艺界的名流发起中华全国文艺界抗敌协会,并出任《回教大众》半月刊社长兼主编。

这个时期，他以笔作刀，在《抗战文艺》《大公报》《新华日报》等报刊发表了大量抗战诗歌。他还和胡风、老舍、茅盾等人一起组织了"诗歌晚会"，讨论抗战诗歌的特征、诗与歌的关系、诗歌语言等问题。

回望那时的沙蕾，一腔热血，在国家存亡的危急关头，有担当有作为。他的战斗诗充满力量，他的抒情诗更为出彩。有学者评价：那些诗可以说是完全独出心裁，无论在表现情感的深度上，还是在对于美的追求上，都是新诗史上少有的杰作。

我通读了他的诗集《时间之歌》，里面收录了他八十一首诗。他的诗精炼、含蓄，有意境，有哲理，生动形象。我读着读着，情不自禁朗诵起来，甚至萌生出一个想法，有机会要在沙蕾的家乡周铁，组织一场朗诵会，让年轻一代读一读这位乡贤的诗。

这是一个以诗为生命，有热能，很不易熄灭的人。

现在打开百度，查找沙蕾，跳出来的词条中都有这样的标签：陈敬容前夫。

这样的标签，沙蕾先生如果活着的话，或许并不喜欢。

因为这段感情起始热烈而浪漫，终以苦涩痛苦而结束。

陈敬容是著名的九叶派诗人，出版多本诗集。她掌握英、法、俄三种外语，翻译的《巴黎圣母院》《安徒生童话》《绞刑架下的报告》等都是经典，其中单本发行近百万册。沙蕾与她生活五年多时间，生有两个女儿灵娜和真娜。

诗人通常浪漫，感情丰富。陈敬容高中时代，接受白话诗歌的熏陶，对外面的世界充满了向往。十五岁那年，她从四川乐山离家出走，与英文老师曹葆华私奔，途中被追赶而来的父亲带回。曹葆华将陈敬容的诗歌习作《幻灭》带至北平发表。该诗的最后一句是："叹息我从未翻起过一朵浪花的平凡的生命。"

过了三年，陈敬容再次离家，独自到北平，在曹葆华的引领下，进入了文学圈。两人共同生活一段时间后分开。之后，陈敬容认识了同为诗人的沙蕾，被他火热的情书情诗打动，1940年跟他到兰州生活。

抗战时期的兰州属于大后方城市，较少受到战火侵袭，且又是连通西部各省的重要中转站，因而吸纳了不少流亡作家在此聚合。初开始，夫妇俩经常在家中，以咖啡招待友人。他们还即兴朗诵诗，抑或发表一些关于诗歌创作的理论观点。

就沙蕾的文学历程而言，流徙西北兰州是一次重要的转型时期，或许因为兰州是大后方城市，加上沉浸在新婚的甜蜜、喜悦之中，这时的沙蕾很大程度上把精力投入到"浪漫的抒情诗作"之中，吟咏着诗与生命的光华。但是美好的光景很快被现实击碎，他们相识相爱相离的年代，正是战乱之际，因渴望相拥，因失望分离。

云上写诗的文学伉俪，泥里生活，最后过成一地鸡毛。沙蕾的文字中，我没找到这段情感的记载，陈敬容的《盈盈集》中，有一首《骑士之恋》的诗，里面的骑士隐指沙蕾。

"你用什么利箭／射落了那高飞的鸟／说呵，我的骑士？"／"用我的鲜红的心／涂上一些更红的谎语。"／"啊，我的骑士，你又用什么良药／重振那带血的羽毛？"／"用了一些适当的谴责／和及时的暴戾。"／"她可还能快乐地高飞／我的骑士？她可依旧／在四月的阳光下歌唱？"／"不呵，她再不高飞也不能歌唱／只在我的园中默默地低翔。"／"那么，请你回到你的园中／让我在这儿独自眺望／看白云自在地飘航……"

面对生活中缺少责任感的丈夫，陈敬容选择了离开。女儿沙灵娜好多年没有见到母亲，直到 1954 年读到妈妈翻译的捷克小说《绞刑架下的报告》之后，她含着热泪给妈妈写了一封长信，诉说对她的思念之情，寄人民文学出版社转交，之后母女才重逢。

沙蕾文学创作跨度非常大，从20世纪30年代到1986年去世，一直没有停止笔耕。中华人民共和国成立后，他回到上海任星火出版社总编辑，1984年增补为全国政协委员。

我查找到沙蕾年老时的照片，长方脸，浓眉大眼，头发向后梳着。穿着毛领皮衣，脖子上戴着围巾，依稀可见俊朗的底色。

这是一个生意盎然的人，如他诗中所说：

我的生命的树 / 没有年轮 / 因此，我和自己 / 是忘年交 / 我既不稚 / 也不衰老 / 血管里居住的液体是鹦哥绿的 / 孔雀蓝的……

诗人的活法与常人不同，住着陋室，追求精神上的丰盈。沙蕾最后的生活，可以从有关追忆文章中得知。知名学者止庵是沙蕾的忘年交，他在沙蕾去世后，赶到其住所，"那地方非常逼仄而潮湿，墙上到处都是他的诗稿和小幅的女人头像的铅笔画，他的画画得很传神，但也都是潮乎乎的。"止庵当时的感觉，仿佛是大片在雨中凋谢的白色花朵围绕着他空空的床。大概这也正是一个诗人的活法。而他猝然离去，也正是一个诗人的死法。止庵先生交待沙蕾最后的那位女友妥为保存他的诗稿。

我注意到，"最后的那位女友"这几个字，可见沙蕾一生不缺女友。

沙蕾早年投身抗日救亡，个人生活不顺。他年轻时离开家乡，几十年里回老家的次数屈指可数，我能找到他与家乡联结的痕迹，现在只找到他给周铁小学的题词"伟哉母校"。

他一生写了多少诗，现在已没有人知道。他有好多诗没有出版，终是遗憾。

当代著名诗人舒婷曾经写过一首非常有名的诗《眠钟》，纪念老诗人沙蕾。其中诗句：

怀念的手指不经许可／深进你的往事摸索／也许能翻出一寸寸断弦／细细排列／这就是那钟吗／人在黑框里愈加苍白／凤凰树在雨窗外／兀自／嫣红

是的，人在黑框里愈加苍白，但是，凤凰树在雨窗外，兀自，嫣红。我们怀念他。

寻找沙蕾，我看见他诗歌生命的《火把》：

他——
燃烧到死，
默默无言。
他对世界
太爱了！
说什么好呢？

2022 年 7 月 22 日

# 秘密会议中的人

## 1

画家陈行晔创作了一幅版画《秘密会议》。此画再现了1923年地方党史中的大事件：无锡第一个社会主义青年团成立。秘密会议中的六人，居中而坐的应该是团支部书记张效良。

张效良四十岁去世，在现有党史中，找不到他的一张照片，非常遗憾。这张版画让人尤感亲切。我很想知道他更多的故事。在翻阅《宜兴党史》等文献资料时，我发现张效良生平事迹，最早来自宜兴党史工作者董镇湘前辈编写的《张效良传略》。这个母本，后来被无锡、宜兴多种版本的志史应用。董镇湘1986年写的这份传略，因为受当时查寻条件限制，以及知情人记忆偏差，今天看来内容比较简单。于是，我向张振强提议，一起追寻。

振强是周铁人，与张效良是族亲，他对先辈怀有崇敬之情，且在无锡长期从事档案工作，精于梳理搜寻史料，而我擅长寻访调查，彼此分工配合，也许会有新发现。

果真，这一追寻，掀开了张效良波澜壮阔的真实人生。

现今高度发达的网络，给我们提供了极大的便利。我们穿越时空，查寻搜索着。

振强利用数据库，将上海图书馆收藏的1923年《申报》上有关张效良（志和）的十六份报纸内容下载下来。

九十九年前的报纸，完整记叙了张效良新加坡拘禁事件经过。

他被拘捕的原因是"印刷国耻之二十一条件"。

所谓"二十一条件"，即1915年5月9日，袁世凯与日本政府签署丧权辱国条约，中国人将5月9日定为"国耻日"。

张效良早年追随孙中山，辛亥革命失败后，他曾在无锡县立第一、第三高小任教，1919年赴新加坡，在南洋日夜学校当校长。

1923年5月9日这天，是"国耻日"纪念日，张效良印制传单，宣讲不忘耻辱，强我中华，被新加坡政府拘禁。这件事，在当地掀起轩然大波，华侨纷纷声援。但当局不肯放人，受困异族，张效良在狱中给上海各团体写信呼吁。

这封信，他托中国驻英领事伍璜的外甥火成礼带回国内。

1923年6月6日，《申报》第13版刊登了一则新闻《华侨印刷传单被囚之呼吁书》。

张效良当时用的是张志和这个名字（志和是他的字）。呼吁信摘要如下：

> 上海各团体诸公均鉴，敬恳者，志和只凭一点良心，服务于教学界者，忽忽已十二年于兹，南渡迄今亦将四载，本年五月九日，因印刷国耻之二十一条件，是夜九时许，被居留政府之华民政府司拘禁，至十二日，判罚二百六十元结案。讵至十八日午后一时前，警探长带同暗探二名到校，谓"华民政府司请你会话，语毕即返，决无他事"云云，志和即随之登车。先至警务所，旋即送入此间（四牌坡西廊岭拘留所）转瞬又一周矣，未知何日释放……

张效良在信中讲述了拘禁经过，希望得到援助。

这份呼吁书刊出后，引发了国内营救张志和热潮，《申报》跟踪报道，前后有11期报纸关注了此事。在多方努力下，被关押二月余的张志和出狱，7月10日被新加坡当局押乘浩生轮船，驱逐出境。15日，张志和抵达香港，逗留四日后，改乘新宁轮船于23日上午抵沪。

张志和回到上海，受到了各界人士的欢迎。1923年7月24日《申报》第14版，发表了他的谈话，致谢各方营救："鄙人在狱时，由南洋学校校董暨诸同事为实力上，与金钱上之援助，诸无所苦，且每日有小学生名洪水才者，送饭至狱，得无呼食之虞，极为感佩。此次被释均由南洋亲友与上海各团体、各报馆之力。"

《申报》上的内容，讲明了事件真相。现今无锡党史、宜兴志史材料中记载："1922春，殖民当局颁布了一项苛刻的教育条例，摧残华侨教育，张效良联络组织各界华侨到督署请愿抗议，并进行示威游行，被殖民当局逮捕。"这说法今天看来不怎么正确，根据知情人口头叙说整理的内容，显然没有张效良自己写的信、发表的谈话，来得更真实确切。

2

张效良终其一生为战胜恶环境而奋斗。一份九十九年前写的建团宣言，至今读来让人激情满怀：

> 我们现在承认和恶环境奋斗，是我们人类底天职；并且相信我们底奋斗，确有善化恶环境的可能……很盼望海内外有心世道的同胞们，快快风起云涌地团结起来，积极努力地奋斗下去，往后终有战胜恶环境的一日，才不辜负造化给我们一副无上智慧的灵性。

1923年，对于张效良个人来说，是人生中极为重要的时间节点。这一年的9月17日，他在上海加入了中国共产党，成为宜兴早期共产党员之一。

这一年的10月，他创建了无锡第一个社会主义青年团，担任团支部书记。

我们从多份史料中，找到了他入党、建团的佐证。因为他在新加坡的爱国行为，回到上海后，党组织对他格外关注。1923年9月17日，经无锡同乡糜文溶介绍，中共上海地方执行委员会兼区执行委员会第13次会议批准张效良（张志和）候补党员，并立即派往无锡，开展党的活动。

那么，组织上为什么要立即派张效良到无锡呢？

当时中共上海地执委兼区执委负责江浙两省党的发展工作和革命运动。他们首先确定了要在南京、无锡等地建立党组织。因为无锡有发达的近代工业，工人人数有七万左右，工人运动十分活跃。其次，五四运动后，无锡已有一批进步社团，积极传播研究新思想。这是建党的组织基础。

张效良离开大上海回到无锡，再次到县立第一高小任教。在海外当过校长的他，屈就当了一名代课教师。他带着使命而来，个人得失抛开不计。很快，他通过糜文溶的关系，结识了唐光明、徐萼芳、糜辉等进步青年，并在学校里宣传革命理论，宣传反帝反封建。学生薛萼果（后成为经济学家的孙冶方）、顾葆仁两人经常到他的宿舍去玩，听他讲爱国故事。在他的教育启发下，薛萼果和顾葆仁加入了团组织。

1923年10月的一天，张效良秘密通知在锡的团员，去城中公园西社开会，正式成立社会主义青年团无锡支部，他担任支部书记。联络地点设在徐萼芳与人合开的洪泰烛号内。

我这次追寻，发现1923年12月9日的《申报》上，刊登了无锡组织青年团的消息："旅锡学界张志和等，因闻各地均有青年会，唯无锡独付缺如，年来风俗骄奢，一般青年之堕落者，不胜枚举，为挽回风俗计，特发起组织无锡青年团……"

这个组织实际上是无锡社会主义青年团的外围组织，

以便公开活动。

张效良忙着筹备这个组织，刊印简章及宣言等事宜。长年奔波劳累，全身心地投入，此时，他的身体出现了状况，得了肺病。1924年1月，他回家乡周铁养病。

3

张效良回乡养病期间，他的妻子赵衡去世，孑然一身的他变卖部分家产，购置医疗器材和药品，与同村好友谢绍柏创办竺西医院。贫苦人来看病，不计诊费。谢绍柏就读过南洋大学医科，负责坐诊帮人看病，张效良则以这个地方为联络点，培植革命力量。

1927年3月，北伐军赖世璜部到周铁，张效良组织群众欢迎。在北伐军的支持下，他在傍杏村成立农民协会，提出"打倒土豪劣绅""反对高利贷剥削"等口号，发动群众与当地的恶霸作斗争。

傍杏村，现在隶属于棠下村。根据史料记载，张效良1928年葬于傍杏村西。寻访中，我在村民张达初的引领下，找到村西的位置。

张达初八十三岁，据他说：1927年万益等人领导宜兴农民暴动，张效良带领周铁的几个农民赶到宜兴城里攻打县政府,当时曾叫他父亲一道参加,父亲胆小,没有去。暴动失败后,张效良躲藏在船底,上面盖着木板和芦席,避过了敌人的搜查。船开到无锡,他在一个远房亲戚家暂住,后来肺病发作去世。

张效良没有子女,是嫂子和侄子去无锡,含泪把他的灵柩运回来,葬在傍杏村西边。20世纪70年代,农村搞格田成方,其坟墓被平掉。

我听闻后有些惋惜。

时值寒露过后,遍地金黄,风送来谷物生长的气息,繁茂丰盈的当下,令人更加怀念先辈英烈。

2022 年 10 月 25 日

# 亲爱的杜夫同志

1

小镇早先有个关帝庙,庙旁边有一户姓屠的人家。父亲叫屠天德,四方面孔,高高大大。屠天德在镇上木排行做朝奉,掌管木材经营。民国时,关帝庙附近住的多是贫苦人家,屠家相对富裕些。屠天德的妻子识字,面容娇好,喜欢绣花。夫妻俩有个独生子,名叫屠廷干。这孩子长得眉清目秀,聪明机灵,父母对他疼爱有加,供他读书。及至成年,送他到上海学生意。

上海康元制罐厂是资本家开的大厂,屠廷干学徒期间,被厂方送到香港学习石印技术,回来后成为技术骨干。抗日战争爆发,上海沦为孤岛,一腔热血的屠廷干返回到家乡参加了新四军。

周铁的乡亲当时并不知道,屠家儿子秘密做的工作。

李锡芬小时候听外婆讲过。一日,天刚蒙蒙亮,外婆出来上茅坑，隐约听到有人在喊。她寻声望过去，见关帝庙后墙边有人向她招手，走近一看，原来是邻居屠家的儿子，他腿受了伤挪不开步。外婆见状，赶紧去屠家喊人来，把他驮回家。

屠廷干在家养了一段时间伤，有一天出门走动，驻扎在镇上的一个日本兵，见他走路一瘸一拐，上前厉声盘问。这个日本鬼子会讲简单的中国话。屠廷干说，不小心跌伤了。锡芬的外婆正好在旁边，外婆胆大，上前帮腔，说他真的是在家里跌伤的。日本兵狐疑地打量了一番，才离去。事后外婆说，要是日本人当场撩开他的裤子，就要露相了。

这之后没几天，屠廷干就离家外出，从此没有回来过。多少年后，外婆仍叹息不已，再也没见到这个高大英俊的小伙子。

屠妈妈因为日夜思念儿子，精神失常，每日痴痴地站在家门口，翘首以盼儿子回家。

为了安慰妻子，屠天德从外面领养来一个儿子，叫屠继承。

街坊王全英回忆，屠妈妈平素在家绣花、描花样、看书，很安静。病发作时讲胡话，跑出来寻儿子，周铁镇不远的大区村有个土地庙，她总到庙里去，求菩萨带她儿子回家。

可她的儿子一直没有回来。后来，政府送来了烈士证，街坊们终于知道屠家的儿子是了不起的人，但具体细节无人知晓。

市镇两级烈士名录中，有关他的文字，不满一百个字。他二十六岁短暂的生命，到底有哪些经历？屠廷干与杜夫是不是同一个人？他与《太湖报》有着怎样的关系？这些都成了谜。

张振强对史料收集有着超乎寻常的敏感。最近他在网上看到范征夫回忆杜夫（屠廷干）的手稿，即与藏家联系。对方是范征夫的扬州同乡。张振强说，巧了，我是宜兴周铁杜夫的同乡。你把范征夫的手稿转让给我吧。

张振强拿到手稿后，将有关内容发给我看。这一看，着实把我生生打动，那个被战友们亲切地叫"杜夫同志"的人，是如此鲜活。他活跃在上海，打篮球、演话剧。他冒着生命危险护送新四军突围，东进开辟抗日根据地。他引领范征夫走上革命之路，他筹备《太湖报》等，这些鲜为人知的故事，让谜一样的人物丰满了起来。

2

杜夫是屠廷干参加革命后用的名字。从范征夫的手稿中，可知杜夫早期在上海参加抗日救亡运动的细节。

1938年秋天，十七岁的进步青年范征夫搭乘一条小木船，从家乡扬州出发，穿过满目疮痍的日军占领区到达上海。他想寻找去延安的关系，但因人地生疏，又缺少路费，未能如愿。在不得已的情况下，他进入上海康元制罐厂当了一名小职员，等待机会再赴延安。

在厂里，他与杜夫一见如故，非常投缘。杜夫身高一米八九，是厂里的篮球健将。两人同住一个集体宿舍，晚上一起去中华第四职业补习学校上课。

这个补习学校，公开负责人是爱国民主人士姚惠泉先生。实际负责人是中共领导下的上海职业界救亡协会领导人王纪华。范征夫和杜夫在这里补习文化的同时，还读到了陈望道翻译的《共产党宣言》、艾思奇的《大众哲学》等进步书。他们爱好话剧，加入了学校剧社。杜夫还牵头组织了一个读书会，八个进步青年结拜为兄弟，"金兰谱"非常特别，除了每个人的姓名、籍贯、地址、年庚外，扉页上还写有"铲除黑暗、追求光明"的宣言，全文共五百多字。

1940年元旦，杜夫和范征夫上演了反饥饿反压迫的独幕话剧《米》，杜夫扮演的是青年工人，女工张蕙兰演他的妻子。这个话剧演出获得了许多掌声，但也因此激怒了厂里的资本家，下令禁止演出。

这年春天，杜夫接到家乡来信，新四军第二支队到了宜兴。他和范征夫商量,以"病假"为由,先回去打听一下,接上关系,然后一起去。

家乡来信,实际上是一个叫王细苟的老乡写来的。王细苟也叫王云,他是中共太滆中心县委书记陈立平的爱人田树凡发展的党员。当时,田树凡接受党的指示,要将前身是《突击报》《前驱报》的油印抗日小报,改为《太湖报》。她通过常州地下党组织买来一台石印机,机器来了,却没人懂得石印技术。王细苟提议找杜夫帮忙。田树凡同意后,王细苟给杜夫写了一封信。

杜夫接到信后就回家乡,也就是在这之后,他参加了新四军,与田树凡一起筹备办《太湖报》。出版报纸,缺少编辑人员,杜夫想到了范征夫,于是从宜兴赶到上海,表面上是向厂里续假,实际上是来带范征夫去宜兴参加新四军。

得知杜夫返回上海,厂里几个工人立即去宿舍找他。杜夫告诉大家,他家乡的抗日武装多次与敌人展开斗争,破坏公路,剪断电线,迫使日伪军在碉堡里,不敢轻举妄动。许多青年工人听到这个消息非常兴奋。当场表示要去参加新四军,杜夫对他们说,第一次带范征夫,然后让他们分批过去。

于是,范征夫以有事回乡的理由请假三个月,随杜夫到宜兴。他们从上海乘火车到无锡，转搭小轮船到周铁桥。杜夫家就住在河边，离他家不远处有一座桥，桥上有日本人的碉堡。

晚上，杜夫的父母为了招待儿子的把兄弟，特意做了几样好菜。吃过晚饭，两人抵足而睡，杜夫忽然问范征夫："我们是什么人？"

范征夫不假思索地回答："我们都是共产党呀。"

杜夫笑道："我是共产党员，还是这里的支部书记，你还不是。你虽然信仰共产主义，为党做过工作，但还没有正式加入。"

范征夫听了这话，心里很着急，翻身而起，问怎么办？杜夫说："别着急，我已经把你在上海的情况向这里的党组织汇报过，很快会有人帮你办理入党手续。"

第二天，杜夫带范征夫去宜兴闸口，见了中共太滆中心县委书记陈立平等人，得知范征夫在上海写过文章，陈立平很高兴，留他下来，跟田树凡一起办《太湖报》。

这张抗日报纸在敌后方千摧不垮，发行量最多时有三千份。日本人扫荡时，他们将印刷机放在船上，在湖上到处流动，遇到敌情，船就藏在芦苇荡中，继续编印出版。

而范征夫在杜夫的引领下，从此真正走上了革命之路。

## 3

筹备《太湖报》后,杜夫没有参与编辑工作。因为他有更重要的任务。皖南事变后,从新四军军部突围出来的大批同志,转移到了太滆地区,除了少数同志留在当地参加抗日外,大部分人向东挺进,渡过太湖,到无锡南部、苏州西部等地去开辟抗日根据地。杜夫是周铁地下交通站站长,在转送同志东进中,他要掌握敌情,联系马山岛,安排食宿,组织船只,派向导和水手,护送出港。出湖的港口有两处,郑渎港和沙塘港。沙塘港离周铁镇一公里,那里驻扎着伪军一个连,一不小心就会出问题。

杜夫觉得,这些东进的同志没有牺牲在"皖南事变"国民党的屠刀之下,他们经过长途跋涉,冲过敌人道道封锁线,来到了游击区,到达目的地后,将成为加强苏西、锡南工作的有生力量,地下党交通站的同志,即使牺牲自己的生命,也绝不能让他们落入日寇、伪军之手!

就这样,杜夫冒着生命危险运送同志安全出港,他腿上受伤,大概也就是这个时候。后来,没等伤养好,他接受党指派,与扶风区区长王平到马山开辟抗日根据地,在那里建立水上交通线联系的枢纽,为新四军提供军需。1943年,他积劳成疾因病逝世,后被追认为烈士。

## 4

如果不是范征夫写下的手稿，杜夫这个名字已经湮没在时光深处，周铁当地人根本不知道杜夫是谁。屠廷干烈士，短短几十个字，像谜一样，存在于英烈名录中。

1985年5月，上海市委统战部副部长范征夫回到曾经战斗过的太滆游击区，他专程到周铁镇寻访杜夫家人，得知杜夫的父母早已离世，感叹不已。他当年有本日记本留在杜夫家，杜夫离世后，家里人珍藏起来，后来捐赠给了宜兴党史馆。看到自己在战争年代写下的日记，他激动万分。他到宜兴烈士纪念馆瞻仰杜夫的遗像，禁不住热泪盈眶，晚上回到宿舍再也睡不着觉，往事历历在目，深情写下追忆文章。

范征夫老前辈2016年离世，他生前的这份手稿流到网上，机缘巧合，给我的老乡张振强发现，淘了回来。作为杜夫同志的晚生后辈，我和张振强读这份手稿，又翻阅宜兴抗战时期的史料，查找《太湖报》。在这个过程中，我们由然升起敬意，亲爱的杜夫同志没有远离，他永远活在我们心中。

2022年8月18日

# 野 萍

"我曾经和一位守着瓜田的老人聊了整整一个下午,这是我有生以来瓜吃得最多的一次。当我站起来告辞时,突然发现自己像个孕妇一样步履艰难了。然后我与一位当上了祖母的女人坐在门槛上,她编着草鞋为我唱了一支《十月怀胎》。"

这是余华小说《活着》里面写一个乡间收集民间歌谣的人。那个人后来碰到福贵,听他粗哑却令人感动的嗓音,唱起旧日的歌谣:皇帝招我做女婿,路远迢迢我不去……

我在听杨也频先生的民歌民谣时就想,他一定跟余华小说里那个收集民歌的人一样,甚至比他更接地气地融入,因为他不仅仅是收集记录,还要自己原汁原味地演唱。

我一共听了他八首民歌,反复听了几遍后,就跟文友感慨:想想从前的人真是有意思,农民车水唱《车水号子》、摇船唱《摇船山歌》,卖青橄榄的人都能吆喝出好听的叫卖调来。

文友说："民间艺术就是产生于劳动,像那个'根文学',南面是《楚辞》,北面是《诗经》,那《诗经》里相当一部分的诗歌都是在劳动中产生的。"

我说："对呀,多亏有人记录下来,中国才有了伟大的《诗经》。而杨也频先生记录和演唱的歌曲,让我们真切感受到了江南吴地民间活泼泼的生活气息。"

他唱的歌没有音乐伴奏,却直抵人心。随着他的清唱,土地上的人啊,山水啊,草木啊,农事啊,缓缓地流动到心里来了。

特别是《趟青稞》,太好听了!整支曲深接民众甘苦,一唱一叹,悠远隐忍。我觉得只有纯净的心,才能唱好它,传承这样伟大的民间音乐。

我没有见过杨也频先生,但是我知道他,宜兴好多人都记得他。

1989年,宜兴城不平凡的一个星期天,千百人肃立在街道两旁,充满敬意和悲伤的眼睛注视着缓缓驶出城的灵车。刚刚上城的农民见到这种场面,惊奇地问路人:是什么大官死了?

人家回答他:是一个退休音乐教师,他叫杨也频。

杨也频是在指挥群众歌咏比赛彩排时,突发心脏病倒在台上离世的。

他去世后不久，学生为老师举办了一场盛大的个人作品音乐会。这场音乐会一百多演职人员倾力义演，把对老师的敬意和爱倾注其中。我的邻居许国明是男高音业余歌手，他上台演唱了杨先生的音乐作品《江南俚歌》。

我知道当时全宜兴的音乐骨干都参与了纪念音乐会。

时间到了2022年，我在寻访宜兴人文历史时，意外得到杨也频先生演唱的民歌录音。这个录音由无锡音乐家钱铁民珍藏，我获得后立即转发给杨先生的家人。他的子女听了非常感动，父亲六十五岁那年猝然离世，没有留下片面言只语，现在能再次听他的声音，令人百感交集。

钱铁民是无锡音乐家。1982年，他接手了《中国民间歌曲集成·江苏卷》无锡民间歌曲的采录和整理任务。他到宜兴来，与杨也频一起跑了好多乡镇。

钱教授后来跟我说，在给他录音时，我多次被他的歌声感动得泪流满面。他一开口我就知道他是长期融合于民间的。他是中学音乐老师，完全可以忽略这个音乐的采集和积累。但是，他真诚地热爱自己家乡的民间音乐，持之以恒地深入到民间，向老农学习，从艺人所演唱的音调、节奏、情感、气息、语言中，非常正确地把握民间音乐的真谛。

他非常熟悉宜兴地区的山歌、号子、小调、风俗歌曲，这是一件非常不容易的事情。

听了钱教授的回忆，我深为感动。因为这十多年来，我一直在民间，用双脚与内心丈量大地，追寻书写，我的经历更能产生共情共鸣。

2023年8月，杨也频先生的家人希望我为"百年野萍——杨也频诞辰100周年纪念册写几句话。

我即兴写下了这样三句话：

我们今天纪念杨也频先生，就是要像他那样，积极地给予，使别人生活得更美好起来。

我们今天纪念杨也频先生，就是要像他那样，脚踏实地，无限真诚地传承、耕耘。

我们今天纪念杨也频先生，就是要像他那样，有朴素的情怀，滴水穿石，持之以恒。

这其实也是写给我自己的：向民间，向民间。

野萍是杨也频先生的笔名，他的好多音乐作品都以此署名。野，永远在民间，在乡野。

2023年10月12日

# 风　骨

1

储家三小姐储烟水，人称"宜兴洞主"千金。民国十年，她父亲储南强从和尚、道士手里买下张公、善卷两洞的地产权，开发溶洞旅游，后将两洞无偿捐献给人民政府。

我见到储烟水时，她已经一百零六岁了，住在宜兴老城区的北门巷，这是2021年初秋的一天。老人家看到了自己七十六年前代父亲书写的沙彦楷母亲孙太夫人"懿德碑"图片。原碑流落到无锡陆姓收藏家手里，我拍了图片给她看一下。

沙彦楷生于1876年，卒于1970年。现如今见过沙彦楷的人寥寥无几，储烟水是其中一位。她的父亲储南强是辛亥革命宜兴公推的第一任县民政长，曾两任南通知县、县长。储南强与沙彦楷是江阴南菁书院的同窗，"懿德碑"里称两人关系为"平生故里第一交好"。

沙彦楷母亲孙太夫人去世后，储南强口撰"懿德碑"，颂扬沙母言传身教，培养沙彦楷的美德。"世交中，沙先生彦楷，以博学文章、孝行气节高一世，皆由于孙太夫人启之。"

碑文正面落款为"世愚侄储南强口撰，女烟水学篆"，背面则为"储南强再题"亲笔篆书。

父亲开发整修张公洞、善卷洞时，她陪伴在旁，辅佐父亲工作。溶洞里的摩崖石刻都有她的手书，如"欲界仙都""豁然开朗""海王厅"等。

"懿德碑"立于民国三十四年（1945）十月。算起来，储烟水抄录这块懿德碑时，年纪三十岁。

这块碑文涉及宜兴两位历史名人，而剥开历史的褶皱，可见沙彦楷有风骨的人生。

## 2

沙彦楷是宜兴周铁人，清朝最后一榜举人，1907年考取京师法律学堂，毕业后步入司法界，在北京担任地方审判厅推事兼庭长，1922年8月任国会议员。

清癯尔雅，双目深邃，上唇一簇松软的胡子，给人和善的感觉。这是储烟水对他的印象。然而，外表和善的人，却有一身傲骨，在军阀混战的旧中国，如稀有金属，铿锵作响。

1923年，北洋军阀直系首领曹锟，逐走总统黎元洪，谋划自己当总统。消息传出，反对声起。为拉拢议员选举时投他票，众议院议长吴景濂出了个馊主意，建立大选筹备处，许诺议员投他票，给予五千块大洋。出力大的，另外给特别票价。当时，一块大洋买三十斤米，议员一个月薪水不满四百块，还经常被欠薪，能一下子拿到五千现大洋，这很有吸引力。但也有不买账的人，沙彦楷就是其中的一位，硬头脾气，"这个议员我不干了"。

曹锟铁了心要当这个大总统，自然是精心筹划的，预选时花大价钱收买议员。到正式大选这天，北京全城军警一齐出动，荷枪实弹沿街巡逻，还有数不清的密探在街头巷尾监视。最后曹锟靠着钱财和枪杆子当选为总统。可有议员领了曹锟的支票，却投了江洋大盗孙美瑶一票，还有人投了"五千元"一票。其中有个人拿了支票拍了照片捅给报馆，报纸上一登，上下哗然一片，说曹锟是贿选总统，被他收买的议员是"猪仔议员"。

沙先生辞去议员，回到故乡周铁，家乡人打出标语"反对曹锟贿选，不当猪仔议员""欢迎沙彦楷先生胜利归来"。

他在北京脱身回乡很不容易。曹锟派暗探监视反对他的议员，沙先生离开北京时，走得匆促，身上没带多少钱。手头拮据时，只得将皮箱、皮衣服等值钱的东西卖掉。凑足路费，坐火车到上海，再转车到无锡坐船回来。

"大先生回来了"，周铁人对沙彦楷是如此亲切。

沙家在周铁是望族，他的宅第在南街外，大门进去是一个很大的园子，乡人称之为"大园里"。回乡，正逢母亲七十寿辰，于是他在家读书写作，侍奉老母，并用自己的影响力为地方筹资办学。储烟水抄录父亲为孙太夫人口撰的"懿德碑"里，提到了他当时的影响力"时沙先生正抗议贿选，铮铮佼佼，声名满南北也"。

如果用一种植物来形容人，那沙先生像极了江南的芦苇，柔顺中隐生着刚劲不屈。"学者风度，举止飘逸，直言不讳，刚强果断。"人们这样评介他。

自曹锟贿选那年，沙先生辞去国会议员，就没再去北面任职，转到上海设律师事务所，执行律师职务，保障人权。

当时的上海，帮人打官司，只能在上海南市地方法院和苏州高等法院出庭。上海租界被洋人控制，规定出庭律师要在法、英大学取得法学博士，经领事批准后才能执行律务。中国同胞请外籍律师谈话，一小时要付二十两银子，至于办案费，没有数百两银子，根本请不到律师。贫穷的居民在租界受洋人欺负，得不到法律的保障。沙先生非常气愤：这律师当得憋屈，只有早日收回租界，才能不受洋人欺凌。

他女儿回忆，在上海当律师时，父亲每接受一宗案子，首先要看那人的事是否有正当理由，如有正当理由，或是受人欺凌、陷害等案情，他就接受，否则钱再多也不给办理。

1936年，国民党当局以"危害民国"罪名，非法拘捕了沈钧儒、邹韬奋等七位救国会领导者，报界称"七君子"，把他们的案件称为"爱国无罪"案。

消息传出，全国哗声一片，抗日何罪之有，声援"七君子"的浪潮一浪高过一浪。沙先生是救国会成员，与沈钧儒等人是至友。事发后，他四处奔波营救，还亲自到苏州关押地探望"七君子。"

在救国会邀请受委托的辩护律师会议上，沙彦楷等发言，揭露国民党消极抗日，积极反共的罪行，提出在辩护过程中要扩大宣传救国会的正义主张。

最终，在全国人民的声援下，在宋庆龄、沙彦楷等人的营救下，国民党当局被迫释放了"七君子"。

据流水长先生所著《中国律师史话》记载，当时有这么多律师参加的"七君子"辩护案,在中国自有律师制度以来的法制史上是空前的,在世界法制史上也是极罕见的。这是当时爱国律师们向国民党政府对日妥协,对内迫害爱国人士的一次大示威。

## 3

初夏时光,苏州人李苏庆到周铁寻访沙彦楷故居。李苏庆在寻亲时,说了一件难忘的事。当年她父亲挨斗,家里被抄,她想逃到农村去,不愿上进读书。妈妈生气地说:"你不要作践自己,我们家祖上可是读书人家。"

妈妈并没有提自己的身世。李苏庆到很晚才知道,妈妈杨遗珍,是个遗腹子,外公去世四十天,她才出生。外公二十七岁去世,外婆带四个孩子投靠娘家兄弟。常言道好亲不过娘舅。沙彦楷说"小孩一定要读书,女娃跟男娃一样要接受教育"。

其时,他自己就有十个孩子,负担已很重。妹妹投奔娘家,做兄弟的"铁肩膀"担起了责,资助她的孩子上学。

李苏庆的妈妈考上了上海慈航高级助产学校,一辈子从医。

对自己有亲情关系的人供养读书,这不足为奇,可贵的是，沙彦楷对宜兴教育的重大贡献。

1924年前，宜兴还没有一所公立的完全中学，他设想创办一所完全中学，方便学子当地就读。

沙彦楷为官半生，两袖清风，自身拿不出多少钱来办学。但是，凭他的社会影响力，由他来发动，是不难实现的。

当时有两位"财神爷"是宜兴人，一位是名气很大的银行家任凤苞，一位是在财政部担任要职的贾士毅。有两位大佬支持，办校经费就好解决。巧得是，贾士毅曾经在周铁竺西学堂读过书，这自然与沙彦楷亲近了一层。

沙彦楷是真正做事情的人，他邀集陈鹤鸣等人先行筹集资金三万银元，组织校董会，搭起班子，聘请任凤苞和贾士毅担任校董会正副主席。这年夏天，公立宜兴中学先在城内设址招生，同时在宜城南门外建校舍。

他请好友胡雨人出任校长。这个胡雨人是无锡堰桥人，留学日本期间加入了孙中山的中国同盟会，是一位思想进步、脚踏实地的教育家。学校以"诚朴"为校训。原国家高教部部长、清华大学校长蒋南翔及原台湾大学校长虞兆中当时就在宜兴中学初中部学习。

学校校董会每年举行一次年会，讨论学校规划、筹措经费等，沙彦楷总是由上海先期赶来筹备组，处理一切事宜。

　　说沙彦楷是宜兴现代教育的开拓者，一点不为过。他还为私立精一中学的创建与复校、私立登辉中学初中的开办捐资募款。并发动地方士绅捐款献田，创办私立竺西中学，将家中的藏书赠给学校。

2021 年 8 月 26 日

# 提灯人

东方既白，渐行渐远的提灯人……

周铁过去四面环水，镇区如坐荷叶之上，浮于水面，人称"荷叶地"。传说，荷叶的心就在曹梁厦故居边。旧时，因那里有地下水冒出，筑有池，水清澈见底。池宽约两米，长三米左右，水深没膝盖。1934年，宜兴大旱，西氿见底，据说这口井池都没干枯，说起来有点神奇。井，通常是地面往下凿成的深洞，而这里出水的地方与地面平。

曹梁厦一门七博士，有人说其祖宅风水好。于是就有了荷叶之心的说法。

冒出地下水的位置，实质并不在曹梁厦先生的家，是在邻居的天井里。不过，以前住宅中间有腰门相通，天井里的水池，大家用来洗洗涮涮，泼街石乘凉，此为街镇生活一景。大概在20世纪末，这水池被新住户盖没掉，但老街坊至今仍记得这口井池，觉得这一带地气充沛。

其实，好家风才是一个家庭的好风水。

先生本名曹惠群，号梁厦，生于公元1886年。父亲曹启骧，为邑中士绅，晚年倾向革命，曾率同群众迎接北伐革命军。其原配夫人袁氏是宜兴万石桥人，生梁厦及其妹，而后亡故，继娶亢氏，亢为苏州望族。1908年，亢氏协助启骧先生在宜城东珠巷创办明诚女学，此为宜兴县城第一所女子学校。

梁厦先生年少时，聪颖好学，智力过人。邑中友人欲考秀才，顺便帮他报名，结果两人皆中秀才，先生时年方十七岁。

光绪末年，先生就读于盛宣怀主办的南洋公学。时学校师生为反对弊政，集会游行，罢课抗议，先生慷慨陈词，挥笔撰文。后该校以"风潮"解散，先生参加了吴稚晖等组织的爱国学社。后进入震旦、复旦继续学业。未毕业适逢江苏招考公费留学生，先生以第一名的成绩，被选送到英国，同去的还有赵石民。他在英国伯明翰大学攻读化学专业，获硕士学位。毕业后，曾被派驻欧洲，督导留欧学生事宜，故足迹遍及全欧各地。

梁厦先生回国后在清华学校教授化学。1911年，在清华学校任教的中国年轻教师成立了立达学社。立达学社以

"自立立人，自达达人"为宗旨，立志研讨学术，编译书籍和兴办学校。1912年，立达学社成员相继辞去原有职务，在沪集议，决定暂租上海肇周路南阳里创办大同学院。

"大同"，取自《礼记·礼运篇》中"天下为公，是为大同"之意。以"研究学术，明体达用"为宗旨，以"在明明德，在新民，在止于至善"为校铭。

这是辛亥革命后，中国人创办的第一所私立大学。创始人胡敦复、曹梁厦等学者，既有儒家弟子家国情怀的精神底色，又有就读欧美名校的经历，颇具世界视野。这群忧国忧民的知识分子，怀抱科学救国、教育救国的理念，以立达学社为依托，筹资办学，社员相约：一年之内，即冻馁亦不离校而行。教员由他们担任，不取分文报酬。大家的生活费用则靠在外面兼课来维持。不仅如此，他们还自愿按一定比例捐出外面兼课所得报酬，以补贴学院的各种费用开支。

据同为大同创始人的吴在渊先生所撰《大同大学创办记》中记载，立达学社经济困难时，社员们纷纷"借金与社中，由社中出债券，利息常年一分，是曰内债""而内债之债主，大约敦复第一，梁厦第二，珊臣第三"，足见梁厦先生对社务及办学的一片热忱。

筚路蓝缕创办大同，像夜间的"提灯人"，照亮了众多学子的求学路，也照亮了中国早期科教兴国的前行之路。

1922年，北京政府同意该校立案，更名为大同大学。这所不依附于洋人，学术上独立的私立大学，尤以理工出色。

学校拥有中国最早的近代物理实验室，聘请了中国第一个留美数学博士，在国内首倡男女同校同班，率先采用学分制与选科制。四十年间，大同（含附中）共培养出了三十多名两院院士。

当年，连胡适先生这样的大人物都"找关系"，介绍其学生转学到大同。

女学生蒋圭贞原来就读北大数学系，因1927年至1929年间，北大经历了取缔、合并和复校等一系列变故，导致教员分散，学生无法正常求学。胡适专门致信曹梁厦、胡敦复、胡宪生三位校董，介绍蒋圭贞转学，希望在北大改组，无人负责，学生不能得正式转学证书的情形下，变通办理，先准她转学，然后俟北大恢复后补缴证书。

"若大同不能许她转学，她便没有求学之所了。千万请给她一种指导与援助，感谢，感谢！"胡适言辞诚恳。

可见当时大同大学一派欣欣向荣之象，"北有南开、南有大同"名不虚传。

1928年至1941年，梁厦先生担任大同第二任校长，大同大学进入繁荣期。学校多方聘请名师，注重指导学生自主研究。停办预科，建附属中学。抗战期间校舍被炸后，先生率师生借临时处所继续教学。他治校十三年，成绩卓著，获得社会好评。

"为人至忠直，友谊尤厚。困苦不避，任人急难，恒先于己，有古君子之风。"这是大同大学的同仁吴在渊对梁厦先生的评介。

在创建大同大学的同时，先生还支持邑人张乐益在沪创办义兴小学，并兼任校董之职。

为资助贫困学生，他将平时积蓄和稿酬所得，设梁厦助学金，并规定：凡享受者学成就业后，必须如数归还，以济后者。

先生忠直不曲，日伪统治期间，新闻封锁，不许收听欧美电台，特工人员挨户搜查，凡短波收音机均没收。也有略施小惠者，即可免去周折。但先生对这些家伙不予理睬，任其将收音机收去。当曹夫人说他脾气太犟时，他说："难道一只收音机就能买动我的骨气吗？！"

抗战胜利后，爱国民主人士马叙伦等筹建民主促进会，登门邀请先生参加，作为民进发起人之一。先生欣然允诺当选为理事。民主促进会消息见报后，大同大学校友沈志远从重庆来函透露，重庆政府已在注意他的行动，嘱其小心行事，免遭迫害。先生淡然置之。

他的爱国情怀，也让人感佩。1925年，他的侄女简禹毕业于苏州师范学校，名列优等。当时法国化学家居里夫人是学界偶像，先生认为侄女有从事科学之天赋，鼓励和支持她就读大同大学理学院。简禹就读后考入庚子赔款留美学生之列，赴美前，先生率子女与她握手言别："你应以中国之居里夫人自勉。此番留美，要专攻理化博物，而造福中华……你堂兄妹六人，今后将步你后尘，亦以攻读医、理、工为是，我寄厚望与你。"

在先生谆谆教导下，曹氏儿女均立大志。侄女简禹、长子友德、次子友诚、幼子友和、幼女友芳、长媳爱群和次媳丽安等七人先后获得博士学位。

先生终年忙碌，很少有时间回家乡。住周铁最长的一段时间，是南京汪伪政府欲请其出任教育部部长，他推辞不就，偕长女友琴避居周铁。在周铁时，邻居有个侄儿叫沈连刚，聪明好学，博闻强记，先生甚是喜欢，认他做了干儿子，之后多有书信往来。

1948年初，沈连刚经先生之女友芳介绍，到上海工作。他寄居在曹家一年多时间，见先生平易近人，布衣素食，理发在近居小店，外出徒步往返。沈连刚表兄结婚时，请先生做证婚人。去时，表兄雇轿车迎接，回家时，先生坚决不愿坐轿车，表兄只得雇人力三轮车送他。

先生曾赠予沈连刚扇面，书写陆游七律诗一首："萧条白发卧蓬庐，虚读人间万卷书。遇事始知闻道晚，抱痾方悔养生疏。高门赫赫何关我，薄俗纷纷莫问渠。羸疾少苏思一出，夕阳门巷驾柴车。"这是他的心声，也是有感而发。

先生醉心科学，求知心切，所读皆英文原著，对化学专业造诣殊深。1942年后，先生任国立暨南大学、私立复旦大学、国立同济大学化学系教授。曾创办主编《化学世界》，编译教科书《近世无机化学》《新编实验化学》《新实用化学》等。

1957年先生病逝，沈连刚珍藏了先生及其海外子女的一些书信。他去世后，由其儿子沈明诚保存。周铁人从沈明诚口中得知先生海外子女的一些情况。

长子友德是石油专家，次子友诚是冶金专家。其他旅居海外的子女，或在大学任教，或在专业研究机构任职，均颇有名声。

"一门七博士"之说，在乡里传为美谈。家乡人以他为荣。他是怀抱理想，最早探求东西方教育融合，谋求科教兴国的先贤之一，是那个时代的"提灯人"。

现在周铁人常常念叨,梁厦先生走了那么久,不知他的孙辈后人可安好?

2022 年 10 月 20 日

# 徐悲鸿父亲的偶像

## 一

我的老乡冯明明说,他家里有毕臣周的四条屏梅花图,因为年代久远,损坏三幅,有一幅还算完好。毕臣周还曾为他曾祖父画过人物像,过去,他家每年祭祖,父母都拿出来挂。

冯明明的曾祖父是清代太学生(又称国子监生),曾做过周铁商会商官,在镇上开丝绸店。毕臣周与冯先生很谈得来,经常去丝绸店坐坐聊聊,所以留有画作给冯家。毕臣周其时已是知名人士,却为人朴素,跟街坊不摆架子。

有关毕臣周,地方史料记载很少。他到底有多厉害呢?

徐悲鸿的自述文中言:"时吾宜兴有名画师毕臣周者,先君幼时所雅慕……"换句话说,他是徐悲鸿父亲徐达章的偶像。

推崇毕臣周绘画的不光是徐达章，紫砂泰斗顾景舟也非常欣赏他的画。老艺人彭淦生回忆顾景舟时提到，他家原来有一幅毕臣周的画，因为珍贵，每年春节期间才拿出来在中堂挂一次，顾辅导经常来光顾欣赏。20世纪60年代"破四旧"时给烧掉。顾辅导听说后十分惋惜。

毕臣周，字笠渔，晚清著名画家。其绘画修养全面，山水、花卉、翎毛、人物无不一一临摹，尤重写生工笔。年轻时就声誉鹊起，江浙两省不少达官显贵，纷纷派人携书信银两前来周铁镇求画，或将其接到自家地盘上作画。毕臣周当时是门庭若市、应接不暇。《光宣宜荆续志》对他的作品，以"寸缣尺幅，人争宝之"来评价，由此可见他的画艺之高超，作品之珍贵。

毕氏是周铁镇第一望族，镇上过去有"毕陆杨沙"四家说法。这地方大户人家几乎都修家谱，但毕氏的家谱我几番打听都没有找到。毕臣周是否娶妻生子，有没有后人，无从查找。但是有一点是明确的，周铁毕氏一族有着崇文重教的好家风，后代子孙不少成为高级知识分子。历史上周铁镇的公益事业都有毕氏族人带头捐款：嘉庆十一年（1806）毕价藩等重建平桥；道光十四年（1834）毕士霖、毕受臧等易木为石重建周铁桥；道光二十九年（1849）大饥荒，毕士霖与另外三个士绅各出资白银千两，在周铁设粥局施粥救灾民无数；光绪六年（1880）毕承谟等倡议捐建竺西书院；光绪十六年（1890）毕承谟等捐建营桥等。

这样的好家风想必对毕臣周的成才会有影响。

现今周铁镇西街 40 号的位置是毕家祠堂，与原竺西中学一路之隔。据八十三岁的毕士雄老师回忆，祠堂坐北朝南，三间二进。大门两边各有一只象形石狮，门槛高及裤腰。一进与二进之间有大天井，东边古井，西边古树。二进正中是宽大厅堂，宗祠活动主要在此举行。两侧是附属用房。二进后通露天后院，内植万年青、芭蕉树之类植物。这祠堂是周铁街镇上唯一的宗族祠堂。

祠堂是宗族血脉所系，我不知道毕臣周年少时是否进出这里，祭拜毕氏祖先，内心是否有归属感。

有老乡说，毕臣周原姓周，母亲周铁人，远嫁浙江湖州。因舅父膝下无子，他自湖州过嗣周铁舅父膝下，改姓毕。原叫毕承周，意思是虽姓毕，但承载着周姓血脉。因外姓过嗣不入宗谱，背地里人叫他"野猫"，后来他改为毕臣周。虽舅父家非常富有，但他很孤独，所以他曾画过一幅画，题诗曰，"孤舟蓑笠翁，独钓寒江雪"，字笠渔。

也许正因为过嗣的原因，与毕氏一族有着疏离感，这种精神上的孤寂让他有更细腻的感悟，转而在艺术上有独到的追求。同时，舅父家富有的家境，毕氏崇文重教的家风，给他学画提供了好的条件。

## 二

毕臣周师从著名山水画家笪飞石。他悟性极高，对画技有种永不满足的劲头。民间流传一段佳话，他曾为丁山白宕葛氏作过一幅《潇湘八景图》，葛氏视为至宝，一直挂在堂前。数年后，葛氏宴请宾客，恰巧毕臣周也在被邀之列。不料开席前，毕臣周朝自己所作之画认真看了好一会后，向主人要来纸笔，当场画出一幅《山市晴岚图》，并要求主人将这件新作换下那幅旧画。众人不解，他解释道："旧作山间的云雾像海上的云气，实在不好，要被行家笑话的！"在场的人无不佩服他精益求精和谦逊豁达的风度。

毕臣周最让人佩服的，是出众的写生能力。他有一幅佳作《双姝共读图》，画面上两个容貌姣好的女子捧书共读。落款是光绪己卯暮秋，浙西道署。

这可能是受浙西某位官员之邀，在其道台府画画，时间是1879年的晚秋。其间，也许是他不经意间瞥见帷幕后面两个女子专注读书的场景，凭着出色的写生功夫，创作出这幅作品。这幅画可见毕臣周"色眼"能力超一流，画面用墨雅致，女子发髻讲究。线条润圆，神采专注。人之脸面，衣之曲绐与书之方正形成统一整体。封建社会里两位女子捧书共读难能可贵。读书是美丽的，书香佳人传递着别样风情。

有行家说，古人留下的作品，最多是两类，一是山水，一是花鸟，自《芥子园画谱》诞生，山水、花鸟的程式化越来越强烈，画家坐在家里足不出户就可以画出山水、花鸟画来。而毕臣周注重写生，所以他的画很特别。他还有一幅扫雪图，一个男子头戴遮耳帽，拎把竹扫帚扫雪，题句是"只知自扫门前雪，那管他家瓦上霜"。这画用现在的话来说，接地气，有生活气息。即使穿越到当代，仍品咂有味。

晚清时，毕臣周是闪闪发光的人物，连他带出的弟子也很有名气。他有两个弟子，大弟子叫路醉霞，字承漠，以画牡丹著称，人称"路牡丹"。二弟子，常州人，以画肖像著名。我在周铁儒芳村的莫森渊先生家里，见到他收藏有一幅路醉霞的《十八学士图》。这幅作品画了十八朵牡丹，从蓓蕾到含苞欲放到盛开，上面的牡丹在微风中轻拂，下面的在墙院内静静开放，未画院墙似见院墙。《十八学士图》现存宜兴市档案史志馆，为莫森渊无偿捐赠的多件地方先贤书画之一。

## 三

毕臣周生卒年不详，我在《翰墨宜兴》一书中，查到他的简介，说他约为道光年间（1821—1850）人。《周铁镇志》上说他是清道光、咸丰年间人。翻找其他资料，有一种说法是，他活到五十岁。我在追寻这位乡贤时，发现他有多幅作品落款为光绪年间。其中，莫森渊先生收藏他一幅临八大山人的《品酒》图，光绪戊申年仲夏时作。巧的是，周铁另一位民间收藏人士吕祥有毕臣周同一内容的画，时间是光绪戊申仲冬月。两幅作品同一年所画，一个是夏天，一个是冬天，那说明光绪年间他还活着。很可能活了不止五十岁。

他留世作品较多，现在上网输入画家毕臣周，会跳出一串拍卖他作品的介绍。也是奇怪，我在周铁没有查找到毕臣周的后人，他流传在世的这些画是谁在转手？想来，一百四十多年前，他在江浙一带名气很大，官家富商争相请他去作画，这些作品被后人拿出来拍卖，很有可能。

毕臣周擅长人物画，却没有发现他有自画像留世。据说他相貌堂堂，谈吐妙趣横生，懂音律，会谱曲。有人说《扫雪图》中那个男子是他自画像，因为他画仕女、画神仙比较多，这张风格写实，是按自己的模样作画。这只是推测。

2023年5月10日

# 赵亚夫的"记得"

## 1

正是桔子红了的季节,万绿丛中仿佛晃动着无数小灯笼,整个村庄洋溢着丰收的喜悦。

一个月前,消息就在村子里传开了,今年徐渎村蔬果节,赵亚夫会来。村里早早筹备,专门请邻镇的老文化站长岳焕彬担纲,策划了一台节目。

老站长是个多才多艺的人,能编会演,能说会唱。这次他创作了一个小戏《那年那月》,情景再现赵亚夫年轻时在徐渎蹲点的故事。

关于这个节目,我非常感兴趣。因为我对赵亚夫很敬佩。

我最初知道赵亚夫,是好多年前的事,人称"周百合"的周权军那时还活着,他忆起往事,总是说亚夫,亚夫,亲切得很。后来,老农艺师吴士俊邀请赵亚夫来宜兴,参加草莓协会的活动,我见到了赵老,并采访了他。这是一个真正扎根大地的人,想必老天就是派他来跟农民做朋友,帮农民的。

老站长的节目排练了好些天,我在电话里感觉到,他信心满满,如果不出意外,演出会收到感人效果。

结果没想到,这天上午下了一场雨。考虑到天气等因素,露天搭台的开幕现场只安排了重要的签约、揭牌内容,镇领导宣布嘉宾先行退场,演出随后在村头小剧场里进行。

好比农家烧了一桌丰盛的佳肴,客人没看一眼,最后自家人落座吃菜,老站长失落的心情没法形容。

这个精心准备的节目,无论台词还是音乐,亮点多多,他多么希望赵老能看到徐溇人对他的记挂。

遗憾归遗憾,老站长心里非常明白,赵老肯定不会忘记那年那月,如同徐溇人永远不会忘记他一样。

我说:是的,那年那月,彼此深记。

而赵亚夫的"记得"尤见情怀,对土地的深情,对农民的深情。

他记得农民的疾苦。1958年,他考入宜兴农林学院,三年自然灾害,闹饥荒那阵子,他有次到医院去看病,见走道里挤满了农村来的病人。因为吃不饱肚子,他们病得很重,有的当场就死了。亲眼目睹这一幕,他非常心酸,深受刺激。那时就想，农民太苦了，农村太穷了，要用学到的知识帮助农民改变命运。

他记得农村贴心的暖。1974年，他到徐渎大队蹲点，日思夜想提高稻麦产量，一度神经衰弱，睡不着觉。公社农技员周权军说，搞点百合来，每天在饭锅上蒸两个吃吃，准能好。村里人对农技人员重视，负责烧饭的社员就蒸百合给他吃。当时百合比较紧俏，他每天都能吃到两个百合，这是不容易的事。天天吃百合，加上白天在田间高强度劳动，不久他的病好起来了。回首在徐渎三年，苦中回甘的百合味道他依然难忘。

世间流传着厚义与深情。当他已是全国闻名的时代楷模、道德模范时，他谦卑地以原宜兴农林学院首届毕业生的身份写下：感谢宜兴人民的培育之恩。

当徐渎人有需求时，他欣然而至，受聘担任徐渎村乡村振兴总顾问，以自己的影响力，为这里的农民做事。

这次来徐渎村，他特别想见见当年的老队长张洪福、邵早林，想见见一起在这里蹲点的章连尧。

相识于年轻，再见时白首。人世间最暖心的事，莫过于，我没忘记你，你还记得我。

## 2

记得那年那月，还记得宜兴山里有老虎，记得许多小动物。

徐渎村蔬果节开幕的当天下午，赵亚夫给周铁镇村干部上了一堂生动的课。在讲到生态保护时，他讲：我记得20世纪六七十年代，宜兴出过两个打虎英雄，当时报纸上刊登过报道。你们知道吗？

台下坐的人大多是"70后""80后"，年轻人自然不知道打老虎的事。

我倒是听说过。1965年春天，几个武装民兵在龙池山上，发现沾着毛发的老虎粪便，正冒着热气，立马放了一记空枪。民兵营长说，美帝国主义都是纸老虎，怕什么！话音刚落，随着一声虎啸，跳将出来一只老虎，众人吓得大叫，老虎来了。跑的跑，爬树的爬树。有个叫姚洪根的民兵特别沉着，他闪躲在大树后面，用火铳打中了老虎的右后腿。老虎扑过来，他手脚并用，几番搏斗，将一只四十八公斤的老虎打死。这件事发生后，湖㕛山里又出现一个打虎女武松。这个妇女我五年前见过。

听赵老提到打老虎，我听课时开小差，想起民兵营长说的话，美帝国主义都是纸老虎，不觉一笑。但是我明白赵老提起打老虎不过是话题的由头。他要说真正的意思是，20世纪六七十年代，宜兴山林中还有老虎和金钱豹出没，说明此地是江苏省自然环境最迟被破坏的地方。人为破坏生态是近几十年的事。

除了提老虎，他还提到了许多小动物。中华圆田螺、中华土种蜜蜂、蜗牛、青蛙、螳螂、蜘蛛、白鹭、黑喜鹊、斑鸠、猫头鹰……他讲，如果这些小动物在田野丰富起来，那生态环境肯定会好起来。

举例说，他在句容戴庄搞的农业科技基地，已十多年不用化肥农药，水稻田里生存着一百三十种各类小动物，体现了当地的生物多样性。为改善生态环境，农民放养青蛙，放土蜂。田埂边种矮棵草，让青蛙藏身，种红花草，供蜜蜂采花蜜。

他说，自然界的生物链很神奇，A吃B，B吃D，ABCD吃下去。益虫多了，害虫就少，稻飞虱即使有一定的密度存在，由于蜘蛛等天敌的制约，一般不会造成爆发危害。所以，牌不能压在化肥农药除草剂上，要搞土壤改良，养猪、养羊、养鸡，用有机肥。土壤不改良，就不能持续高产高效。只有尊重自然，顺应自然，确保生态系统的功能性，稳定性，走循环农业发展之路才是希望。

有意思，我以为来旁听赵老讲课，他要深入讲讲广为流传的亚夫精神——"做给农民看，带着农民干，帮助农民销，实现农民富。"结果，他讲了螳螂、土蜜蜂、青蛙、老鹰、猫头鹰……这些物种从前农村多见呀，现在稀缺了。

原来，所谓的博大精深，其实是藏在微小处。

3

记得自己的初衷，用学到的知识，帮助农民摆脱贫困，过上好日子。耄耋之年的赵亚夫讲了一句动情的话："为最难，最伟大的中国式农业现代化继续奋斗，终己余生。"

这句话让我非常感动，我想起自己的姑父。

我的姑父王富生是与赵亚夫同时代的人。姑父是学农的，正规院校毕业，在宜兴农业局搞技术推广。作为年轻的农技人员，他曾被外派到海南一段时间。后来组织上准备派到他非洲，援助某个落后国家的农业。为此，他接受出国培训，抢时间学异国语言。就要出国了，当时我们家都请他吃饭，为他送行了，结果不知什么原因，最后没去成。

印象中，姑父年轻时非常有"精神"，不光人长得英俊，而且什么都能露一手。那时候，还没有电视看，家家都装了个小喇叭，宜兴县人民广播站起早就开始广播了，由王富生提供的农业稿经常播出。我们听了，觉得姑父挺了不起的，都到广播喇叭里去了。1984年我考到宜兴报社当记者，有一次收到一篇来稿，表扬农业局的王富生多年义务为周围的人理发，是"活雷锋"。我笑了，这便是我姑父。

姑父是在不经意中渐变的，他后来好像不太得志，但在我们面前，他依然笑声朗朗，爱好也多起来了，热衷于钓鱼、打麻将之类。有次坐人家的摩托车出去打麻将，开车的人没摔坏，他摔断了骨头，好长一段时间走路不太利索。

在接近退休的时候，他开始研究姓名学，家中摆了许多书，全是有关姓名方面的算命书。大人物的名字他拿来算，小人物的名字也拿来算，布告上枪毙的人也是他研究的对象。有一次他神秘兮兮地指着电视上某位大人物说，这个人肯定结局不好，孤独终老，按他的名字笔画看，虽是"首领之数"，但画数不吉。他的这番话我们只是听听而已，不大当真，因为按他的意思我们的名字也都要改。

人的风化剥蚀是多么厉害，一个很"精神"的人就这么模糊起来，直至消失。他将别人的命算来算去，却没有算准自己。在一个春日的下午，他突然倒地，一句话都没来得及说就告别了人世。

如果姑父活到今天，应该八十几岁了，跟赵亚夫年龄差不多。我没问赵老,是否认识王富生。我想他们也许是认识的。

同时代像我姑父那样早年怀抱理想的农技干部很多很多,但能不改初衷,走到底,难。

如果将一个人看作是一个立面墙,初开始光挺整洁,就好像新房子里的墙面,你怎么看都觉得舒服。没有一面墙会始终保持着光华如新,岁月可以将墙面改得面目全非,慢慢地墙上花里胡哨,继而灰尘斑驳,一点点被风化一点点被剥蚀。一个墙面是这样,换句话说,一个人最难得的是贯穿于一生的品质和品格,永远不褪色。

这是我在姑父去世后,写的文章《一点点剥蚀》中的话。

一个人最难得的是贯穿于一生的品质和品格,永不褪色。赵亚夫真正做到了。他始终记得自己的初衷,用自己的知识帮助农民摆脱贫穷,过上好日子。

"为最难,为最伟的中国式农业现代化继续奋斗。"

这不是空洞的口号,是他漫长一生里最刻骨的"记得"。

2022 年 12 月 1 日

# 少莉与春荣

有一种"天长地久"叫少莉与春荣。

四月的湖汊，春山出笋，街巷里到处可见剥笋、晒笋的人。山上刚挖出来的笋特别鲜嫩，人们变着法子尝鲜。

夕阳西下时，一对男女手牵着手从街上走过，男的身材高大，戴着墨镜，女的身型娇小。

他们是夫妻，六十岁上下。

丈夫孙春荣双目失明，在镇上开"青松推拿店"。店距家二百多米，路上车来人往，也无盲道可行，妻子魏少莉不放心他独行，早晚来回接送。

快走到家时，少莉告诉春荣，今天晚饭吃老母鸡煨黄泥拱笋。春荣笑了，也只有真正的山里人才懂得，吃笋要吃黄泥拱笋。这种笋长黄泥土里，春天，所有的笋拱出泥土，拔节长高时，黄泥拱笋深埋地下，只拱出一点点芽头。若不是山里老挖笋的人，根本找不到它。

少莉不是湖汊本地人，她老家在陕西。三十六年来，她爱春荣连带爱这方土地，现在说起这里的风土人情、地方物产，她比春荣还地道。这一点春荣也服她。

夜幕降临，灯火可亲起来，春荣吃着少莉花三小时煨的鲜美鸡汤，有些感慨道："有个老板竟然羡慕我，眼睛看不见，皮鞋总是锃亮，白衬衫领口雪白。这人常来推拿，观察我很久了。他说我衣着普通，却穿出了品牌装的气度。一看就知道家有好妻。"

春荣说这话时，有些小得意："你我肯定前世有缘。或许我救过你，你这辈子是来报恩的。"

少莉就逗她："那下辈子呢？"

春荣说："下辈子我报你恩，一定不让你吃苦，什么都不用你干，全部我来做。"

听了这话，少莉只觉得再苦再累也值得。如果真有下辈子，她还是跟定春荣。

## 一杯糖开水

少莉至今想起与春荣的相识，仍有小女儿神态。

1987年，她在西安第四军医大学附属医院颌面科上班，她的老乡小米在眼科，两人都是医院合同工，做器械消毒之类的后勤保障。有一天，小米说：我们眼科转来一批老山前线的伤员，有个小伙子好帅哦，据说在执行侦察任务时，山体滑坡遇上了泥石流，他一把推开战友，落石触碰到地雷炸伤了他，左眼球被摘除，完全失明。右眼只有一丝丝光感。你高兴去看看他不？我带你去。

老山前线的伤员，那时在人们心目中是英雄，时常有人去探望。可这天少莉没有去。她是个勤快的姑娘，下班后打扫宿舍，洗衣裳晒被子，总是忙得很。

过了一周，她和小米走出宿舍，遇到散步的春荣。他负伤后，部队派班里一个战友照顾他。

小米招呼他们进屋坐坐。这是少莉第一次见到春荣，戴着一副墨镜，一米七六左右的个子，样子虽然清瘦，但身板挺拔。

北方姑娘大多热情，小米端凳请坐，一旁的少莉赶紧帮倒茶。

女宿舍里没有茶叶，给客人泡白开水，似乎有些怠慢。这是可敬的战士啊！少莉就在水杯里加了少许白糖。

这杯糖开水春荣喝了，甜到心里，真是细心周到的姑娘。他眼睛看不见少莉，却在声音中感知到一缕光。

少莉的声音特别脆亮好听，他心里生起了好感。

过后，他便向小米打听少莉，得知她是陕西丹凤县人。

小米说：少莉家里条件不错，父亲是县教育局的主办会计。

春荣听了没吭声。那个明亮亲切的声音就像春风一样在心头拂过。

巧的是，过了几天医院放露天电影。那时候年轻人晚上没什么娱乐活动，看电影是最盼望的事。战友带春荣去看电影，别人是看电影，春荣是听电影。这天少莉和小米也去了。春荣眼睛失明后，听觉敏感起来，对声音格外在意，他用心追寻少莉的声音。

而少莉也注意上了春荣，在一群年轻人中他显得尤其稳重。

要是眼睛没失明，这样俊朗的人，肯定有好姑娘追。她想。

似乎有心灵感应，两人有了交流。

有次，春荣问小米和少莉：你俩谁长得高？

为了不扫兴，小米和少莉就比试了一下。春荣举起手，掌心向下作尺，少莉只有一米五六，但她踮了一下脚。踮起落下时，春荣感知到了，他微笑着抚摸了一下她的头。

到了中秋，医院搞联欢晚会，医护工作人员和部分病友都参加了。结束时，春荣送给少莉一个毛绒生肖兔。

他向小米打听到，少莉的生日是农历八月二十九，就托人家买了这个礼物。

少莉比春荣大一岁，应该是姐姐，可相反，她觉得春荣像大哥哥一样细心、宽厚。

不觉几个月已过，春荣就要回部队了。自从1986年12月23日这天受伤，他被部队送到多家医院治疗，面部的伤已愈合，眼睛却无法复明。再住下去也没啥希望，医生同意他出院。

他所在的部队驻扎在陕西华阴县莲花寺，与少莉分开后他常常想念她，忍不住会打电话给她。两人在电话里总有讲不完的话。这年冬天，春荣准备回宜兴老家探亲。他想跟少莉见个面，确认一下关系。那天，陪护他的战友带他坐了两个多小时汽车，到市区已是晚上六点多钟。少莉和同事正在庆祝元旦集体包饺子，接到电话，就叫他们在外面等等，联欢活动一结束她就出来。

等到晚上九点多钟，春荣在外面冻得手脚都僵了。他跟战友说，再等五分钟，如果少莉还不来，那说明我们缘份不够。

可就在他们准备离开时，少莉来了。

春荣一阵欣喜后，问少莉可愿意陪他回家乡看看。

少莉没有思想准备，有些犹豫。前段时间，她给家里写信讲了春荣的情况，父母断然反对，好端端的姑娘，嫁给一个盲人，你脑子出问题了！今后他退伍了，怎么办？跟他到一千公里外的宜兴乡镇生活吗？绝对不可以！

春荣感觉到了少莉的犹豫。他说：你到我老家看看情况，就当去玩。如果你觉得不合适，选择权在你那里。

少莉内心已恋上了春荣，见他站在风里等了这么久，就有些心疼，心软了。她说：那你等我一下，我请到假就跟你去。

春荣心头一热：如有缘在一起，今后一定要好好待她。

### 灵堂上成亲

从西安坐火车到常州站，用了一天一夜时间。常州到宜兴湖㳇还有几十公里路，春荣的姐姐来接站，叫了一辆面包车，一路颠簸到家。都说北方冷，可南方的阴冷更彻骨，少莉觉得这地方好冷。让她感到温暖的是，春荣的家人很亲切。弟弟说，父亲想念哥哥，将"盼春归"写在春联里。

少莉看得出，父亲虽然痛惜儿子伤残，但领了女朋友回来，心中有了安慰，满眼都是柔光。母亲做了一桌丰盛的饭菜，见少莉吃得少，知道她吃不惯南方菜。第二天就换口味，为她做面食。亲友们也都来看望，少莉虽听不懂他们讲的话，但觉得家人和亲友都很朴实，这里有人情温暖。

那个时候还比较传统保守。因为是女友的身份，少莉不能住春荣家。她住在春荣姐姐家里，姐姐出嫁了，夫家离娘家不远。

春荣怕她不习惯，变着法子逗她开心，讲有趣的事。还教她讲宜兴话，匙子叫调羹。少莉就笑，这里的人讲话像说日语一样。

虽然一时不习惯这里的生活，但少莉对春荣一家是满意的，对春荣的感情也更深。

正当春荣全家沉浸在喜悦中时，不幸发生了。春荣的父亲突然中风倒地，紧急送到医院抢救，遗憾的是没能救过来。

突如其来的变故，让全家人悲痛万分，少莉也哭了。春荣妈妈五十岁不到，丈夫猝死，一时没了主意，只知道哭，大儿春荣双目失明，小儿年纪小担不了大事，怎么办啊。

春荣是长子，这个时候他必须挺住，于是请长辈一起商量办丧事。有长辈提出来，按当地农村的风俗，戴孝三年不能结婚。乡下碰到这种情况，通常是先结婚，再办丧事。父亲要是看到你们结婚，定会含笑九泉。

想想父亲操劳一生，没有过到几天好日子，春荣泪流满面。

少莉在他身边格外心疼，失去父亲的春荣像个孩子，她真想抱抱他。

她感觉自己深深爱上了春荣。如果与他结婚，以后就是他的眼睛，再苦再累都认了。如果不结婚，这次春荣探亲回部队，过几个月就要办退伍手续。他回乡，自己留在西安，那以后谁照顾他？

可结婚毕竟是人生大事，总得让家里人知道啊。

她明白，如果打电话给父母，料定他们不会答应。电话里三言两语也讲不清，写封信回去也要六七天。这里的情形不容多思量，她点头答应了。

春荣心里更不好受，这种情况下结婚，太亏待心爱的人了。结婚照都来不及拍，新衣服也没买一件。

少莉反过来安慰他，未来日子长着呢。既然看中你人，其他都不要紧。

就这样，亲友们撮合着，匆匆忙忙去商场买来一条红纱巾，一件黑呢短大衣，就算新娘的嫁衣。少莉从后门出来，再从前门进家，转身就成了孙家的媳妇，两人在父亲灵位前拜堂。

新婚之夜，没有喜悦可言，夫妻俩一夜没睡着，因为第二天父亲出殡火化，哪有心思洞房。多少年后，春荣说起这件事，依然敬佩妻子，一条红纱巾、一件黑呢大衣就结婚，放在今天简直不可思议。我这辈子太亏欠她了！

## 这日子咋过

从宜兴回到西安，少莉写信告诉父母，自己结婚了。父亲气得信都没回。

少莉赶紧带春荣回陕西丹凤县，向两位老人赔不是。

结婚这样的大事，最起码要同家长商量一下，怎么就自作主张，生米做成了熟饭？两位老人心里有意见有想法，场面上倒是没有伤冲春荣。毕竟是老山前线负伤的二等功臣、一级伤残军人，理应得到尊敬。

春荣理解他们的心情，在岳父、岳母而前，格外注意形象，日常生活尽量自己动手，不麻烦人。他必须让两位老人放心，他一定会自立自强。

两位老人见他诚恳稳重，做事有条理，对少莉很体贴，也就接受了事实。只是心里担忧，今后这日子咋过？

这日子咋过？少莉自己也没概念。爱情让人迷恋，纵然前有险滩，也要依偎在你身旁。可生活是具体繁琐的。

1988年初夏，春荣退伍回乡，少莉到湖㳇供销社当营业员。没多久，他们的儿子鹏飞出生。

陀螺一样的生活开始了。

少莉天不亮就得起床，烧早饭、洗衣、买菜，七点半赶到单位上班，中午跑回来做饭，从早忙到晚，天天像打仗一样。那时候春荣弟弟还没结婚，婆婆帮着种田，操劳小儿子的事，顾及不到这边。少莉里里外外一个人，生病也得爬起来做，有时候脾气上来就想发火，可是抬头看到春荣，想到他在前线吃了这么多苦，命也是捡回来的，心一软，就缓和下来了。

春荣为减轻少莉的负担，摸索着洗衣、擦地、生炉子、烘尿布。明眼人一次就能搞定的事，他要用手触摸无数次才能成。生炉子对不准煤球洞，他用火钳夹着一点点摸索。拖把擦地容易撞到物件，他蹲地上用毛巾一点点擦过去。他心疼少莉，家务事尽量多做些。有次儿子拉肚子，他追着擦地，眼睛看不清楚，东擦西擦弄得到处都是屎。他歉意地对少莉说，我真笨。还有一次烧开水，灌热水瓶时，手触摸瓶口没对准，手指烫出三个水泡。

每每见此，少莉就难过得掉泪。春荣反倒安慰她，没关系，我做着做着就摸出门道来了。

果真，后来好多家务活，他比一般男人做得都精细。换水笼头、修抽水马桶这类活，他都会。碰到难度大一点的活，少莉是他的眼睛，指挥他上下左右调整距离。家里装吊扇、换灯泡，都是这样操作搞定。

他们是一对配合默契的夫妻。人生路上相扶相携，各自成为最好的自己。

1996年9月，春荣在少莉的鼓励下，前往武汉盲校学习推拿技术，后在老家开了一家青松推拿店。因为推拿技术好，人生经历又丰富，好多人成了他的常客。他爱学习，通过盲文钻研推拿技术，还读了不少文学作品，如钱钟书的《围城》，茅盾的《子夜》，海明威的《老人与海》等。少莉也经常读书读报给他听。

好的婚姻，是相互谅解、互补。

少莉是春荣的眼睛，而春荣是少莉的主心骨。要是少莉有不高兴的事，春荣就讲笑话讲故事给她听。要是少莉不爱听，春荣就迁就她："你啥也不要想，闭上眼睛，我来帮你推拿一下，放松放松。"这样一来，少莉心里有纠结的事，很快也就放下了。

生活中，他们都能为对方着想，每日饭菜端上桌，少莉总是先让春荣吃。这是多年照顾他养成的习惯，也是她内心朴素的想法：不能欺他眼睛看不见，只顾自己叭啦啦吃，要先让他吃好。

挽着丈夫的手走在街上，少莉没有一丝自卑感，甚至感到自豪。地方政府优先分给他们住房，社会给予他们各种照顾。跟人讲到丈夫时，少莉习惯语是："我们春荣怎么说的。"

少莉很能干，在单位里兼任妇女主任，还当过宜兴市两届政协委员。开"两会"时，会务上安排代表委员住宜兴国际饭店，她不放心春荣，晚上赶回家住，第二天烧好早饭，护送他到店里，再赶到城里开会。结婚三十六年，他们几乎没有分开过。少莉只有在父亲病危赶往陕西探望时，才离开过春荣十天。出发前她将十日的早餐准备好，饺子、馒头、馄饨一样样做好，放进冰箱里，拜托春荣的姐姐照顾几天，说春荣只喜欢吃自家做的面食。

当年少莉母亲担心他们，这日子咋过？

走到今天，少莉已经退休，两人有了孙子。他们可以告慰老人家的，唯有爱，也只有爱。

在山镇，打听孙春荣、魏少莉，没有人不夸的。

好多人去春荣店里推拿，乐意听他平和的言语。他对生活没有丝毫怨言，宽厚得像一座山。店里种了几盆绿植，他用手抚摸叶片，凭触觉能感知绿植健壮不，要不要浇水和施肥。

少莉人缘好，要是她有一天出门忘记带手机，买东西付不了钱，镇上商贩都会让她欠账拿货，因为信任她的为人。有夫妻吵架，请她到场做工作，两口子听她一番劝，很快言归于好。

生活再难,日子再苦,相互体谅,挺一挺就过来了。她和春荣就是这么依偎着走过来的。

从青丝到白发,他们在山镇活成了神仙眷侣。

2023 年 4 月 28 日

# 时光深处我看见

美栖，古名叫美槠里，因宗姓人家在祠堂内种植木槠而得名。

一个村庄，同时具备忠勇和浪漫两种气质，当推徐舍美栖村。村上的人大多姓宗，他们是南宋抗金名将宗泽之后。全宜兴有三个人参加过红军长征，两个是美栖人。这儿的村民仗义、认理……

忠勇的村庄也走出了宗震名这样优秀的音乐家，美栖因他平添了浪漫。

五月的乡村，麦子呲牙，豆藤爬杆，美栖花田里玫瑰正开，我与宗震名家乡的人聊着从前。

这个人多才多艺，很绝。有次在台上演出拉二胡，琴弦忽然断了，他镇定自若，用单弦奏出百鸟齐鸣、锣鼓声声。

他从小就是个神人，顽皮得很，摇饭碗到村东头，饭碗啪哒一声跌落。村民说，你端了破碗回家，要挨大人训斥了。他把筷子放袋里，嘻嘻笑："我空手回家不就没事了……"

乡人帮我还原了一个生动鲜活的宗震名。

在玫瑰盛开的村庄,我感受着美栖当下的浪漫。闻着风中的花香,坐下来喝一杯花茶,品尝一下鲜花饼。那饼有着一个好听的名字,叫"朝花夕食"。

有人说,美栖村"无中生有",做强做活了花田产业。

呀,世上哪有无根的花。"无中生有"根植在传统文化的土壤里。美栖村的浪漫由来已久。

我看见,那个提着花灯的少年,领着农民玩乐器的青年,唱着长歌的老者,从岁月深处走来。

1909年,宗震名出生在美栖一个诗书之家,祖父是前清举人,酷爱昆曲。兄妹七人,宗震名最小。他七岁学吹笛子,之后,二胡、笙、箫、锣鼓样样都摸,件件都会,音乐悟性极强。无论哪种民间小调、戏曲唱腔,过耳不忘,张嘴能唱。他甚至跟同族的职业艺人"唱春大王"宗春荣学唱长篇叙事山歌《春调孟姜女》。

民国时,宗震名就读于苏州体育音乐专科学校。他是音乐科班出身,与同时代的音乐大家来往密切。倘若那个时候有朋友圈,他的通讯录里一定少不了杨荫浏、周少梅、刘天华、阿炳等人物。他是周少梅的嫡系弟子,与刘天华有同窗之谊,与阿炳是琴友。

他曾先后两次与阿炳在无锡的街头相遇,还互拉了几首曲子交流琴艺。阿炳称宗震名"指音很好",宗震名也向阿炳请教了民间二胡满手花音的技巧。他后来写的《二胡经》,部分内容是根据与阿炳交往的诸多第一手资料撰写而成。阿炳说:"我拉胡琴是轻轻重重、快快慢慢、热热闹闹。各个指音要如人说话,死板了的胡琴人跑空。"阿炳拉胡琴,弦长高把位,用的大筒子,竹筒声音响,木筒声音膛。对于阿炳满手花音的绝招,宗震名非常佩服。花音是民间二胡的一大宝,单弦独奏不可少。他形容阿炳"运弓好比水中鱼,指风犹如采花蜂"。

博采众长,向民间艺人学习,宗震名的花音后来拉得也相当好。

就是这么一个音乐才子,选择了终生走民间艺术这条路,他像大地上的庄稼一样深接地气。早年他在宜兴西乡一带当丝弦辅导老师,总是穿着青布长衫,脸上带着笑容,乡人都叫他青(轻)老师,笑(小)先生。在他辅导下,种田人摸锄头铁耙的手,奏起了丝弦雅乐。

古老的丝弦,一种说法是当年西施隐居在宜兴,为解寂寞邀民间艺人伴歌奏乐,其乐曲流传为宜兴丝弦。另一种传说是,南北朝时,梁武帝萧衍喜爱江南音调,自己也精通音律，曾用长短不同的竹笛十二支，定为六律六吕。他将战时俘获的一批黄河流域奏军乐的兵卒加以训练，每次上朝即用乐工奏乐，定名为丝弦。宫廷音乐到流行于民间，各地演变形成特色。宜兴丝弦是以笙、箫、笛、三弦、琵琶、月琴、京胡、二胡、中胡等，与汉锣、大钹、小锣、鼓板、木鱼、磬、九云锣混合演奏的大型器乐曲。其曲调纯朴明朗，优美动听，雄健有力。

过去，宜兴许多地方都有丝弦队，著名画家钱松嵒曾有忆及：农民是爱好文化生活的，我村和几个邻村，组织两个乐队，其中一个是"丝弦"，完全是管弦轻音乐，也名为"雅乐"，我童年也能吹吹弹弹。工尺谱互相口授。一个是"十番锣鼓"，大锣大鼓，十分雄壮，也有口传的一套"锣鼓经"。他们都在新春演奏，特别在迎神赛会时大显一手。镇上的城隍庙，每年夏历七月半抬出木偶巡行，家家烧香，万人空巷，队伍长达数里，其中就有一队队的"丝弦"和"十番锣鼓"。

钱老先生说的是杨巷农民丝弦乐队，而全宜兴，最出名的是20世纪50年代徐舍美栖和洴浰农民的丝弦队。1950年，宗震名带着美栖村、洴浰村五十多个农民，代表宜兴民间文艺团体赴常州参加全省文艺汇演，演奏的丝弦乐被江苏音乐家费克录下后，带到抗美援朝前线慰问战士。

这是宜兴农民的高光时代。

最近，无锡天韵社社长陈倩发给我一张图片，著名音乐教育家杨荫浏的外孙捐赠给天韵社两本珍贵的乐谱。其中一本是宗震名编的《苏南区宜兴县徐舍区美栖、洴浰乡农民国乐队丝弦曲谱》。据说，宜兴丝弦原谱在太平天国后散失。由陆平的陆瞎子背奏，其他遗老记录，摸索补遗，修整成谱。宗震名这本手稿收集了老谱子，加以整理改编，由著名音乐教育家杨荫浏收藏。

无锡民乐研究学者钱铁民近日也与我提到，他去中国音乐研究所查阅资料，曾经看到宗震名写给杨荫浏的信。当时，宗震名四十岁左右，想去北京学习工作。杨荫浏鼓励他在基层搞音乐教育，民间音乐大有可为。也正是从这个时候起，宗震名一头扎在民间文艺中，将古老的丝弦乐推向新的高度。同时挖掘推介宜兴盾牌舞、男欢女喜等舞蹈，收集民歌民谣、民间传说，用心研究。年老之后，又以惊人的记忆力，回忆少年时期唱春大王面授的《春调孟姜女》长歌，经他整理、改编、充实的春调长歌，全词1222句。长歌起承转合，故事结构严谨，唱词精心琢磨，如"花烛堂前遭祸殃，想念夫君哭断肠，乌鸦衔毛做寒衣，太湖落下银鱼泪"等，艺术性受到音乐界的好评。

当我在美栖村、洴浰村寻访，见到一群长者演奏古乐，我感叹宗震民对后人深远的影响。

这天，我邀约了杨维勤夫妇陪我去乡村寻访。杨先生八十岁，他的父亲杨也频与宗震名是挚友。杨先生记得第一次见到宗震名是1957年，宜兴举行纪念冼星海大型音乐会，他父亲上台演唱一曲山歌，宗震名用古老的弹拨乐器秦琴伴奏。他印象中的宗震名，国字脸、中等身材、皮肤黑，非常有感召力。当时宗震名主持县文联工作，经常与他父亲在一起交流。宗震名视民乐艺术为生命，而他的父亲也同样。

宜兴两位有影响力的音乐家早已先后作古，但人去曲留，乐魂在。我们在车上聊着两位前辈，杨先生的夫人即兴唱起了杨也频作曲的民歌《宜兴是个好地方》。

好亲切！

只有土地才能带给人持久的生机和活力，时光深处，深接地气的音乐家永远活在人们心中。在寻访宗震名的过程中，这种感受我尤为深刻，他像蒲公英的种子，有着野性和生趣，落在家乡的土地上，生生不息。他的功德不仅在于挖掘、抢救、整理了江南地区一些珍贵的民歌，还在于启迪了农民，生命向音乐敞开。

在洴浰村，我见到了丝弦队队长钱红庄。他穿了一件条纹羊毛衫，花白的头发，外貌看起来完全是乡下平常的老头，但与他一交谈，听他唱宜兴车水号子歌，我即被他深深打动。他今年七十六岁，动过心脏瓣膜手术，做了胃切除手术，但他依然乐观，弹三弦、拉二胡，唱号子山歌。他说渊㴔丝弦队最初是宗震名培植起来的，当年跟随宗震名到常州参加全省演出的队员，还有两位健在，李福宝九十三岁，谢川培八十九岁，他们一个擅长吹笛，一个擅长打击乐。现在队里二十六个人，因为最近疫情，活动不能正常开展。他见我兴趣很浓，随即打了一通电话，很快来了七八个队员，有的正在自留地上干活，一听召唤，骑着电瓶车呼地赶到活动室，调拨好乐器，即兴演奏了几首丝弦古曲。

陶醉在悠扬的丝弦声中，我思绪纷飞，如果人的生命可以向音乐敞开，那他身处在这个世界上所感受的苦难、困顿、劳累，都可以得到陪伴，同时得到消解。

而音乐家在民间，才有活的源泉。

我寻访的意义，是一种时代的表达，当下太需要宗震名这样深地气的艺术家。

2022 年 5 月 18 日

# 那些村　那些人

牧笛横吹的清歌,在人约黄昏中浮现——

我特别记住了清白里、天尽头、美栖、淦里、云爱、茂花、湾斗里、老鸦窠、百家塘……这些自然村的名字,仿佛冬日老树上的柿子,明亮淳朴中隐含着温情,很容易让人想起家园、亲人、归宿这些词。

## 1

淦里村,宜兴张渚那边的一个村庄。

早春,鲍玲打电话给水库边的老头,问青梅花开了没有?老头说开了。

老头转而反问:"你是不是我寄女儿?总来问花开。"

鲍玲哈哈笑。估计老头有个寄女儿也关心淦里村青梅开花的时间。这真是件美好的事。

最初,是我带鲍玲去这个地方的,结果她现在比我熟,老头成了她通报春消息的线人。

到淦里去看青梅花,要掐准时间节点,早去看不到花开,晚去了花谢了。去年2月14日我们去,枝头上只见零星的花绽放。鲍玲就把守水库老头的电话输入手机里,方便探听花情。

青梅到处有,我尤喜爱淦里的青梅。因为有个水库,其美在对岸,你远远看着,就像你仰慕的人,在对岸,你无数次凝望,丰盈在心。正是这种遥望,才构成了独特的美。

2

万石镇有个自然村叫湾斗里,村很小,却诞生了音乐教育家闵季骞、二胡演奏家闵惠芬、画家闵伯骞、闵叔骞等艺术家,以及农业化学家闵九康。

这是块风水宝地。在给村取名时,闵氏祖先动了一番脑子,根据周围地型,悟出一个"斗"字。居住地外围殷村港有一支向南的支流,在一公里许向西来了个直角弯,形成一个"十"字形,周围地势平坦,土地肥沃,水流清澈,是个农耕的好地方。闵氏就在此落脚生根,繁衍生息,逐渐形成了一个小村落。

水流成"十"字,在里边砌房造屋不是"点"吗?十字里有点是"斗"。"斗"是二十八宿之一,又是量谷之器,聚财之器,财和才同音,有财又出才,取名湾斗里,是个吉祥的村名。

凡是村名后带"里"字的村,一般都是古村落。"里"是古时行政区划单位,宜兴方言把"里"字念成"勒",所以当地方言叫湾斗勒。

我记得那年拜访九十三岁的闵季骞先生,他脑萎缩厉害,有时上午吃的啥,中午就忘记了。但他记得自己的村庄,跟我说:"我是湾斗勒人,村前屋后有大片竹园,小辰光,我砍了竹子做胡琴的琴筒,用黑蛇皮蒙琴,把祖母'拂尘'上的马尾巴拆一下做弓子。"

我记得那年农业化学家闵九康回乡,八十三岁的老人像个少年。他讲小时候在湾斗勒村粘知了,别人用面粉团,他找田里的蜘蛛网,知了粘住了逃也逃不掉。他讲宜兴人重读书,过去大户人家孩子出生,家里长辈用筷子醮点黄莲,嘴上抹一下,喊:先苦。再醮点白糖,说:后甜。最后醮点墨汁,说:多喝墨水。

我记得那年旅美琵琶演奏家闵小芬回乡演出,在保利大剧院的舞台上,用宜兴话跟观众说:"我是湾斗勒人。"

无论走多远,都记得自己的来处,一句"我是湾斗勒人"真切动人。

## 3

陈墅村古名叫"沉住"。相传，很早以前，东太湖地区为三阳县，由于地震把整个县城和许多村庄都沉没了，但沉到现在的陈墅村就停住了，故这个没有沉没的湖边村庄称为"沉住"，后来演变为现在的陈墅村。陈墅是全宜兴距离太湖最近的村庄，靠湖岸最近的房子直线距离不满百米。

陈墅村历古以来就富有，除了土地肥沃、种田产量高外，过去太湖边的芦是送上门的财富，鱼也是送上门的财富。这个村的人很有个性，能说会侃，外向热情。

陈墅村现在并给了周铁分水村，村里人意识里不想"沉没"，刚开始每次村与村搞活动，陈墅村的人兴冲冲出文艺节目，代表自己村庄出现。他们村有一班人会丝弦乐，有两个妇女鼓敲得非常好。

## 4

清白里从前叫马家庄，因为马氏十二世孙马公遇的缘故，后人称之为清白里村。马公遇是宋代理学家朱熹的学生，被先生赞为"操若清冰，行同白璧"。他看到官场腐败，终身不仕，并劝说当尚书令的弟弟马公迪辞官还乡，一起传道授业，开蒙启顽，自守清白。公迪留下家训，清白为人。卒后落葬地，乡人称清白先生墓。时光流逝，马家庄地名被当地人称为清白墓，后来叫清白里。

好多年前，我到鲸塘镇去，特意去找清白里马家老宅，见里面住着马氏后人马骏山夫妇。女主人坐在井台边洗菜，见外人进来，有一丝惊讶，却没有过多在意。因为经常有人来看这幢清代老建筑，他们早已习惯了不速之客的造访，任你在老宅里晃来荡去。问起老宅的历史，清白村的来历，他们会笑着讲上几句，但来笼去脉不是很清楚，只晓得先祖马公迪人称"清白先生"，至于他隐居乡村传道授业以及后代子孙的情况基本没有概念。

这样古朴的宅院现今在乡村已经不多见了，公迪先生"清白为人"的家训如飘逝的烟云。对于清白村的来历，有些人还记得一点点，有些则完全不晓得了。

不知现在是否还保留着这个村名，但愿没有在拆迁、并村中消逝。

## 5

湾浜是老村落，过去，船从太湖进港河，舟揖七转八弯到村庄，就叫湾浜村。

我总喜欢称呼湾浜村的周伯洪"伯洪哥哥"。他面容干净，说话会脸红。这是乡村读书人，日常爱书、惜书，即使订阅的杂志，看过后都会用细麻线装订成册，手工细致。

湾浜村以周姓为主，周氏先祖留下遗训：秉性方刚，隐曲乡居，不侍朝堂。

伯洪哥哥跟我讲，好多年前，分水的中平炉厂房子改造，在旧墙中拆到一块碑，现存放在分水原来的村部院子里，碑文记录的是清朝时期重建分水万寿桥，背面刻着捐款的名单，他特意记下桥碑文，断句加了标点发我看，我记得这几句：

十月经始，百日告竣，费约千金，有志竟成，民无病涉矣，或曰桥名万寿，祝悠久也……

难得有伯洪哥哥这样的人，把村子的历史着紧得跟自己的眼珠子一样。

6

有次我们在阳羡溪山的街市上，看到一家铺子的玻璃门上，写着一串地名：滆湖、临津荡、马公荡、都山荡、泊溪潭、白茫潭。我和李慧停下来看了好一会，猜想，这家店的主人一定是官林那边的人，心里装着自己家乡的风物。

李慧触景生情，感叹她没有自己的村庄了。

她的村庄叫"大树下"。

相传村里长有大树，树多大呢，砍掉后的树桩用黄豆铺晒，整整铺了三石六斗。大树下最初是李氏族人的生息地，村民多高大、魁梧，以挑山货、到溇上挑菜卖为生，所以附近人都知道，"大树下"的人力气大，又穷，是卖力气讨生活的。后来又来一支袁姓开始在大树下开枝散叶。到20世纪70年代，"大树下"由南至北，由松坟头、李姓大村和袁姓小村三部分组成，中间以田野和当地人称为"漕"的小河相隔，河虽小，却东经吴老二潭，与烧香港大河相连，南与五指河相连直通和桥钟张运河。过去，河水清澈，村民在河里淘米洗菜，淘米篮顺带上几条鳑鲏鱼是常事。漕边有三棵合欢树，最大的一棵，三四个小孩子爬上去树都不抖动，合欢花开时，满漕水波晕红，晚上香气沁人。村子东面种桑，南面植松，春天菜花灿烂，秋天稻香扑鼻。

村庄好多年前拆迁。现在，只剩"大树家园"这个拆迁小区的名字提醒人，这里曾经长有三棵合欢花大树。

李慧最近刻了一方树叶形状的章，名"大树下"，她何尝不是把消逝的村庄刻在自己心中呢。

一个游子，他凭什么与故乡相认？当他回到梦牵魂绕的故乡，看到村庄拆了，记忆被连根拔起，这将是怎样的惆怅？抑或有一天，子孙们想要看看父辈们的出生地，转来转去，无从找起，那是怎样的茫然？

如果可能，如果可以，请尽量给那些消逝的村庄留一个纪念吧。路名可否保留村庄名？不要嫌弃这些村名乡土气，那是我们的来处。哪怕退一步，留个村名作公交站台名，也好让人有根可找寻，有标识可相认。

无论如何，得留点什么印记，而不要连根拔起。

2023 年 2 月 21 日

# 唐门遗韵

龙抬头这一天，周坤生老先生过百岁生日。因为疫情，家中小辈取消了预订的寿宴，以一份精美糕点赠送亲朋好友代之，我也收到了礼盒。时间过得好快，转眼已是深秋，不知这位老乡前辈近来可好？甚为挂念。我微信与他小儿子联系，对方很快发来一个短视频，一看，老先生在唱《满江红》。

我认真听了两遍，他没有唱错歌词，而且节拍基本准确。

一百岁的老人，也许许多事情都忘记了，但深记得岳飞《满江红》的词。

我想起另一位先生，周铁文化站老站长闵定一，他曾创编《唐门遗韵——精忠铁血》。开场急急风锣鼓，咚咚、咚咚、咚咚……呛才！呛才！……

唢呐、堂锣、道锣、吊钹等乐器，渲染金戈铁马的气氛，紧接着丝竹乐奏起，男声领唱：怒发冲冠，凭栏处，潇潇雨歇。抬望眼，仰天长啸，壮怀激烈……这首乐曲融进了地方音乐元素，激越悲壮，让人无限感怀。

唐门，距离周铁镇区一公里不到，它在中国无数的乡村中，本是最平凡普通不过的村庄。然而，因为八百多年前发生的故事、传奇，它具有了史诗般的意义。

南宋建炎二年（1128）开始，岳飞带领岳家军抗击金兵。部队辗转在南京、广德、宜兴、溧阳之间，一度粮草紧缺。宜兴县令钱谌仰其名，以"我宜兴富足，官粮储备充裕，足可供一万官兵食用十年"希望岳飞移军宜兴，一来抵金兵进犯，二来帮平定太湖水寇郭吉。建炎四年春，岳飞移师宜兴，首驻张渚，后驻扎周铁。他与第二位夫人李娃所生之子岳霖就出生在唐门。

后来，岳飞遭秦桧陷害，家人被流放。孝宗即位后给岳飞平反，岳霖自九江来宜兴，邑人深念岳飞抗金剿匪、保境安民的恩德，置田宅于唐门村，挽留岳霖定居。

岳霖对血地深怀感情，以后在外做官，总以唐门为家，他将父亲的衣冠冢安置在唐门"金钩钓月地"上。六十二岁那年他去世，伴葬在父亲衣冠冢旁。其子孙在唐门开枝散叶，生生不息。

数百年过去了，周铁当地人说起岳飞，说起唐门，至今很亲切。八十岁的胡岳良说，他出生满月时，母亲请算命先生帮他排八字。算命先生说，这孩子将来是个忠厚之人。母亲就说，名字就叫岳良吧，像岳飞一样忠良，有担当。

当地人崇敬岳飞。妇女给孩子起名想到岳飞的忠良。百岁老人记忆力减退，《满江红》的歌词却记得牢。可见精忠报国的正气歌在这里代代传唱，周铁充盈着这样的忠勇之气。

霜降后的一天，我和老闵站长相约去唐门。刚进村，就见一个外地人，用普通话向村民打听岳姓人家。我猜想，他可能是跟我们一样，来唐门寻访岳飞遗迹的人。上前一问，对方居然是岳飞的第28世裔孙，刚给老祖宗献了两束花，正想找姓岳的村民聊聊。

这人看起来很有书卷气，他说自己的老家在武进雪堰桥，一个叫岳家头的村庄。从他这辈往上数，村里都是不出"五服"的岳姓自家人。原先他家里有《岳氏宗谱》，"文革"时遗失了。后来翻阅到同村人珍藏的家谱，得知岳家头村这一支人马是岳飞三子岳霖的后代。他新近从北京退休，带妻子来拜谒岳飞衣冠冢和岳霖墓。先祖安葬在唐门"金钩钓月地"上，不知现在金钩还在，钓月可见？

听闻此话，我们干脆说："那一道走吧。"

史书上有名的唐门，现在是彭干村的一个组。岳霖这支后裔几经战乱动荡，分散到了别处。现在村里十二户人家，大多是外姓。岁月更迭换了人间，但古村格局依然完好。

所谓"金钩钓月地"，是由一长一圆的小河与池塘组成的风貌。过去风水先生认为，这种地形是吉地。现代人只觉得名称听起来很有意境。我们饶有兴趣地寻找。

首先找渔竿似的小河，离墓地不远处，有一条小河，宽度约4米，长60多米，像根竿子笔直向前。河旁边有一条小沟，当地人说是鱼线，然后前方出现一个弯沟，可看作鱼钩，再往前是一个满月形的池塘。那个北京人跟妻子说，晚上月亮出来，倒映在水里，正好给钩子钓住。

于是，我们站在池塘边聊着八百多年前的云和月，谈及这里新建的岳飞文化园。北京人说，他刚才在岳墓修复功德碑上，找到了自己父亲的名字。

"这里岳飞的衣冠冢，比杭州西湖边的岳坟早。现在修建的岳飞文化园，岳飞后裔都出了大力。"老闵站长对唐门的情况很熟。

他还说到，唐门从前建有鄂忠武王宗祠，前后二进十间屋，"文革"时宗祠被拆掉。当时有个农民造房子，将一块石碑拿回家砌墙头。现在碑还在墙头里，能辨出鄂忠武王宗祠的字样。

就这样聊着，走走停停，北京人要回去了，在路边与我们告别，说还会来的，这里是他的根。

彼此挥手作别后，我和老闵站长即去拜岳飞衣冠冢和岳霖墓，然后去探访武昌城。

唐门，我虽然到过多次，但从来没有走过武昌城。这一次，老站长带我沿着武昌城遗址走，放眼看整个地形，我大为震撼。

武昌城距岳飞衣冠冢、岳霖墓不远，沿着后宅河由东向西，绵延一里多路。这条后宅河是传说中武昌城北的城河。后宅是岳霖居住的地方，从前也叫侯宅，因为岳霖卒后追封为缵忠侯。

相传，岳霖长子岳琮，岳琮子岳益，在淳祐年间，把唐门、侯宅、前宅三村作为中心，建设了一个宜兴武昌城。岳飞一生转战南北，真正的丰功伟绩是在鄂州（今武昌）。历史上岳飞被封武昌郡开国公，追封鄂王。所以其后代在此建武昌城，是对先祖的怀念。

这个城当时很繁华。传说中的武昌城有多大呢？南北、东西直径均有一里多，四周长度五里以上，周围环以小河，建有东仓桥、西仓桥、王公桥、武昌桥、青龙桥、戳笔桥、唐门桥、侯宅桥等八座石拱桥。

现今，古城址没什么文物，我们只找到青龙桥和武昌桥。旁边的碑上写着清代建，其实应该是重建于清代。因为有史料记载，两座古桥最早建于元大德年间。

我们绕护城河走，随风摇曳的干棵发出刮擦的声响。远眺近望，这片土地似乎与别处没有两样，但分明有别样气韵充盈着。

这天我很兴奋，回来后赶紧找文友任宣平，因为我知道他曾经骑着摩托车，在宜兴各地寻找岳飞和岳家军的足迹，周铁来过多次。

老任当过兵，用军事眼光来分析，岳飞当年为什么驻军选唐门。他历数了好几个理由，说明此地无论于攻于守，粮草转运，均为上佳。

现今唐门一带，有好几个带"彭"字的村庄，村上少有姓彭的人，却以前彭、后彭、彭溇命名。他认为这是由"防"音转化而来。而唐门还有一个重要的人文意义，那是岳飞血脉的延续地。古武昌城是其孙子和重孙所建。他寻访时，听好几个老人说，过去护城河都是石浜岸，下面是插得很深的一排排木桩。夏天下河摸蟹，总摸到木桩。可见，这个城确实存在过。

听他娓娓道来，我特别对武昌城遗址来了兴趣，决计请人去航拍一次，俯视一下全景。于是，当即联系宜兴一个叫花影的摄影爱好者一起去。

那天航拍，周铁彭干村的书记很重视，专门派一个姓张的小年轻带路。我从花影的航拍图上清晰看到古城遗址全貌，黄绿相间的田野，护城河像一条绿色的绸带环绕。小飞机低俯时，可见武昌城桥上，一个肩扛锄头的老农走过。镜头拉近可见前方的后宅村。

古风古貌的场景让人穿越时空，遥想岳飞的后代在此生活的情景。我决计再到后宅村去探访一下。

在后宅村，我找到王浩清老前辈，他是当地有名的刻章人，刻了七十多年印章，现在还在家里刻。听说我寻访岳飞及后人遗迹，他将家里的门关关好，说："我带你去岳飞驻军地方，那里有养马的马槽。我父亲从前在田里劳作，雷阵雨过后，就爬进马槽里洗澡，父亲叫它石浴锅。年代久远了，马槽破坏了，但能看到留下的石块。"

跟着王老前辈穿过后宅村，往西北方向走了几百米路，在一片黄豆稞地里，没费多少劲就找到了半埋在泥里，半露出来的马槽石。老前辈说，这一大片地过去都是石圾地，父亲这辈人锄地，挖到过南宋时的韩瓶。

王老前辈虽然年过九旬，但头脑清晰，肚里有好多故事。

  我发觉不光是他，村里上了年纪的村民，都会说出个有鼻子有眼的传说故事来。至于武昌城到底是谁建的，又是怎么消失的，说法不一，史书上也没有详细记载。

  真是谜一样存在的武昌城。

2022 年 11 月 10 日

# 世济其美

## 1

听周虹讲,她爸爸想捐钱给周铁中学,开始时自己去察访,学校门卫不认识他,他还赔笑脸递给对方一支香烟。

我说:"要是早知道他后来捐出一千万元,学校要大开正门迎接呢。"

周虹家的公司坐身地现在并不在周铁。她爸爸因为曾经在那里当过化学教师,有教育情结,企业壮大发展了,想捐钱给家乡的学校。

这地方捐资助学风气久盛矣!世济其美代不绝书。

比如,我最近在溯源竺西书院时,脑子里还原了这样的场景:一百四十三年前的某个春日下午,地方上的名士大户们聚在一起喝茶,商议创办竺西书院,镇上第一大户毕承谟带头捐钱,棠下张氏族人张树荣紧跟上,马巷村陈锦祥表态捐地建书院。

于是，镇上商户你十块、我二十块大洋不等"认缘簿"。

所谓认缘簿是认募捐的簿册。倡议的人将所办公益之事所需的总款项，分摊到多个簿册上。你认下一本或两本缘簿后，可以发动身边人捐，也可以包吃账，爽脆说这缘簿上的数字，我一个人承担了。认捐的人可以直接捐款，也可用稻谷来抵。

我不知道竺西书院到底募捐到多少钱，只知道光绪六年（1880）他们创办的书院，后来走出了一批精英。

街巷轻烟，多少往来人事匆匆过去，不见了不见了，唯有功德和善行的芳香，百年后依然存在。

## 2

陈锦祥，号春山。乡里人称春山先生，马巷村人。陈氏是马巷大姓，春山先生在族中德高望重。陈氏宗谱记载：碰到水灾干旱，田里收成不好，或者佃户家中实在困难，春山公宽悯减去田租。他教育儿子行善在日常。这其中还有个故事。

春山先生经营面粉坊，养好多头牛。夏季，产下小雏牛，草料不足，雇工到太湖边割蒿草。有一天湖中风浪大作，船翻了，雇工淹死。

春山先生厚葬对方，考虑到给那户人家赔偿，准备卖船。死者家人平素受陈家照顾诸多，见春山公如此态度，都不好意思领柩归葬。

远近乡里人说，都是因春山先生宽厚之德所致。

春山先生借此告诫儿子："吾人行善当于平日，吾无心种树，今勿得果。凡事不可临时也。"

这话讲得很实在，你种下树，荫泽他人，才能日后自己也得其果。春山先生言传身教，在儿孙心里植下了世济之美的种子。

清光绪六年前，周铁只有私塾，塾师的教育方法大多简单呆板。学子们为科举考试做准备，要到外地书院去求学。周铁的开明士绅们于是商议，本地也要办一所书院。

他们觉得，建书院比建祠堂意义还要大。这不是一般的善事，所以大家一腔热血，出主意想办法。

春山先生当时在周铁北街外有地，而这块地最适合做书院。于是他慷慨捐地。

周铁东面有竺山，南宋著名词人、进士蒋捷曾在那里隐居。书院在竺山之西，故取名竺西书院，里面设蒋捷的神位。这等于给学子们树立了一个楷模。

书院兴建后，除聘请德高望重，学有专长的名师彭梦九负责讲学外，还组织"竺西颖社"交流见解，定期考试。

继春山先生陈锦祥捐地建竺西书院后,他的儿子陈筱珊看到学生日益增多,教室场地紧张,又捐地基若干以便扩充校舍之用。

20世纪20年代末,学生激增,操场偏小,运动发生危险,校长与陈筱珊的儿子陈洽、陈洵商量,兄弟俩"慨拨邻田,使之拓展"。宜兴县教育局感于陈家"三代捐产兴学之义",为此立"世济其美"纪念塔于校园中央,以表彰其功德。

现今的周铁竺西书院,其实是陈筱珊家的居住房,深宅大院,解放后是周铁公社行政所在地。其隔壁的小学旧址才是当年的竺西书院。

## 3

自竺西书院创办后,士子勤读,鸿儒授教。

周铁地区的举人都在这里读过书。当时的书院是学者名流讲学之地,彭梦九是讲学的负责人。我不知道彭梦九的具体背景,在寻访时意外查到了另一位先生的手稿。光绪十四年(1888)仲秋,一位叫陈子蔚的先生将学生的优秀作文汇集成册。因为册子是小楷抄录,引经据典较多,我怕误读,请前辈毕士雄老师帮着考证。

册子里的作文题《序者射也》，出自《孟子·滕文公上》："庠序学校以教之。庠者，养也；校者，教也；序者射也。夏曰校，殷曰序，周曰庠，学则三代共之，皆所以明人伦也。"

作文中的"序"字，是教人射箭的意思。

作文题金句频出，"子曰：不践迹，亦不入于室"。

它出自《论语·先进篇第十一》：子张问善人之道，子曰："不践迹，亦不入于室。"

意谓不踩着前人的脚印，做学问也到不了家。强调要做善人，必须学习圣贤之道。善人的学问与道德修养，是在继承优良传统的基础上取得的。

陈子蔚老先生还在学生作文后写下批语：

脱尘俗氛，翛然意远。

心手调和，揣摩纯熟，清真雅正。

从《竺西书院草稿（文章）》来看，学生写作能力强劲，议论破立结合，头头是道，势如破竹。小楷抄录，字字工整，当属优秀范文。老师批改认真，不仅添加句读助读，而且根据作文实际或详或略进行总批。

想想那时的学生真是幸福，有一批名师教导。一批学子从这里走出，后来成为时代精英。著名法学家、民国大律师沙彦楷，民国著名会计学家、财政学家、江苏省国民政府代理主席贾士毅，中国早期的留英硕士、大同大学校长曹梁厦等人均就读竺西书院。

贾士毅，字果伯，他是宜兴老鸦窠人，离周铁镇六七公里路。他回忆少年时的教育，提到在竺西学堂就学时的内容，除了国文、算术、地理、历史之外，还开设英文、算术、音乐和美术等课程。并且他在这里接触到达尔文的《物种起源》、梁启超的《新民说》等书籍，知识面极广。

竺西书院碑记现在已无法查找，我在名人回忆，以及宗谱中找寻这所书院的历史，《马巷陈氏宗谱》中有这样的记载："迄今肄业诸生诵弦不绝，报巍料登高第者方联翩。"

可见这所书院的影响力。

戊戌变法后，废科举，兴学堂。光绪二十九年七月（1903年7月），由地方绅士谢鸿、周同铨把书院改办为学堂。初名为竺西高等小学堂，这是全市乡镇中开办最早的学堂。

近代著名教育家童斐（伯章）1903年中举人后，他教育生涯的首站是竺西学堂。这位全能校长不光教育理念独特，而且书法、音乐造诣精深。童伯章当了竺西学堂四年校长，小镇学子何其幸。

## 4

现今"竺西书院"匾额上的四个字,是由著名书画家尹瘦石先生题写,尹老年少时就读过竺西学堂。鲜为人知的是,光绪年间书院创办时,"竺西书院"四个字由当时的名画名家毕臣周题写。

一百四十三年前,毕臣周的画名震江浙一带,家中门庭若市,"寸缣尺幅,人争宝之",能请他题写书院名绝对是有分量。

一切都要往最好里来做。我感动于那个时代的乡贤们,对教育的重视,创办竺西书院不光是方便学子就近读书,更重要的是培养经世致用的人才。茫茫红尘、深深历史中,我看见身穿长衫的士绅们活生生地走来,他们坐下来探讨子孙的出路,聚一起商议改善办学条件。

这样的好乡风沿袭下来,这方土地才会有今天周虹爸爸捐一千万元,建中学体育馆的动人细节:

当时我要进周铁中学,实地看看有无预留体育馆的地块,正是疫情封控比较严格的时段。门卫问我找谁?我说找一个熟人。

门卫又问熟人是谁?我就说找总务。

又问我总务的姓名，我讲不清，就改口说找杭校长。

杭校长名小平，我曾教过他，他刚退居二线一年多。门卫说，今天杭校长还没到校。

真是巧，话音刚落，杭校长就到。

门卫说杭校长到了。车门打开，小平跨出轿车就说：周老师，您怎么来了？

我说：想进学校看看。

周虹跟我说爸爸捐钱的经过，我听了笑出眼泪。低调的周董事长自己不抽烟，但口袋里总备着烟，出来办事或许要用到。门卫不认识他，盘问了一番，他还客气地递上一支烟。

当我写完此文时，内心如摇落一地桂花。

2023 年 6 月 8 日

# 打船记

太湖边有两个犟老头，一个叫戴仲华，一个叫裴永林，两人都属鸡。戴仲华说话中气足，做事爽脆。裴永林见人一面笑，脾气相对温和些。因为同是木匠，彼此说得来，走得近。这两人性格虽不同，但骨子里有个共同点，不轻易服输。七十七岁时，他们做了一件大事，打一艘扯篷船，开到太湖里去，圆了自己的梦想。

沙塘港紧靠太湖，从前，村里的男儿个个会驾船，船是他们的生活伴侣。村里有个老木匠，名叫郑顺华，前几年他打造了一艘四米长的三桅扯篷船。船造得非常逼真，船上篷、樯、篙、舵、橹、铁锚、铁索齐全。这是他的呕心沥血之作，整艘船制作精巧，无不显示他高超的技艺。村上驾过船的老人都来看，亲手摸摸，仿佛回到了从前。有人啧啧称赞起来：多好的手艺啊！宜兴打船恐怕难有人会超过他了。

这话老戴不爱听，他十七岁学木匠，这辈子打过船，造过大雄宝殿、亭台楼阁。他心想："老郑打的船好虽好，但不能下水航行，是模型船，不过瘾！若是我打船，就要打一艘真正的太湖扯篷船，扯起篷帆航太湖。"

这个念头在心里盘久了，有一天，他找到老伙计裴永林说："咱们打艘真正的湖船怎么样？"

老裴木工手艺也是呱呱叫，打船修船在地方上颇有名气。他问："打多大的船？"

老戴说："承载八十担的船。"

没想到老裴气魄还要大，他说："要打就打装载一百二十担的船。"

"说话算话？"

"绝对算数！"

两人一拍即合。

打船要一大笔资金，粗算一下，人工不算，材料起码要六七万元。钱从哪里来？两人商议，费用分摊。

老戴做了一世木匠，儿子早就劝他歇手享福。而今，他非但不歇手，还要自掏腰包打船，这事可行得通？

在一旁的老裴悠悠道："我老伴去世了，家里我说了算。"

老戴一听，犟头脾气上来了："这算什么话？我自己做木匠积攒下来的钱，自然我说了算。"

两人说着这话，都笑了。这辈子还没有做过这种不计成本的事，但这是正经的事，又不是来打牌赌钱，家里人会支持的。细想想，乡下老头辛苦忙碌，终其一生，砌房造屋为儿女成家。现在，该尽的责任尽了。到老，自己还有追风逐梦的勇气，这人生没白活。

打船这件事，村子里很快传开了，有人说："两个老头发痴了，弄这事不划算，难赚到钱。"

老戴眼睛一瞪道："天底下就只有赚钱一件事吗？难道我们就不能有爱好，有梦想？"

凭空打艘船，有人觉得不可思议。扯篷船在太湖绝迹几十年了，没有现成船样可参考。

老裴笑道："图纸装在我们脑子里。"

得知他们不用机械，手工操作，又有人笑他们太原始，两个奔八十岁的人，不知要打到何年何月。

两老汉哈哈大笑："又不是愚公移山，我们只是恢复老本行，打艘船，一年内保证完工。"

不管别人怎样猜测，他们打定了主意，余生要做件有意义的事。

2020年7月，他们请村里的老杨帮忙，写了《告村民朋友书》：

兹有我们为继承传统文化和我们的职业爱好，在此新建一条湖船，让子孙后代直观了解家乡的过去，这是我们的初衷，别无它想。施工期间，给同志们带来诸多不便，敬请谅解。造船作业，安全第一，我们不但自身注意安全，并请同志们切勿走近触摸及任意抓弄，以防事故发生。

告示写在一张红纸上，郑重其事表明了心迹。

打船先要买树来开料，并非什么木材都可以打船，通常用杉木。过去师傅传授：出在江西，长在湖广，东家先生取来做根正梁。张班出鲁班光，杜康造酒我浇梁。

两人念着这样的歌谣，一下子回到年青时，豪气上来了，决定买二十棵江西杉木树来打船。

造一艘船，脑海中得对这艘船有一个模型、框架、尺寸，然后根据尺寸开料。两老汉坐在河岸边，抽着烟，蹲地上画着尺寸，船型样式仿佛就在眼前。

扯篷船消逝四十多年了，可永远活在他们心中。沙塘港从前人多地少，耕地向西延伸出去九公里，种田全靠船，就连娶妻接新娘子也是用船。船承载着太湖人家多少梦想，没有它，田里种的东西换不来钱。人们驾着船，风里浪里讨生活，茫茫太湖里航行，危险随时会发生，风急浪高中更需要相助相帮。他们与其说怀念扯篷船，不如说是怀念搏击风浪的勇气，怀念互助救济的风尚。

两老汉按照心中扯篷船的模样，商议好船型尺寸，将各自的"兵器"——大锯、小锯、牵钻、舞钻、墨斗、斧头、斜凿、方凿等工具搬来。现代人都用电锯、电刨等机器，他们用传统的锯子开料，用牵钻打眼，用推刨平整木板。两人较足了劲，一颗不服输的匠心，到老还鲜活着。

年轻时学手艺，你会做出这样，我绝对拿出来不输你。现在他们打船，不是不服气郑木匠，是觉得不过瘾。这地方上打船的好手，郑木匠是一个，但最让人佩服的还是王坤荣老师傅，他打过两百艘扯篷船，近千艘铁船。王师傅得知老戴和老裴在打船，三天两头来看，给些建议。这让老戴和老裴更有把握。

船和人一样，也有好看和难看之分。修长优美、挺拔的船招人喜爱。最主要，好看还要好航。船漂亮，下湖稳当，掉头轻巧，开起来快速，这全在船匠手中。打船先从船底做起，木板一层层拼上去，船底、船头、船艄都有弧度，尺寸比例要掌握得当。

打船的过程充满了乐趣。开料时，老戴站在木头架子上，老裴坐在板凳上，两人配合默契，锯子拉两响头节奏，阳光照着他们黝黑的脸。

两人的对话，仿佛张炜小说《海边的风》里面老筋头与千年龟的对答。

老筋头问："船与车有什么区别？"

千年龟说："车有轮子，船没有轮子。再说车是地上的东西，船在水上。"

老筋头说："车有轮，可它只能顺着一道专门的线儿往前跑，能去的地方你想想吧，也就有限了。船就不这样喽，漂在大海上，横竖左右都能走，这就是船。"

而在这里，老戴说："现在年轻人开着汽车到处跑，从前咱们扯篷船是吭脚蛳螺游天下。"

老裴说："船打好，最好先开到周铁镇上，上岸吃了客饭打回。然后，走太湖，到马山去玩玩。再过东氿，到宜兴城里去一趟。"

人有梦想就有劲头，只要天气晴好，沙塘港河岸边就会传来各种节奏声，拉大锯、牵舞钻、打花榔，两老汉忙得不亦乐乎。

木船全手工建造，考验的是师傅技术。用多长、多厚的木头，怎样处理，要刨掉多少，都靠师傅判断，0.5厘米的误差，都足以令木板无法接合、漏水。他们拿出了看

樱红蕉绿 | *117*

家本领，锯、刨、凿，一丝不苟。比如铁钉打下去时，手法要敲花榔，如果一下子猛敲下去，船板会开裂，必须慢慢渗入，这样敲出来的节奏叫花榔，嗒，嗒嗒嗒，嗒嗒嗒嗒……

船成型后，缝隙里要嵌进苎麻丝，行话叫捻缝。苎麻丝经过油、石灰搅拌之后，用榔头、凿子敲打，捻塞在缝隙里，船缝就不会渗水。过去打船修船，捻缝最有场面，通常十几个人一起上，作头的师傅敲送钉，"咚嗒，咚嗒"先给个节奏，仿佛是一支乐队，众人听节奏作业。捻缝的人都是手艺好的船匠，落次的人还不能上去。

船下水不渗水，捻缝至关重要。大家手里的凿子轻重一致，快慢一致。不然，人家敲十记，你只敲六记，那隙缝抿不拢，船下水难免会渗水。捻缝是重复累人的活，容易疲乏，师傅们敲出花样来，非常提振精神。

太湖边打新船、修旧船集聚在湖滩上作业，有时候几个船匠班子在场，相互别苗头，比试谁敲得好听。

多好听的声音啊，就跟车水号子一样，这是船匠的号子。

老戴和老裴趴在新船上捻缝，闲话从前。微风中混杂着新木头味和桐油味，那是他们熟悉的味道。

日子过得好快，转眼又是一年初夏，当桅杆上的篷帆做好，新船终于打成。他们把船命名为"太湖风情号"，择日试水启航。

"我们没吹牛吧，一年内保证完工，说话算话。"老戴和老裴扯起棕色的帆，那高兴劲不亚于当年砌房造屋，娶妻生子。新船试水启航，村里人都来看热闹，兴奋地说："这是江南吴地的船式，是我们沙塘港人从前驾驶的扯篷船，真正的湖船。"

这一天，是江南黄梅雨季中难得的晴天，船入太湖，湖上风力三级到四级，两道篷帆拉起，不用摇橹，借助风力平稳快速行驶。此时，碧波蓝天，白鹭飞翔。两老汉仿佛回到从前搏击风浪的年代，大有"沧海一声笑，滔滔两岸潮"的快意，那神情令人感动。即使快八十岁，也要做一件值得的事，打一艘扯篷船，让船在太湖里扬帆航行。这让人看到了生命的荣光，看到了说话算话的可贵。

2021 年 6 月 29 日

# 酿酒师

霜降过后,江南晚稻开镰。

蔚蓝天空下涌动着金色稻浪,收割机开过的地方,稻穗成片倒下,草叶飞腾起来,沾得人满头满脸。蒋建和拍打着身上的草叶,心里万分高兴,请个机手进场作业,机声隆隆中稻谷很快就收成。晒两个响亮的日头,加工成新米,等进入冬寒,就好开始做酒。

在土地上辛勤劳作,吃自己种的粮食,自己酿的酒,他感到自足而踏实。世间冷暖,一杯温酒足矣。

他所在的村叫马巷,是周铁的一个古村。当年岳飞在宜兴抗金剿匪,军队从二三千人发展到八万多人,岳家军在宜兴留下多处遗迹。据说,马巷是岳家军屯兵养马的地方。

兵家多豪迈,马巷村的先辈是否善饮,不得而知,但蒋建和的父亲是喜欢喝酒的,而且会自己做酒,做不同寻常的酒。

做酒,对乡下农人来说,算不上一件难事,宜兴做酒的师傅不要太多！但做封缸酒是件难事，很少有人会做。

做一缸米酒，一个月就可开缸品尝，做封缸酒要有足够的耐心等。一年、二年……九年十年，这过程太长。眼见隔壁人家的孙子从婴儿出生，十年都能爬上树摘果吃了，这酒还在缸里。如果做酒卖的话，来钱太慢，急功近利的人没耐心等。现在的人恨不得一锄头锄出个金娃娃来。所以，这地方几乎没有人做封缸酒，无论是自己吃，还是出售，等得太心焦。

蒋建和跟父亲一个脾气，要喝就要喝好酒。

何为好酒？一种酒里，同时品出柔和刚的两种境界，才称得上好酒。他们自己做封缸酒吃，酒装在陶缸里，缸壁上可见糯米渗出来的脂膏，这样的酒喝了长精气。

蒋建和年轻时就爱喝酒，这个铁塔一样健壮的男人，现在六十五岁，仍然是一天两餐酒，一次四两左右。他家后门口有一条小河，河边种着一棵甜梅树，树下放着桌椅，他常常坐在树下吃饭，想吃酒，掀开陶缸上的稻草盖子，打一勺上来。

原本是做了酒自己喝，却因酒香招来客。

酒香不怕巷子深，这句话对他来讲太确切了。现在他家里有酒缸二十几只，大的容量装三担，小的装一担半，他以古法酿酒出名，是民间酿酒师。

太湖边肥沃的土地，孕育出优质的稻米，最适合酿好酒。马巷村靠近镇区，农户耕土少，他家四亩地的收成刚够自己吃，做酒得收一批稻。

知道他做酒，每年秋收后新谷登场，就有村民给他送糯稻来。别人秋收后种了麦子，就进入了冬闲，他却忙开了，开着农用电动车，穿过几个村庄，到一个叫中阳桥的村子里，找定点的加工作坊。

他对米质有特殊要求。通常食用的米，是去除谷壳，外皮和种皮，经过多道工序打磨的精白米，这个不适合他做封缸酒。他要的是糙头米，只去掉一层壳皮，看起来不光洁，可它所出的酒，口感醇滑细腻，营养更丰富。中阳桥这家加工点的老板，是他合作多年的老伙计，懂他的意思，能满足他对米质的特殊要求。

常常是一场大风后，冷空气来了，他开始浸米。气温5度左右最适合做酒，酵母菌喜欢江南冬季这种绵长而又不剧烈的冷。

可今年的天气反常，进入小雪节气，白天气温还有摄氏十六七度，他耐心等着，等到十二月中旬，天气预报说有一波降温，夫妻俩这时忙着摆场。稻箩，陶缸一一排开，家里米天米地。

传统做酒是技术活，也是力气活。浸了二天二夜的糙米，倒进木蒸桶，抬上灶头，需要很大一把力。以前，夫妻俩喊着"一二三"，屏口气就抬上去了。现在年纪大了，猛力改巧力。老蒋做了个土工具，设计了一部滑轮车，三脚马底部绑了块磨盘石，架子上面有根杠杆，按开关可升降，可推着行走。

灶房里随着滑轮车吱格吱格声响，沉重的木蒸桶被轻巧架上了锅。

老蒋在锅底下添了几根木柴，旺火映照着他通红的脸，蒸腾的热气涌出来，暖香飘出农家。这个冬季，他要连做三天酒，从早到晚，灶上热气蒸腾，香过去半个村庄。

对农人来说，天底下最好闻的味道是米香。

锅中的糯米蒸出了他满意的劲道，开始淋饭。滑轮车吱格吱格响着，轻巧地将木蒸桶推出灶间。这笨重家伙，在他手里行云流水，合理到没有一个多余的动作。冷水浇下去，渗出的温水用盆接住，舀起来往米饭上浇，反复几次，调匀了整桶米饭的温度，开始拌酒药。

蚕茧般的酒曲是做酒的灵魂。这种用米粉和辣蓼草混合成的药丸，沉睡着发酵菌，在合适的温度时机里苏醒。夫妻俩上下手配合默契，把碾碎的酒曲丸和糯米均匀地拌在一起，倒入硕大的陶缸里，双手抚平后中间挖出碗大的洞，放置酒篓头。这个竹制酒篓头好比是胎儿的心脏，他可以从此处捉摸到胎心的跳动，判断酵母菌的活跃程度。

当他放上稻草盖子，盖上棉被，意味着一场孕育开始。

有没有酒神，他不知道，但他知道，做一缸好酒，影响因素太多，米质、温度、酒曲、时间，哪一步不到位，就会导致失手。

时间，有时候是食物的天敌，有时候却是食物的挚友。

无形的时间在这里是封缸酒的挚友。酵母在寂静中生长，他称之为"酒露场"，那里有无数精灵，有千军万马，他与之对话，参与调配兵力。缸料厚了，温度高，一旦"太来势了"，他得赶紧掀开棉被，打开稻草盖子，把气排出去。

古法酿酒，从浸米开始，一步步做好，容不得半点马虎。酒发酵好后抽灌到大肚子酒瓮里。在之后的漫长岁月里，它们深入地转化、沉淀。一年、二年、六年、七年、八年，好比一个毛糙的小伙子，蓄养了成熟之气。他看着酒从豆青色、琥珀色，到金黄色，如同看着婴儿长成少年青年，心头充满喜悦。

稻米酿出的黄酒，是世界上最古老的酒类之一。先人独创的酒曲复式发酵法，酿成了含有二十一种氨基酸的低度酒。有这样的酒，可强身健体，亦无惧岁月苍凉。

这地方酿酒出名的师傅有好几个，王茂村有个姓赵的师傅酿米酒，还琢磨出在米酒里放玫瑰汁，起了个好听的名字，叫玫瑰凝露。这好比是抒情小曲，而老蒋酿的封缸酒是绵长古曲。

镇上有个老头，自己卖酒，也会做酒，他品尝过老蒋的封缸酒后，服气地说，你做的酒真好，我做不出。

这个时候，蒋建和格外高兴。他也毫不掩饰地称赞自己的封缸酒。当他摇晃杯子的时候，杯壁围绕一圈液滴圈层，鼓起一个像眼泪一样的水滴，缓缓地沿着杯壁下滑，下滑后的形状就像是一条条粗细不等的水珠痕迹。他讲：好酒才有挂壁。

封缸酒醪糟吊的白酒叫糟烧酒，这种酒放上几年拿出来，挂壁持久，倒出如线，入口舌尖甘醇，舌中软绵，舌根回味无穷，乡间称之谓"赛五粮液"。老蒋用糟烧酒冲缸，一般做米酒是用水冲缸。

老蒋家门口没有挂任何标识，虽然他的酿酒技艺已被列入宜兴市非遗项目。

他不着急卖酒，好姑娘搁久了会愁嫁不出去，好酒总是有人要的，吃惯他酒的人自然能摸到他家。五年酿，八年酿，最长的十年酿，他还舍不得卖钱，留着自己喝，给最懂酒的人喝。

老蒋说,一个人活着,有等待,有回味的东西,才有意思。做酒就有这点意思,所以他有劲头做。

他是个农民,做不出诗,可春耕夏种秋收冬酿,本身就是一首农事诗。

2022 年 1 月 4 日

# 说书先生

秋雨打湿了街石，撑着雨伞的乡亲涌向鹤鸣楼小书场。姑婆大爷坐的坐，站的站，笑语盈屋。

陈永光先生，黑红面堂，双目炯炯。一身蓝衫，一柄折扇，一口苏州腔。今天他讲《邓公传》，邓小平第三次复出。

多少年没听到茶馆说书啦！人们仿佛回到了旧时光。

有个快嘴大嫂在底下说：我认识光光二十几年，今天还是头一次听他说书呢。

陈永光说书，有点墙内开花墙外香。他半个月回一趟周铁，常常在家里住一夜，第二天就要赶往另一个书场。当地人难得见到他。

这天下午，他刚从江阴说完书回来，受邀在鹤鸣楼讲一回书，周铁人分外亲切。

有好多人亲昵地叫陈永光"光光"。说他说书说着个老婆。

没错!那年他二十六岁,第三次到周铁市桥村来说书。村书记姓蒋,跟陈永光接触下来,觉得这小伙子为人不错,书讲得精彩,就把自己的堂妹介绍给他。这个堂妹当时家境比陈永光要好许多,父亲是市桥村老书记。所以周铁人说,陈永光本事大,说书说着个老婆,还生了对双胞胎儿子。

陈永光老家在官林韶巷村,宜兴人习惯把这一带的人叫西乡人,把临太湖的周铁人叫东乡人。无论是东乡还是西乡,全宜兴过去乡镇都有书场,甚至有的村都开有书场,过年时请个说书先生来讲部大书,那是春节的保留节目。

过去民间对说书先生的追捧,不亚于现在的追星。官林韶巷有个叫程新生的人,善说书,他讲《西汉》《七侠五义》《英烈传》《八窍珠》,哪怕坐定一个地方讲两年书,听客都听不厌。好到没法形容时,乡下人大腿一拍,称他"宜兴梅兰芳"。

这说法其实不妥,京剧和说书是两回事,可民间草根们素来无拘束,没那么多讲究。

人称"宜兴梅兰芳"的程新生,是个盲人,就住在陈永光家对门。此人从小熟读诗书,十八岁得眼疾失明时,肚子里已有"货道"。加上其老婆非一般人,结婚后常读书给丈夫听。盲先生等于有了另一双眼睛。

韶巷是大村，程新生有空档时会在村里说书，但更多辰光，他在外头大书场开讲。少年陈永光经常搀扶这位盲先生，有机会听他说书。

程新生用宜兴方言说大书，很馋听，他说到两军对阵时，耳边就真的响起兵器作响，战马嘶鸣声。说到月黑风高时，就真的让人听到风声。

金戈铁马的历史演义，叱咤风云的侠义豪杰，让陈永光着了迷。因为多次追着听书，耽误了功课，父亲很生气。有次将他绑台脚上一顿猛揍，要他长记性，好好读书考大学。

挨了拳脚教训的陈永光，并没有记住父亲的话，程先生讲过的书，他倒是过耳不忘。听两个小时书，他能回过来讲出大半内容。程先生笑道：这小子悟性好，倒是说书的料。

也是因为家里穷，子女多，父亲最后随他去：你自己谋生吧。

十五岁，他就跟程新生学说书。

程先生到一个地方，坐定讲一个月书，再转场。陈永光牵着眼盲的师父，跑了官林、杨巷、张渚三个镇的书场。三个月下来，他学会了一部大书《八窍珠》。

这年春节年初一，他出来开讲，地点是宜兴归径陆

樱红蕉绿 | 129

平村大会堂。尽管书早已背熟,但第一次登台,看见底下三四百个听众,他慌了神,吓得手发抖,话都讲不流畅。讲三天书,听众差不多走光。他回到师父那里,垂头丧气道:我不会说书,太难了。

程先生笑道:才开始就打退堂鼓,你小子没出息。不要怕!就要在漂落(行话没生意的意思)中总结经验教训,才会有长进。

师父为壮他胆,派他跟随大师兄到蜀山去说书。他跟了一个星期,又被大师兄赶走。原因是大师兄买了一包花生米当茶食,陈永光一半是好奇,一半是嘴馋,将三角包拆开来,偷吃了几颗花生。本想照原样包好,哪知道三角包很难包,大师兄察觉后大为光火:小小年纪就偷吃东西,没出息!你赶紧走吧。

一心想学书,刚出道就被赶走,如此归家,实在没法向父亲交待。他发誓:一定要好好学,学出名堂来。

学说书,门槛其实不高,只要记性好,嗓音洪亮,学几个月就能上台说。但要说好,不容易,有人说了一辈子书也说不好。说书先生乍看是"三寸舌",其实靠的还是肚里的"五车书"。

说书有方口和活口两种,方口是一本正经说书,活口是指台上即兴发挥，放噱头、有插科，会起角色。大凡有名气的说书先生，都擅长活口。台上疾徐轻重，吞吐抑扬，入情入理，入筋入骨，表语连珠紧紧抓住听众。达到这层次，非一日之功。

人年少时是不得要领的，对世事未曾深入理解，需要长远的路途，迂回转折，来回求索，才能达到一定高度和境界。这个过程，陈永光用了许多年。

先是在宜兴乡村说书，也到武进、溧阳、金坛开讲，后来进入宜兴曲艺团、宜兴评弹团，有幸跟随优秀的艺人同道。20世纪90年代初，影视歌厅兴盛，书场遭冷落，说书艺人纷纷改行。他自寻出路，帮企业跑供销。

原以为从此告别书场，没机会说书了，不料几年后企业改制，他面临重新抉择。当时，苏州评弹团的一位副团长跟他很熟，把他召唤去说书。

挂靠外地评弹团，意味着平台大了，说书范围广了，这是好事。可他很快发现，打不开局面，纯粹用宜兴方言说书，常州人溧阳人能听懂，无锡人金坛人勉强能听懂，其他地方根本不卖坐。这书没法说下去了！要么放弃说书，要么改学苏州评话。

"宜兴说大书"与苏州评话的表演形式大致相当，但苏州评话更细腻，突出表现在娴熟运用"八技"上。说书先生善用口技，描摹击鼓、掌号、马啼、马嘶等等，书说得更为生动，更有韵味。其形神兼备，刀剑枪锤斧鞭铜铛，都要用得像样。拔一把刀要像把刀，拔把剑要像把剑，拉把枪就要像枪，拉把斧头要像把斧头。过去"宜兴说大书"在外地书场走红，艺人多半会兼讲苏州话和上海方言，单单讲宜兴方言，往往走不远。陈永光恍然，自己功力还是不够，得潜心读书，得拜师学语言，学"八技"。这个过程有点长，他足足钻进去十年时间。一个人漂泊在外说书，散场后孤寂的时光，正是他"进货"的机会，学历史，知古今。同时浸润在苏州方言氛围里，也终于能用苏州话说书，表演越发老辣。

陈永光当红不过是近十年的事，前三十年他寂寂无名。

在说书界，传统书说得好的前辈灿若星辰。他想，自己说书说了这么多年，一直不出挑，干脆胆子大点，创新书新腔，或许有卖点。

传统评书讲古代的故事，听众听腻了，发生在近现代的故事，因为离得近，感觉会比较亲切。2011年，他尝试编现代题材的新书，创作的第一部书是《邓公传》。

伟人邓小平波澜壮阔的一生，本身就是一部大书，三起三落的经历，富有传奇。他提出走中国特色的社会主义道路，使中国真正强起来。陈永光全身心投入，白天在书场说两个小时书，其他时间都放在编写新书上，一次又一次跑图书馆，查找资料，阅读传记，按长篇书目的形制编写。然后对着镜子演练，用近似故事中人物的语言和形体来表达，邓小平是四川广安人，华国锋是山西交城人，胡耀邦是湖南浏阳人……书中的重要人物，他切换着使用各地口音。邓小平抽烟的动作，他模仿得活脱活像。这部大书，他说时融进自己的情感，当说到动情处，底下的听众全都落泪。结束下来，报以热烈的掌声。

一炮打响后，他接着创编《周公传》《反腐倡廉》。现代新书，因内容新、语言新、风格新，广受追捧。苏浙沪各个书场邀请他去说，他红了起来，红到什么程度呢？

张岱《柳敬亭说书》，写明末奇人柳麻子说书，"一日说书一回，定价一两。十日前先送书帕下定，常不得空。"今陈永光说书，得提前半年下定。明年的书，这才十月，他已全部排定，笔记本上写着张家港、太仓、江阴、宁波、上海闵行等各大书场预约的时间。

古韵新腔，大受欢迎。他的走红，应合了曲艺是"活"的，要活在身处的时代。应合了政府对传统文化的重视。如今，苏浙沪一带的城市，众多社区常年开设书场，请老年人听书。他拎着衣箱，辗转在各大书场，忙得不亦乐乎，可心中有些许遗憾。

　　水乡茶洲的宜兴，茶风极盛，过去书场遍布，历史上出过不少说书名家，称得上是书码头。他记得 20 世纪 80 年代末，宜兴仍有二十几家茶馆书场。他牵着师父的手，从一个书场说到另一个书场，掌声喝彩声犹在耳边。现如今，宜兴书场几近消失，他有些失落。他最大的心愿是想在古镇周铁，安一张书台，给老乡说书，成为一个地方的风情符号。

2021 年 11 月 4 日

# 锔　匠

江南市井风俗图中，民间锔匠是一个亲切的存在。

横塘河畔，周铁银杏树边，有一个叫紫怡居的锔匠铺，门面不大，只一间平房。铺子内，一个大大的"锔"字，写在门帘对开处的缝隙间，正好与左上方"修复美学"四个字相呼应。巧妙的布局让人会心一笑。

铺子外墙上有一幅手绘图，画的是一位老锔匠，背景是古银杏树。很多人说，这画上的老锔匠是小锔匠的师傅。

老锔匠叫钱洪苟，模样瘦刮刮，个子不高。从前他挑着担子，走村串巷，一声短，一声长地吆喝着：修锅搭碗，要修锅搭碗否——

他的担子，一头是带抽屉的小木柜，内装金刚钻、小锤子、小钳子等工具，担子后面是一个小风箱。

听到他的吆喝声，东街的张三拿来一只摔破的瓷碗，西街的王二拿来一把漏水的茶壶，北街的李四捧来一只豁边的陶缸，南街的赵五拎来一只有洞的铁锅。

那时候，老百姓家里普遍穷，碗、缸、锅破了，舍不得扔掉，修修补补还可以用。

老锔匠将担子歇在避风处，拿出一张马扎凳，坐定后，膝盖上放一块厚布。接下活，他先将破碎的瓷器拼好，用细绳绑住，双腿夹着。铅笔在破损处划上记号，然后拿出一张竹弓。弓上缠绕一个金钢钻，两手来回拉动弦弓，对着破口边沿钻眼。随后，将锔钉嵌入，小锤子敲打拱牢，涂上自制的油灰。

器具修好，用起来滴水不漏。

锔碗补钉，一个搭钉收一分钱，一只碗假使有六个搭钉，就是六分钱。老锔匠早出晚归，一天赚几块钱，开心得不得了。他没有儿子，养了六个丫头，一家人全靠他做手艺吃饭。好在他生意不错。宜兴出产陶器，丁山的陶缸拉到周铁这边来卖，破损的缸，窑货店请他去修补，他一年要修几千只缸。

原以为可以做到做不动歇，没想到，20世纪70年代末就歇搁。人们的生活条件一天比一天好，器具破了，随手扔掉，他修锅搭碗补缸的生意冷了下来。为养家糊口，他转行爆炒米，一只手拉风箱，一只手摇动着铁家伙，响勒啊，蓬的一声，白烟雾中米花香弥漫了街巷。

锔匠的担子退出了人们的视野，让人偶尔会想起这个没落的行业，是言谈中的两句古话。

没得金刚钻，别揽瓷器活。

问题是，我有金钢钻，也揽不到瓷器活了。老锔匠无奈道。

锔匠搭碗——自顾自。

这句古话是歇后语。当锔匠来回拉动弦弓，对着破口边沿钻眼时，钻头不停地旋转，溢出细细的瓷末，迸发出"兹古兹古"的声音，民间就有了歇后语：锔匠搭碗——自顾自的说法。

问题是，没有人找我搭碗，自顾自成空话。老锔匠苦笑道。

当地有好多锔匠像钱洪苟一样改行，工具收拾起来，担子劈了当柴火烧。他们断定这门手艺从此没有人再愿学，学了也没用场。

世上的事千回百转有着轮回，柳暗花明又一村。有一天，一个年青人找到钱洪苟，说要跟他学锔瓷。

老锔匠上下打量了对方一番，劈口就问：你学这个做啥？现在的人东西用破，换新的。我二三十年不做这个活了。你想找饭碗，最好寻找来钱快的行当，学锔瓷赚不到钱。

老锔匠几句话就把对方打发走。

年青人并不气馁，过几天又去，诚心诚意地说：我在部队当兵时，看到驻地附近有锔瓷的人，看着看着，就喜欢上这门手艺。退伍回家后，我到处打听锔匠，遗憾的是，有好几个老锔匠离世了，好容易寻到您。我不单是寻行当谋生，主要是有兴趣学。

唉！这门手艺眼见得就要失传，很可惜。如果能传下去。当然是最好不过的事了。老锔匠叹了口气，最终被年青人的诚意打动，答应收徒弟。

他把搁起来的工具拿出来，教年青人基本的锔瓷技巧。时间是：2001 年 5 月。

这个年青人就是现在的小锔匠王耀辉。拜师时二十三岁。当初拜师学锔瓷，是因为兴趣和谋生使然。可是，一脚踏进门槛，浸润进去，他对这门手艺有了全新的认识。

简单的传承，是跟师傅一样，修补碗、缸，在破损处打补丁。但这样的传承显然没有生命力，因为时代不同了，再惜物的人家，也不会将摔破的碗留着，找锔匠修补。再穷的人家，日常用水也不会用水缸。那就意味着，从前的锔匠和今天的锔匠，在锔的物件，锔的意义上，有很大的区别。跟师傅学会基本技巧后，必须寻找新的支点。

他仿佛听到时光深处传来叮笃叮笃声。

锔瓷技艺，最早可以在《清明上河图》中找到踪影。而关于锔瓷的传说，他最感兴趣的是，清末有个叫李广德的锔匠，手艺非常高超。凡是陶瓷器皿，破碎了只要不缺，经他巧手一锔，不但无损于器皿的美观，还能增加它的艺术身价，成为一件艺术珍品。传说，有人为收藏他锔过的器物，竟不惜将新买的宜兴紫砂壶装满黄豆，加水重压，让黄豆发涨后把壶撑破，然后请李广德用白锔子去点缀破纹，在壶上镶嵌金丝蛤蟆、古铜钱二龙戏珠、刘海戏金蟾、狮子滚绣球等花样。拥有一件他锔过，或者镶嵌过的器皿，无不视为珍宝。

这个故事让王耀辉很迷恋，传统锔瓷，修修补补，大多以实用为主，而真正的锔瓷是要上升为修复美学。这需要匠心，需要耐得住寂寞冷清。

他的微信签名，可见此时彼时的心境，先是这一句：找寻没落的传统记忆。

后来的签名是：我能做的不多，但你需要的时候，我总是在的。

锔匠铺不是热门的店，有时几天接不到一个活，他不急不躁。有人辗转找到他，他接下活，安然笃定，将碎片拼接起来，在敲敲打打之下，让器物经历蜕变和重生。

他的操作台上，有几十件不同样的工具，钉和钉脚的尺寸、角度，取决于物件的大小和胎壁厚薄，需要匠人临场发挥。那若隐若现的铜钉闪耀着铜匠的智慧。

有个杭州客户寻到紫怡居，将包里的紫砂壶碎片拿出，反复说，这把紫砂壶很珍贵，是一个非常重要的人赠送的礼物。壶已用了好多年，养出了包浆，有了生命的气息。因不小心摔破，他心疼得要命。小铜匠接下活儿，跟对方说：你不要急，我来想办法。

他将碎片放桌上，小心拼接。瓷片是平面的，原物件是立体的，还原修复要有想象力。这个时候，他非常专注，一拼一接之间，建立人与器物的交流，从而赋予它新的生命和价值。拼接、定位、钻孔、上铜钉、补缝、打磨。根据裂纹的走向，他打了三十六只铜铜钉，其中锔出一朵梅花钉。

几天后，主人将修好的茶壶捧在手里，端详了一番，喜出望外，连声说好！好！这一个好字，让耀辉非常有成就感。

送到铜匠铺的器物，不是有裂纹，就是破碎的。好铜匠得有好心态，正视残缺、化解残缺。

器具是如此，生活又何尝不是这样呢。

他觉得，有时候不单单是修复器具，是修复人的情感。

有一天，紫怡居来了一位无锡客户，她有一只手镯是结婚时的定情物，后来老公患病离世，当她想念爱人时，抚摸着这只手镯，仿佛爱人还在身边。可是有一次，手镯摘下来不小心摔裂成四段。女人捧着碎片，如捧着破碎的心，她急切地问，能不能修好。小锔匠说，我尽力。

接下这件活，他用银做花片，加以纹饰包嵌，修复好的手镯漂亮又结实。

千年银杏树，绿了，黄了，一年又一年，小锔匠转眼成了中年人。人们发觉，四十几岁的王耀辉，一点不见老，与同龄人相比，他身上少浮躁，多了从容和静气。精细的手作，需要内心的平静。这是一门孤独的手艺，浮躁不得。

他的紫怡居工坊静得很，小锤子笃笃声清晰，有外地游客来古镇，会探头张望一下，看到他专注的神情，好奇地进来观看。他抬起头，友善地朝人家笑笑，如果对方恰好对锔瓷有些了解，他很乐意与人家聊聊。

20世纪70年代末老锔匠纷纷改行，师傅到他这一辈，中间已断了一代。如果他不学这门手艺，地方上锔瓷技艺也许就失传了。现在他要让更多的人知道这门工艺，他通过网络传播锔瓷技艺，拍视频、发抖音，让人直观地感知，锔瓷是一门修复美学。

令人欣喜的是，锔瓷这行业经过长时间的沉寂后，开始回暖，已有院校与他联系，商议开设校外课堂。最近，他捧回了宜兴市级非物质文化遗产的牌子。他觉得，这块牌子不属于他个人，属于古镇二代锔匠的守望。

他的师傅知道这个消息，一定会高兴得不得了。

2021年7月20日

# 放蜂人

当清晨第一缕阳光投射在河墅村的时候,大地生机勃勃。连着几个晴朗的好天,田野上的油菜花像金子一样闪亮,看着蜜蜂频繁回巢吐蜜,周敖大喜上眉梢。

他从二十岁开始放蜂,至今已放了六十多年蜂。《三国演义》里头,有位老将黄忠,年近六旬,仍能开二石力之弓,与关羽斗一百回合,不分胜败。在江苏蜂业界,周敖大可称得上老黄忠,带雄兵千万,一生赶了无数场花海,八十四岁仍在放蜂。

正如老黄忠与关羽大战一样,老将不以筋骨为能,靠娴熟的弓马刀箭之术。周敖大养蜂靠高超的技术,年纪大了,不能跋山涉水赶奔花海,就在家门口放蜂,女儿琴珍帮衬着。油菜花落了紫云英开,槐树花没了冬青花儿接。放养得当,一年仍能收获高产优质的王浆和蜂蜜。

他的蜂场就在家门口开阔的场地上,村里年青人都搬走了,小村团只有六户留守老人。人少的地方正适合他放蜂箱。三十几箱蜂，跟过去是不好比了。从前，他最多时放一百多箱蜂，人称"雄兵千万，百箱千蜜"。

那真是高产的年代啊！他跟表叔学习"双王强群"放蜂法，两人联手夺高产，得到专家肯定，此事宜兴县志上都有记载。

而今，他头戴着阔边草帽，帽檐拖下来的白色纱巾遮住耳朵，仿佛老黄忠戴盔甲出战，可茫然四顾，不见关羽，只见高大的榉树。阳光正从树叶空隙里照进来，斑驳的光影投在蜂箱上，这八棵榉树，是父亲六十年前种下的，他常常想起父亲。

他的父亲叫周兆林，民国时在华绎之蜂场做过养蜂员。

在宜兴乡村，养蜂的历史由来已久，但养蜂用活框蜂箱却是源自苏派养蜂创始人华绎之先生。

华绎之是无锡荡口人，人称民国无锡第一隐富，开有丝厂、茧行、养蜂公司。从前，别说是宜兴，中国民间养蜂都是无箱式土法养蜂，所养的蜂是中华蜂。这种蜂体形小，出勤早收工晚，适应性好，嗅觉灵敏，采杂花能力强，但出蜜产量没意大利蜂高，且很少出蜂王浆。

20世纪20年代，华绎之向西方学习养蜂新法，采用制造蜂基和活框蜂箱养蜂，组班到全国各地放养，赶不同植物的旺盛期，开创了中国科学养蜂先河。这当中，宜兴人冯焕文功不可没。当年华先生资助冯焕文去美国留学，主攻畜牧学，潜心钻研良种家禽和蜂。冯焕文学成回国时，从美国罗脱公司带回一批意蜂。之后，冯焕文帮助华先生将蜂分成元、亨、利、贞四个场，派陆宝初等高徒负责。这个陆宝初是周铁这边人，周兆林跟他是同乡，有亲戚关系，因而得到了陆先生的关照，带在身边学习养蜂新法。

意蜂个头大，喜欢成片的花源，追花夺蜜能力超中蜂，且分泌出的王浆售价高。当时，养蜂北有张品南，南有华绎之。苏派养蜂在江浙一带名声大振。华绎之拥有意大利纯种蜜蜂二千多箱，配有汽船一艘，拖船五六艘。这样的养蜂规模在全国独一无二。周兆林最初在华氏旗下蜂场养蜂，随着江浙各地兴起意蜂，有资本家介入，他被公司派出去帮大客户养蜂。直到1949年，宜兴解放前一天才回到家乡。周敖大记得父亲带回来两块银洋钱，这是他积攒下来的工钱。家中子女多，经常入不敷出，藏到两块银洋钱不容易。可"文化大革命"破"四旧"时，父亲还是把它交给了大队部。

父亲从旧社会过来，对新社会满怀信心，后来帮集体养了十多年蜂。

父亲不光教会了他放蜂，还教会了他做人做事的道理。

他记得父亲说过三句话：一不要亏待人家，二要体谅人家，三要真心对人家。

凭这三点，他这一生，带着意蜂大转地放飞，到哪儿都有好人缘。放蜂人到远方去，从前都是坐火车，出发前打个电话过去，说好火车几时到达，当地的生产队就派人驾着车来接站。他至今都感念那时候的人朴素、守信。

他的放蜂技术起初得益于父亲，后来受教于表叔。

意蜂养殖要大转地跟踪大蜜源，才能体现其大群、高产的优势。他跟父亲辗转广东、云南、四川、内蒙、江西、安徽，追赶不同地区的植物花蜜。

那时候是集体经济，父子俩真正是一心为公，想着高产丰收。养蜂最怕"冷巢清"，一种情况是，花开了，蜂还没繁殖好，没有蜂产不来蜜。第二种情况是蜂繁殖好了，花期已过，没有花也产不来蜜。这就需要养蜂人对蜜源植物的种类、数量、花期及泌蜜规律了如指掌，算准发蜂（种蜂繁殖）时间。江南地区油菜花一般三四月间开，早春气温低，难发蜂，他们就将种蜂带到云南，那里的气温高，油菜开花早。在那边发好蜂，带回来赶上本地的花季。这样，一年产出的蜂蜜和王浆产量就多。

他养蜂最难忘的是，与表叔联手夺高产。

表叔叫刘伯瑗，比他大七岁，年轻时跟父亲一样在华绎之旗下，跟陆宝初学过养蜂，师出同门，都是苏派养蜂传人。

此人钻研性强，勇于尝试，独创"双王强群"养蜂法。

蜜蜂世界是个神秘的王国。在这个王国里，蜂王拥有至高无上的地位，她不用外出采集花朵酿蜜，无数工蜂为她而忙，给她吃王浆，她只有一个任务，产子。一只优质的蜂王一天一夜会产三千多粒子，能达到她本身的重量。一箱蜂通常只有一只蜂王，其他都是工蜂。工蜂是发育不完全的雌蜂，不会生育。

在蜂群中，蜂王是至高无上的母后。但实际上，一箱蜂真正的统治者，是这群工蜂，而不是蜂王，蜂王只管生育。当一箱蜂中蜜蜂太多，过于拥挤时，由工蜂决定分蜂，也就是把一群分成两群。这时，就需要诞生一个新的蜂王。工蜂首先会在蜂箱中筑造几个王台，安排候选蜂王的幼虫入住王台。然后，工蜂会簇拥强迫老蜂王带着能飞的蜜蜂外出，留在箱里的幼蜂突然失王没了头绪，工蜂紧急制造新蜂王，给3日龄以内的幼虫，加喂蜂王浆。当第一只幼虫出台即为新蜂王，她首先咬灭破坏掉其他几只王台，以巩固自己的地位。

一箱子蜂只能有一只王，如果箱里有两只王，就要决斗，一方咬死另一方。所以放蜂人的一只箱子里从不会有两只王。可是，刘伯瑗却尝试两王同箱。

标准的蜂箱是一箱八框，他特制了放十框的大箱。在同一只箱子里，中间夹块板，王与王同箱却不碰头，避免了打斗，而工蜂可自由在两者间喂食。这样做的效果是，如果一只蜂王24小时产三千粒子，那二只蜂王同箱能产三千八百粒子，而且繁殖出来的蜂体质好，追花夺蜜能力超强。

周敖大非常佩服表叔，向他讨教，搞"双王同箱"，两人联手取得了好收成。当时蜂产品行情好，蜂王浆出口，市场价是每公斤上千元，他们为集体经济创收立下汗马功劳，也带动了全乡的蜂场高水平养蜂。宜兴县志记载：1985年，全县养蜂3698箱，仅分水乡就有1250箱。

宜兴"双王强群"放蜂法，一度让外地放蜂人又惊又怕。

有一次，周敖大到四川双流县放蜂，他和同伴刚搭好帐篷，摆好蜂箱，两公里外的河南放蜂人就赶来轰他们，不准他们建场地。因为他们知道双王强群的厉害，当蜜源够的情况下，双方蜂相安没事。当蜜源不够的情况下，强势蜂会盗蜜，跑到人家的箱子里吃一饱。

河南人非要赶他们走。周敖大体谅对方，不跟人家争吵，自己的蜂强势，要考虑到别人，尽量拉开距离。他带同伴离去重新寻找蜜源。

一生在大地上寻找花朵的人，不会是凶巴巴的人。他书念得少，却比一般农人眼界开阔，神情宁和。

活着活着，活成了植物。

活着活着，活成了老蜂。

常年跟蜜蜂在一起，人也有了蜂的品性，勤劳、忘我。这辈子他不知评到了多少次先进，乡级、市级，有次奖到五袋化肥，他高兴得不得了，家中种有田，肥料是宝。

他帮集体放了二十年蜂，20世纪80年代中期，政府允许单干，他自己办蜂场，一直放到现在，劳动伴随整个生命。

他每天五点钟起床，吃过早饭，开始一天的工作，或取王浆，或摇蜜糖。这些年多亏女儿琴珍过来相帮，才不至于太累。养蜂太辛苦，经济效益不高，下小辈都不愿干这行。他带过八个徒弟，现在只有一个徒弟还在放蜂。

再也带不出徒弟了，他有些落寞。好比一只老蜂，有一天生命耗尽，便悄然辞别蜂场，不明去向。

2022年4月21日

# 能工巧匠

乡村的能工巧匠是极受尊敬的。他们的手艺,耐得住岁月。

冯和大的炉灶,杭国良的铁器,王坤荣的太湖船,程培生的八仙桌,李步庆的水车……

人们说起那些好使惯用的器物,会微笑着说起造器之人,心生敬重。

匠人师傅,长在草根,与乡亲血脉相融,最是知晓器物之用,关乎生活、生计乃至命,一丝一毫,不敢轻忽。

他们的器物,一用几十年,便是归于藏品,亦于静默中散发着生命力量。这是师傅将心托付在手艺里了。

是的,再也找不到这样高明的师傅了……甚至他们留下的不多的器物,也成了宝贵的乡愁。

我寻访他们的传奇,在老一代人口述的传奇里,一次次致敬手艺精神。

# 1

铁匠铺在沙塘港村老街上,二间陈旧的房子里,一只大火炉。炉子呈阔"八"字形状,一根烟囱直通屋顶,鼓风机将炉膛内的火,吹得跟火焰山一样旺。

炉子是20世纪60年代太湖溇边地区,有名的泥瓦匠冯和大老师傅所砌。砌这只炉子时,杭师傅十六岁,刚学会打铁。炉子至今已用了六十年,使用年代长了,上半部塌下来的地方虽修补过,但不影响炉子的发火。杭师傅总喜欢跟人讲这只炉子的妙处,"收烟,发火,再也找不到这么高明的手艺人了。"他站在火红的炉子前划根火柴,"你看,这火就是点不着,为啥?烟囱吸力大。"

同是手艺人,杭师傅对远逝的匠人有着一种惺惺相惜的感觉。手艺人的匠心体现在每一个细小处,就像他打的农具和渔具,太湖边的农民和渔民用起来衬手,人人个个来找他,接下的单子都来不及做。他一个星期打三千只网脚,按渔民的要求锤打,有三斤头的,有七两半的,还有三两半的,打好后装在蛇皮袋里,小纸条标明斤两只数,方便渔民来取。

泥瓦匠冯和大是我祖父,去世已有二十多年,忽然有一天有人告诉你,这只炉子是你爷爷砌的。你惊讶,继而一阵亲切,好像祖父还活着一样。

铁匠铺里的炉火,我能想到的词:烈焰、跳动、气息。六十前砌的炉子竟还在熊熊燃烧,那里面是生生不息的生命的东西。

活着的老炉,活着的老匠人。

## 2

早先,镇上有两个有名的泥瓦匠师傅,冯和大和毕苟大,冯和大总是笑嘻嘻,见人和和气气,不得罪人。毕苟大不苟言笑,比较严厉,眼睛一瞪,鬼都怕的。有人讲冯师傅粉墙头会两只手左右开弓,有人讲毕师傅的眼睛就是尺子,看水平面,看拉线,一眼瞄过去跟标尺一样,基本没多少误差。

手艺人靠的是手,手上要有绝活才行。两位大师傅都有绝活,毕师傅擅长砌花窗,旧房拆下来的瓦片,在他手里简单摆弄,就能演变成风格不同的花窗,花案有荷花、梅花、树叶、万字、回字、六角、八角、方形、菱形等。冯师傅擅长砌炉灶,他砌的灶头,火旺、省柴、少烟。

过去乡镇有很多泥瓦匠,但不是所有人都会砌灶头,有的人做了一辈子泥瓦匠,就是砌不好灶头。掌握不到要领,会出现这样的情况，烟囱倒烟，你往灶膛里塞柴，烟囱不冒烟，直往家里冒，呛得人直淌眼泪，还有就是柴火不经烧或者不火发禄（土话，火不旺）。总之，砌灶头是技术活、绝活。

对农家来说，砌一个省柴好烧的灶头非常重要，砌之前都要请风水先生看好日子才开工，请来的砌灶师傅好菜好酒相待。新灶头砌好，师傅边讲好话边点火，将糯米放在锅里，用掸帚翻动爆米花，向主家讲"发禄佬，发禄佬"，然后主家斋灶，送邻里一碗面，客气的主家除了给泥瓦匠师傅工钱外，还给一分喜封。

冯师傅那时候非常吃香，他砌的灶头好烧到啥程度呢？打个比方，大食堂里别人的灶头要用一百斤柴火煮沸一整锅水，他砌的灶头只要用到七十斤柴火，因此乡镇豆腐坊、酒坊、学校食堂砌大灶都要请他出手，工期经常轧档来不及做。有时候农家请不到他，退一步请他徒弟来，但做到关键的时候，有人家还是要请他到场来看看。比如灶膛的高度与锅子的相对距离，吊火高度，烟囱的高度和通风设计都有讲究。人家搞不明白，他砌的灶头为啥百发百中这样好烧呢，于是有人就想看窍门。冯师傅在某家砌灶头，就有人有事无事去套近乎，看炉堂怎样围，烟囱怎么竖。冯师傅是聪明头人，知道人家的底牌，也不多言语，和和气气跟对方讲着无关紧要的话。做到关键活时，他歇手了，喝杯茶上个厕所，就是不让你看明白。这是旧时匠人的狡黠之处。不过，他对自己的徒弟倒是悉心传授的，他一生带了五个徒弟：杨洪顺、陆德荣、冯小胖、王振光、张振荣。徒弟们过去在太湖之滨的乡村帮人砌房造屋、砌灶头，只要讲是冯和大带出来的，人家要高看一眼。

昔年，一等一的匠人大师傅是极受人尊敬的，即使离世多年，后人说起他们依然心生敬仰。我后来在周铁镇志上看到这样的记载，分水杭春法做的墙头鸟兽、周铁冯和大的炉灶、中和村程培生的八仙桌、马家圩邵明生的亭台楼阁及雕花、龙窝里村蒋兰生的湖船、市桥村李步庆的水车都很出名。

这样的巧匠，各个乡镇都有，编竹器的、做陶器的、打石器的、剪纸的……哪个地方要是没有拿得出手的大师傅，显得本乡本土底蕴不足，灵气欠奉。

3

如果说太湖边砌灶头，我爷爷冯和大是一只鼎，那打船的大拇指，绝对是王坤荣师傅，这个估计不会有人否认。

匠人之间要服气，不容易。比如，沙塘港村的郑木匠是打扯篷船的能手，但如果说他是宜兴城出东门外第一打船高手，老戴和老裴不服气：小样儿，不过打了艘航模船。请问，这船能下湖吗？我们要打就打真正能航行的扯篷船。两个老头买二十棵江西杉木树，化一年时间，精心打造了一般太湖风情号扯篷船。那天新船下水试航，他们放起了鞭炮，在众人的欢呼声中，船在湖面上宛如天空之舟惊现。两个老匠人露出了胜利的微笑，他们成功了。但是，他们心中有遗憾，这天没有见着王坤荣老师傅，八十三岁的老人因腰椎做手术没有到场。

老戴不轻易服人，他造过大雄宝殿、亭台楼阁，现今地方上庙会菩萨出会坐的轿子都是他打造的，如此一个有个性人，他却发自内心佩服王坤荣师傅。

太湖里有一千多艘船出自王师傅之手。他当木匠四十八年，带过十八个徒弟，打了近二百艘木船，上千艘铁船。

好家伙！简直是造船司令了。

我原以为慢工出细活的郑木匠了不起，后来见证老戴和老裴打扯篷船，跟他们到太湖里兜一圈后，以为他们是高手。那知道，能工巧匠的高度不断在刷新。

那王坤荣到底有多厉害？有个姓杨的老木匠用一句话颠覆了我的认识，他说：老戴和老裴与王师傅比，前者是萤火之光，后者是皓月之光。

老木匠说出这番见解，让我吃惊。我想抬头看一看皓月之光。于是，今年夏日的一个下午，我到周铁寻访王师傅。巧的是，碰到十里牌两个渔民也到湖滨新村来找他，这对渔民是父子，李兴龙和李来法。太湖和内河禁捕，渔民上岸，船由政府收购给予补偿。这对父子请王师傅打证明，证明他们的渔船是王师傅某年打的，造价是多少。

王师傅最近很忙，经常有人来找他打证明，因为他经手打过的船实在太多了。

我那天在场看到，八十三岁的王师傅身板硬朗，他穿了件颜色嫩生的T恤衫，戴副眼镜，像老教授的模样，一笔一划给李兴龙父子写下了证明。

相比较一般的匠人，王师傅好算有文化的人，他是60年代的高中生，除了学习成绩好，体育也出色，曾经是宜兴中学生撑竿跳冠军。这样优秀的学生，当年因为家里成分不好，没能如愿上大学。高中毕业后，他回乡当了两年小学教师，之后拜师学木匠。

因为人聪巧，他学起来比别人上手快，而且他善于计算，会画图设计，这在草根手艺人中十分难得。起初，他木工活做得杂，打家具、砌房子、修船，样样都做，后来，他专注于打船。他打的船式样好看，航起来稳而快，深得周铁地区滨太湖村庄的船户欢迎。有船户使用他的船，转手卖时，会跟买主声称，这是老王打的船。船户借他的名头可抬高价格。同行对他既佩服又嫉妒，因为他技艺"精过头"。乡村有句俗话：又要马儿跑得快，又要马儿少吃草。这句话用在他打船上也合适，他的船在太湖里劈波斩浪，稳当快速，式样好看还省本钱。这对同行来说是压力，弄不过他。这对船户来说，却是天大的好事，谁不想节省成本呢？由于他计算精准，一艘船打下来，废料无几。于是在人们口口相传中，王坤荣成为太湖西岸首屈一指的造船大师傅。

真正的能工巧匠从来不墨守成规，他要会创新，会发明。20世纪70年代末，木材一度紧张，购买时要凭票供应。水产村有渔民来找王师傅商量，可否造铁船取代？这主意非常好，但王师傅放眼看太湖，没有看到一艘铁船。铁船和木船虽差一个字，但制作工艺完全不同，铁船对焊接要求高，而且船样的尺寸没有参考。

但是，这难不倒王师傅。他埋头钻研一段时间，设计修改图纸，终于打造出了一艘铁船。新船在太湖里航行，给苏州阳澄湖的渔民看到，对方羡慕不已，铁船比木船经久耐用，且成本低。很快，就有外地人请他出山打船。自此，王师傅打船的范围从宜兴扩展到苏州、无锡以及上海崇明岛，最多的一年，他带领徒弟打了大大小小九十九艘船。

我问王师傅，你打了这么多艘船，有没有图片资料？他摇了摇头说，可惜没有留存资料。

这真是遗憾。好在我听说，周铁村搞村史馆请他去打了一般三桅扯篷船，留作对过去岁月渔民生产生活的纪念。这对王师傅来说，也是唯一的珍贵纪念了。

而我，怀着深深的敬意，以文字记录之。

2021年8月17日

# 父亲的歌

我们那里，清明历来是大节，虔诚的人家，早半个月前，就忙着作准备了。姆妈阿婶们常常在安静的午后做钱纸，她们面前摆着五色纸，先用刀将纸裁成一条条，然后将几十条纸叠在一起，用凿子凿出形状来，外圆内方，状似古钱币。做好的钱纸，八条系成一蓬，红黄蓝绿白，很好看。这是妈妈们的清明手工。

乡村的人，通常把清明扫墓叫飘钱。挂一蓬钱纸在坟头，上面压块新土。风吹动着钱纸，如五色祥云飘动，这也是人们为什么用五种颜色的纸做钱纸的原因吧。

因为疫情缘故，这个清明节，我和妹妹无法到墓地上去祭扫，只能站在老家门口，向远方眺望，点一炷香，深深致意，遥寄父母。

白天的思念带到夜晚，我在灯下，翻出父亲的歌，听着听着，止不住泪流满面。父亲去世已经五年，我能听到他的声音，留存下他唱的战地歌，真是百感交集。

1953年1月,我父亲作为铁道兵跨过鸭绿江,编入中国人民志愿军二十一团四连。他在援朝中曾两次荣立三等功。

父亲很少跟我们说他的故事。他是周铁印刷厂的一名工人,后来当过一个时期的厂长,我听大人讲,他当过志愿军。记得小时候,家里有一只五斗橱,橱柜抽屉里有父亲的两枚志愿军参战纪念奖章,母亲将奖章包在一顶玉色鸭舌帽里,那是哥哥童年时戴过的帽子。还有一本红色封面的笔记本,本子里夹着几张照片,有父亲穿着军装的照片,其中一张是合影,跟一名朝鲜人民军战士拍的照片。父亲当时跟我说过这个朝鲜战士的名字,我因为年纪小,没有记住,只记得这个人姓崔。

父亲珍藏的照片到了20世纪80年代初,因为年代久远,颜色发黄了。当时,我哥哥的一位朋友会拍照,那人叫许建新,经常到我们家里来玩。父亲问他,你会翻拍照片否?对方说会的。父亲就把四张照片交给他,请他帮忙翻拍一下。那人一口答应了。父亲有点不放心,再三叮嘱他:这些照片不能弄丢。

原以为对方很快会翻拍好送照片过来的,谁知等了一个月都没音讯,父亲催了几次,都没着落,后来才知道,对方把照片丢了。

父亲很生气，为此事还跟哥哥发火，说他交的朋友不靠谱。我和哥哥很不理解，不就是几张旧照片么，值得这样耿耿于怀吗？

这想法当然很无知。许多年后，我才懂得父亲，那几张照片闪耀着他的生命荣光，可见血与火，勇气与担当。

人年少时往往不得要领，对父母缺乏耐心，没有深刻的理解，甚至对他们的爱不珍惜。我考入《宜兴日报》社前，曾经跟父亲在一个厂里短期工作过。那时候，厂里经常组织职工下班后开会学习，有好几次，父亲在等人开会前，站起来跟大家说，他来唱个抗美援朝的歌。也不管人家是真心欢迎，还是起哄看笑话，他就呱呱啦唱起来。因为是朝鲜歌，没有人听懂他唱的什么词。他像个独角戏演员，滑稽又可笑。我当时正值青春妙龄，死爱面子，深为父亲的举止害羞，甚至觉得他迂腐。现在想来，当年自己是如此浅薄。换作今天，我对中国人民志愿军浴血奋战的历史有更多的了解，我就不会觉得父亲迂腐，我会向年轻时代的父亲致敬。

父亲八十五岁那年跟我说，想要用一下我的录音笔。他会唱许多战地歌，大概近二十首，有中文有朝鲜语，这些歌极富现场感，鼓舞士气，为和平正义而唱。他记得歌词，能全部唱出来。他想把歌录下来，用他的话来说，这是"精神财富"，因为很少有人能记住这些歌曲了，像他这样年龄大的老兵，即使健在也都记忆衰退了，他想趁自己耳聪目明的时候，把这些战地歌曲录下来留个纪念。

我听了父亲的想法，非常赞成，甚至有点惊奇和兴奋，这么大年纪的人，还会记得歌词。我跟他说，不用录音笔，用手机录音效果很不错。

父亲真的记性很好，歌词记得牢。他说先唱两首中文的歌，让我录下来，放给他听听。当时，他和我母亲都住在镇上的老年公寓，我把门关上，以免外面的杂声进来。父亲听到我说完"开始"两个字，就唱了起来。老人家唱得很投入，普通话虽然不标准，但是节奏感很好。我当时录了他两首歌。

这两首歌不知何人作词作曲，旋律非常美，词意也很好。根据父亲唱的曲子，我记录了歌词：弯曲的河流，雄伟的山，钢铁的阵地英雄汉。用血汗筑成了钢铁阵地，用智慧克服了种种困难。大炮飞机摧不毁呀炸不了，我们的工事坚固巧妙，我们的战士机智勇敢。我们一个班能消灭敌人一个连，给敌人的打击接二连三。我们一个连能打垮敌人一个团，给敌人的打击接二连三。如果美国强盗爬上来，他要想活着回去难上难。

这一首歌节奏感非常强，另一首则比较抒情，歌词如下：炮火震动着我们的心，胜利鼓舞着我们。中朝人民亲兄弟呀，并肩作战打击敌人。我们越过高山，我们跨过大海，高山大海挡不住我们。为了祖国的安全，世界的和平，我们不怕流血牺牲。万岁万岁，朝鲜人民军！万岁万岁，中国人民志愿军！全世界向我们欢呼，我们为和平正义而斗争。

两首歌录好后，我当即放给他听。父亲说，他要把其他歌曲练练熟，不能打个愣，特别是用朝鲜语唱的歌，要唱准确，下次以最好的状态录制。

那天，父亲很高兴，我还录下了他的两首口琴曲《在水一方》《渔光曲》。

说好，我要帮他把近二十首战地歌全部录下来的。可人生往往没有下次，我的母亲因为严重脑萎缩，生活不能自理，病瘫在床，父亲接下来日夜陪伴，心情受到影响。每次我提出来要帮他录歌，他都说不在状态，等下次。

遗憾的是，一直没等到他状况好的下次。母亲去世后，他常常一个人吹口琴。他八十七岁差两天的时候，猝然发病去世，永远没有了下次。

父亲离世，家里设灵堂，我们没放哀乐，循环播放他的口琴曲《在水一方》《渔光曲》。

没有录全父亲的歌是遗憾，但让人感到安慰的是，父亲在去世前半年给了我一张照片。这张珍贵的照片，是他从朝鲜参战回国，部队驻扎在东北汤原时拍摄的，穿着双排纽扣军大衣，戴着东北大头帽。当年他把这张照片寄给老乡华平留念，照片背后有他的亲笔签名。

六十年后，华平的儿子有次在街上遇见我父亲，他说：我家里还有你的一张老照片呢。父亲很惊讶，华平已去世多年，他儿子居然保存着老照片。父亲就跟他去家里拿了这张照片，年代久了的照片已泛黄，看起来有些模糊。父亲便拿到镇上的照相馆，请师傅修复好。他洗了几张，用护膜贴封好，给我一张留念。

而今，我翻到父亲的这张照片，仿佛书页里面夹着的花瓣，花瓣虽飘离树枝，却仍有淡淡的清香，我闻到父亲生命的气息。

在这个夜深人静的夜晚，听着父亲的歌，我是那样想念他。

2021年3月31日

# 故乡三女儿

太湖水潮起潮落,哺育了不同时代的儿女。我写下晓星、燕农、沙慈的故事,心中生起暖意。

## 晓　星

腊月廿四是小年,插朵梅花便过年!我好想自己做枝"蜡梅花"。在这个风也飘飘,雨也潇潇的冬日,我想起从前教我做蜡梅花的邻家姐姐。

她要嫁给皇帝做老婆。

她敢从高桥上像燕子一样飞跳下去。

她敢一个人到广东去相亲。

她敢相信别人,不怕吃亏

……

这么多的敢,我现在想想真是可爱又可贵,活脱脱寒冬里枝上俏丽的蜡梅。

邻家姐姐叫张晓星，一条街上的人都叫她"皇帝老婆"。这称号不知是怎么叫出来的。听说，她小时候，街坊邻居问：长大了嫁给谁？她说要嫁给皇帝做老婆，大家都笑了。后来就都叫她皇帝老婆，从小叫到大。她也不害羞，也不生气。

晓星比我大六七岁，小时候她总带我一起玩。我跟着她，在满是星星的夜晚，听人家讲鬼怪故事。月光下，树影摇曳，就像无数鬼怪精灵的影子。我紧靠着晓星，生怕鬼怪把我拉去。

在我们这条街上，晓星胆子大是出名的，她会游泳，一大英雄壮举是从周铁桥的桥背上，像燕子一样飞落下去。7月16日是毛主席畅游长江纪念日，每年这一天，我们这个三面临水的小镇，河里只见游泳的人。

镇上的女孩子时兴剃游泳头，我的辫子也剪了，但我不会游泳，总站在岸上看别人游。第一个从高大的桥背上跳下去的是周铁中学的老师王桂明。当时，我们见到的房子最高也不过三层，周铁桥是镇上最高的桥，往下跳，心里自然吓丝丝的。十七八岁的晓星却跟着勇敢跳下去。大家都说这个皇帝老婆不得了。

胆大的姑娘很爱美，我记得她会做"蜡梅花"，用蜡烛和树枝来做。

她先从树上摘下枯枝，将棉花球粘在树枝上，星星点点的。然后找来红蜡烛，融化后，拿筷子头轻轻点一下蜡烛油，没干前脱下来，做成半个花瓣，粘在枯枝棉花球上，接着做另外半个。

除了做红梅，还做鹅黄色的蜡梅，用黄蜡笔调色。树枝上梅花朵朵，插在瓶里很好看。

我们家前门临街，周围都是店铺，修锅、修伞、染布、油条店、南货店、秤店……整日热闹得很。张晓星的母亲在卖猪血的店铺里做事，养父是个木匠，一只眼睛被碎木屑弹瞎，街坊叫他瞎生林。

晓星家隔壁就是旺店。这地方，人们习惯称猪血店为旺店，猪血为红色，红有兴旺之意，卖猪血叫卖旺，吃猪血叫吃旺。太湖边渔民将网放猪血缸里浸泡下，晒过日头，猪血吃牢网上，下水不易腐烂，这叫旺网。不知哪个人想出来的妙词，避开猪血，称之为旺。

晓星初中没念完就帮母亲干活，挑一对扁圆陶缸，到杀猪坊去挑新鲜猪血。她先在陶缸里撒些盐，放一薄皮水，等杀猪佬一刀下去，鲜红温热的猪血泻涌到陶缸里，她用木棍搅和几下，待血凝定后挑回来。她妈妈在店里管烧，灶上架一口大铁锅，猪旺烧好后放木桶里清水养着，有人来买，一块块撩起来称斤两。

樱红蕉绿 | 167

挑猪血是粗活,一个姑娘家做这事皆因家里穷。她长得好看,皮肤白,像水泼荷花一样鲜灵。

后来,她进了镇上一家生产瓶盖头的小厂。我读初中的时候,她有对象了,是王伟做的媒人。

王伟解放前在国民党警局里做事,"文革"中他是管制对象,好多人离他远远的,晓星无拘无束,不避不躲。王伟就想帮她介绍对象,帮她走出小镇。

男方在广东茂名石油公司。现在想想,这是多好的单位啊,石油公司。但当时没有这样的认识,广东也没现在这样富,交通也不发达。镇上的人想,王伟会不会把骗子介绍给晓星?但晓星不怕上当。在王伟牵线下,她与一个叫梁华柱的青年通信了。没多久,她从周铁坐轮船,再转坐火车到茂名,寻到石油公司找梁华柱的单位。一个从没出过门的姑娘思路清晰,先寻到单位,确认到人再相亲。

这一趟相亲的经历,后来我们当故事一样听,从晓星带回来的照片看,茂名的经济条件比我们这里条件好,男方家茶几上铺着白色针织桌布。

恋爱中的姑娘总想分享,她把那人的照片拿出来给我们看。梁华柱还在信上说要像爱护眼睛一样爱护她。我和另外一个叫王玉梅的姑娘听了嗤嗤而笑。那时我虽然还小,但知道这就叫恋爱。

我记得，晓星出嫁时，她妈妈陪嫁给了两床被子，我妈妈帮定被子。结婚被子缝定起来，一根线从头缝到尾，中间不能断。我妈妈是街坊眼里的麻利人，嘴巴又会讲，缝定被子好话一连串，都是讲的祝福话。

就这样，晓星带了两床被子远嫁了，挑行李的小扁担还是我家的。后来，她经常写信回来，她母亲不识字，街坊邻居们帮她读信，也帮她回信。从来往的书信中，我们知道晓星在工艺蜡烛厂上班，很不错。后来，她回来过，送给我们家广东特产，还有漂亮的蜡烛，说是出口的。再后来，她母亲和养父先后去世，就没有了她的消息，而我也离开了那个小镇，进城工作了。

我不知道当年的这位邻家姐姐现在好不好？是否还是不怕困难，敢说敢为？她是否也会想起我？

## 燕　农

燕农的父亲吴石宝开杂货店，卖针头线脑、卖铅笔练习本、卖洋卵泡、卖荷兰水。

我们小时候把气球叫洋卵泡，春节前后，燕农家门口摊头上挂着打足气的洋卵泡，红颜色，黄颜色，绿颜色，飘来飘去，很好看。

夏天呢，摊头上卖荷兰水，二分钱一杯，薄荷味道，有点甜，冰冰凉。水装在玻璃杯里，淡绿色，很好看。

燕农是吴石宝的小女儿，眼睛明亮，声音清亮。样子俏丽，很好看。

1980年，镇上来了一个武术团，让我们开了眼界。武术团的功夫好到什么程度呢？人发功后平卧在两张板凳之间，身体架空，身上放重达几百斤的大石头。然后一个壮汉用铁锤向巨石猛击几下，石块倏然断开，四分五裂，表演的人平复如故，安然无恙。

这样的武功轰动了小镇，戏馆子里场场爆满。

20世纪80年代初，演艺活动不像现在这样注重造声势，他们只是贴了几张海报，没有更多的宣传。

多少年后镇上人晓得他们的来头，惊呼：了不得。武术团原来师出名门！1919年，打遍四十六国无敌手的世界"第一大力士"——俄国人康泰尔来中国设擂台打擂，多日无人应战。时年三十八岁的河北沧州人王子平怒发冲冠，纵身跃上了擂台，最终击败康泰尔。当时，革命先驱李大钊编辑的《晨钟》报，以《大力士偃旗息鼓》为题作了报道。

这位王子平便是费隐涛的师傅。费隐涛自小习武，八卦拳、少林拳打得出神入化。他的儿子女儿功夫也都非常了得，尤其是小儿子费玉樑，武功高强，人帅气。

费家班来我们小镇表演，正值改革开放不久，政策允许单干，大概也是在摸索走市场化的路子，费家成立了江苏省心蕾武术团，所以巡演到小镇。

他们住在燕农家对面的旅馆里，一见钟情的故事就在我们东街发生。

十七八岁的燕农对台上耍银枪刺喉、醉剑醉拳的费玉樑一见倾心。很快，有人看见她和费玉梁雨中散步。

武术团在周铁表演了一周时间，就巡演到别处去了。镇上好事者津津乐道编故事，说费玉樑因为想念燕农，在舞台上走神，功都发不了。后来，老父亲出面，把燕农接去，在表演团队里卖票兼报幕。

是不是真的这样？我不知道。总之，燕农跟武术团走了，几个月后结婚嫁给了费玉梁。

一般人是不敢的，武术团到处演出，意味着漂泊，燕农敢。一个"敢"字，命运改写，从此夫唱妻随。

1986年费玉樑到荷兰开武馆，燕农随夫打拼，把中华武术文化传播到欧洲国家，至今，费玉樑指导了近三万名"洋弟子"。中国武术被正式纳入荷兰国家运动项目，费玉樑功不可没。

燕农是我小学同学，是我们东街走出去的女儿。

## 沙　慈

我在追寻诗人沙蕾时，看到沙慈的照片，读到她写给寰弟（沙恒）的信。我大大惊讶，周铁小镇走出如此明媚的女子。她穿着淡绿色碎花连衣长裙，像一株水仙，亭亭玉立。

照片上的沙慈看起来三十几岁，实际年龄不知是几岁，她一直比真实年龄要看轻许多。据见过她的后辈亲戚李苏庆说，沙慈八十岁时还很美，身轻如燕。

沙慈是民国时代的美女，如果活到今天，一百零四岁。沙家兄妹学名沙蕾、沙恒、沙慈，本名凤骞、凤寰、娓娟。哥哥沙蕾是著名诗人。

我最早知道沙慈这个名字，是读北京大学原副校长沙健孙的回忆文。1937年秋，为了躲避日寇暴行，沙健孙跟着祖父母和姑母沙慈开始逃难，经安徽进入湖北，到达沙蕾工作的地方武汉。抗战时，沙蕾是中华全国文艺界抗敌协会发起人之一，出版杂志。沙慈到了武汉也参与编辑工作，宣传抗日救国。

沙蕾是个诗人，用沙健孙的话来说，"父亲生活在自己的天地里，很少关心孩子。"抗战胜利那年，祖父母相继去世，父亲还在大后方，沙健孙离开周铁，随姑母到上海就读。

也就是说，沙慈二十几岁就离开周铁到了上海。

她是旧时代里少有的新女性，老家周铁的亲戚过去教育女孩子时，就举例"千万不要像娓娟那样"。因为听说她经常进舞厅跳舞。

沙慈后来嫁给了一个医生，随夫到了香港，20世纪90年代，一家定居加拿大，生活幸福。

我被沙慈打动的，不仅是她的美丽，而是女儿情。弟弟凤寰落难，她时常从香港寄钱寄物来接济。而且，她到老都有着活泼泼的小女儿情。

她寄给凤寰的照片，后面多有书写。其中一张这样写道：

寰弟，见相如见姐。

只是摄影友人长得人太高，镜头对下，把我缩短了。此相上月所摄，此间到处樱花盛开，满树粉红不见叶。一年的好天气开始，至十一月才仅剩一片绿草地与松木绿，住室内各式花接续开，希望你今年就来此相聚同游。

草地上是花瓣，不是别的。姐姐。

我读到照片背后的文字，忍不住笑了，她真是一生爱美。还特地说明，是摄影把她拍矮了，草地上是花瓣，不是别的。

有这样的姐姐，此生温暖，再苦也有安慰。

2023 年 2 月 2 日

# 莫先生

莫淼渊在村子里是个"怪人"。有人称他莫先生,他说自己是割草樵柴的乡下老头。

这还真是的。

春播,他忙着锄田种东西,一天挑了十九担大粪。这年头,人家都用化肥,他挑粪壅田。

他还动手挖墙脚,砌了两层简易房,没请一个小工帮衬,一个人搞定。

可是,如果你就此认定,他只是个割草樵柴的农夫,那就错了。

那天,他卖了4731斤报纸,卖到4700元钱,说准备买酒喝。他卖的是1982年以来的报纸,因为数量大,收购总站直接上门收,收报纸的人见这么多报纸,好稀奇。这个七十三岁的老头,常年订阅五份报纸。不是一般人!

他三开间平房里,七个书架藏书上万册。书斋名叫"刍尧斋",由当代著名书画鉴赏大家杨仁恺题写。没文化的人还真识不了，这个"刍"字用的是象形字，像一个人的手在割草。而另一个"荛"字，用的是古体字，樵柴的意思。难怪他说自己是割草樵柴之人。

他干完农活，就在书斋里写写画画，最喜欢画葡萄。人家进他的书屋，奇怪的是，书香和墨香被浓浓的香樟味盖住了。他收藏了许多宝贝，为防止珍贵的古籍虫蛀，他用樟脑丸除湿杀虫，屋顶还装了监控探头。村人不明白，这些发黄的书有什么价值？你还在屋子里装"天眼"防盗，真是个怪人。

莫先生的世界少有人懂，丰盈孤寂一如古老的村庄名。

他的家在周铁儒芳里。传说苏东坡当年泛游太湖，途经此地，闻学子书声琅琅，感慨道：孺子可教，儒风芳菲。村庄故称儒芳里。著名画家吴冠中有幅名画——《故乡小巷》，画的就是他家对面的这条巷子。

他出生在一个道教从业者世家，父亲莫燮云精熟多种民族乐器，会书法，绘画，唱昆曲，自己制作珠灯，民国初期创建兄弟道房，名盛宜锡常一带，与民间音乐家瞎子阿炳多有交往。

年幼时，莫燮云常跟父亲到乡绅马绍良家去。

马老先生在周铁下邾街开一家中药铺，家中有许多珍贵书画。父亲经常去那里喝茶、看字画、聊地方上的轶事。莫淼渊不懂这些，就到前面药店里找甘草、熟地吃。马先生从不骂他，这是个良善的人，清瘦、高高的个子。他家到底有多少字画，莫淼渊不知道，有三件他至今不能忘记：四尺郑板桥墨竹、曾国藩篆书对联、法国画家达仰的牧牛图。据马老先生讲，达仰是徐悲鸿在法国的恩师，这幅画是达仰送徐悲鸿作纪念的，抗日战争时期流落在民间，被他高价购得。莫淼渊记得画面上牧童牵着一只牝牛往山边走，牛不肯上山，牛绳笔直，远处高山下绿草芊芊。凡见到这幅画的人都恨不得去抽牛几鞭子或帮牧童去拉牛，一个画家能使自己的作品牵动赏画人的心情，这是高超的技法。可惜此画在"文革"中被当地造反派在下邳西街当众撕毁烧掉了。

莫淼渊从小在家庭氛围里浸润，对书画、古籍、民间手作工艺等，有亲近喜欢之心。可是，"文革"十年动乱，家中收藏物品遭灭顶之灾，父亲看着这些藏品投入炉中，含泪仰天告诫儿子：好好做人，自己努力，收藏无三代，切记。

后来，那些精美的藏品总在他脑子里浮现。家庭的不堪际遇，父亲孤寂的晚年，让他对世事沧桑有痛彻心扉的感受。他常常对着一张老照片凝望,父亲和道友孙剑人站在雪地里,白色围巾相拥。这是父亲最后的留影,照片背后写着:"混沌世界兮唯风清雪洁,鬓发苍霜兮兰心惠质。"

远逝的父亲无从触摸,可是他相信,散落在民间的工尺谱里,能找到父亲演奏过的音符,能找到江南道教音乐的遗珠。

父亲说过,1926年,他和孙剑人等道友梳理江浙一带的道教音乐,抄录四本道乐曲谱,里面有232首民乐古曲。这四本曲谱年代久远,现在已经散失,但健在的莫家班弟子手里仍有部分保留,他要收集起来。他不光收集古谱,那些名家书画、民间工艺品、家谱、古籍等等,能收到的,他都想设法收藏下来。20世纪80年代初他搞企业经营,这时手头已有了些钱。

寻寻觅觅的收藏之路开始了,如老树写的诗:穿过有草的土地,穿过开花的村庄,从一个村庄奔赴另一个村庄。我问起每一个陌生人,河水流向了何方?可听过一位盲人的野唱?

他追寻老祖宗留下的珍贵物件,考证物件背后的人文价值。有次收到一块青蓝布,上面精美的花纹让他眼睛一亮。这是宜兴失传的灰染手艺作品。相对于贵州云南那边的蜡染，宜兴的灰染是用石灰浆染。在明角（早期的玻璃纸）上刻出点状图案，有鸳鸯戏水、麒麟送子、牵牛花等。白布漂洗、晒干、熨平后，将刻有吉祥图案的明角覆在上面，然后用石灰浆涂抹，布上便留下点状的花纹，接着漂染，干了将石灰洗掉就成型。失传的灰染手艺，现在还有几人知道？他如获至宝拿回家中。

在收藏中，他研究地方传统文化，常常关了书屋门，拿出来品赏，好像穿越在时光隧道里，感受先辈们的智慧，与他们交流对话，其乐无穷。

村里的人不懂他，这老头子收了这么多东西到底想怎样？带到棺材里去垫底吗？现在又没有棺材。留给子女吗？还不如卖掉换现钱实在。

几十年里，他寻宝、藏宝。这些藏品有出大价钱购买来的，有用物品去跟别人交换的。一辈子收藏到底是为了什么？这个问题他反复在想。有一天他想明白了，自己年纪大了，得为心爱的藏品找一个好归宿。2021年春节前，他与一位文友商量，想捐赠。文友非常赞成，当即帮联系宜兴市档案史志馆。

首批捐出一百多件（册），他称之为第一个"文化女儿"。出嫁这天，档案史志馆副馆长带人"迎娶"。

捐赠出去的古籍因年代久远，有部分已出现粘连、老化、霉污、糟朽等情况，样子难看，急需修复。让他欣慰的是，"婆家"没有让他失望，他们邀请金陵科技学院文献保护研究所的专家来评估，并拨专项资金，抢救性修复保护。不久，他收到了九册书的修复成品样图。经过修复的古籍，仿佛受过苦难的女儿披上了华彩，他被婆家的诚意和负责精神打动了。萌生将"第二个文化女儿"——宜兴先贤书画捐赠出去的想法。之后他忙着为二女儿出嫁作准备，他称之为做嫁衣，为即将离他而去的书画写背景资料，当作一件陪嫁的新衣。

称之为"二女儿"的捐赠品，一共有二十六件。其中有多幅是明代、清代、民国时期的名家作品。

二十六件藏品有着二十六个故事，莫先生写下了背景资料。他记得1979年，一位朋友带他去看一件清代老画，四条屏人物画，画家是止庵。据这人讲，此画是他丈人家的传家宝，"文革"时怕抄家，就把轴头撕去，砌在墙壁里。丈人去世后，由他们三个女婿轮流收藏，第三年换一家，丈人没有儿子，他是大女婿，这一年是轮到他收藏的第二年，莫先生问那人卖否？对方讲不卖。他回来后同父亲讲了四幅画的大概情况，父亲想了好一会儿告诉他说：清代宜兴有一个进士叫周济，好像是止庵这个号，丁山那边人，三十岁不到外出为官后未回宜兴。过去曾听人谈论到周济，但从未见他留下的书法和绘画作品，只知道他绘画、书法、诗词都很好。我看这件画八九不离十应该是他的，你如果有可能，去买回来收藏，应该不会错。

听了父亲的话，莫淼渊一有空就带上包烟，骑上自行车到那户人家去，时间长了，人家答应卖给他，开价吓人一跳，要六千元。要知道这是一笔巨款，当时普通人每月工资才几十元。他刚成家一年，手头有点钱正准备造房子。犹豫了一番，他狠狠心，带了钱去买回来。父亲看后说：应该符合周济这年龄画的，对一个不到三十岁的人来讲，已是一件了不起的作品了，更何况可能是孤品。

抚卷凝思，往事历历在目。莫淼渊将宜兴先贤书画装箱打包捐赠出去，一度动情落泪，几十年相伴有了感情，心里难免有些不舍，但他深知，捐给宜兴市档案史志馆永久收藏，这是最好的归宿。

2022年3月9日

# 经纪人

老张衣衫湿透,两只手搭在磅秤上,神情像一时脱力的老虎,趴在那里。他五点钟起床,早饭没顾上吃,帮村民销了近二万斤冬瓜。又要帮搬,又要过磅称重,站起来维持秩序,坐下来记账算账,忙了三个小时,你说他累不累?

农民经纪人不好当,这两天他头都疼,一天要接打上百个的电话,嗓子冒烟。

今年漊区冬瓜长势好,条条粗壮,三四十斤一条是平常,最重的称称有五十多斤。丰产应该高兴吧?不见得。

去年冬瓜卖到五角钱一斤,今年农民一拥而上,种多了,价格往下跌,最低时一角五分钱一斤。进入伏天,外地客商来拉菜的车减少,各家冬瓜躺地上等着出松,急煞人。好在老张名气在外,几个大超市一联系,无锡、泰州有大卡车来拉冬瓜。

早上六点钟集结发货,通往周铁镇横柑漊自然村的路上，几十辆电动三轮车向着同一个方向。他们都是赶早市卖冬瓜的农户，昨天接到老张的电话，今日一早下田摘瓜，多的几十条，少的七八条。大大小小的车，集合在老张家门口的场地上，等着过磅交易。

人声嚷嚷中，一个胖胖的妇女，左手握着贴伤膏药的右手，跟村民诉苦："疼到我眼泪都掉下来，横则搬，搬不动，竖则搬，搬不动，后来索性像抱伢伲一样将冬瓜捧上车，运到这里。"

老张每天面对的就是这些群众。种菜卖菜的农户起早摸黑，谁家没有故事？渎区平原上的农民，像大地上卑微的草一样，坚韧顽强。

他腰间盘突出，背有点佝偻。来的乡亲大多上了年纪，他顾不得自己伤痛，总要去搭把手。

一条条冬瓜往大卡车上搬，村民相互帮忙递送。有性急的农户怕轮不到自己卖，试图插队，立即招来后面排队的村民一通骂。老张站起来帮维持秩序，跟大家说："不要急，这车装满，没轮到卖的人，把货拿下来堆场上，明朝还有无锡车来装，不会让你们拉回去的。"

众人心定了些，有人自我安慰起来："不急不急，昨天一角五分钱一斤，今天已卖到二角钱一斤，后面可能会涨。"

这边秩序稳了，那边卡车司机喊："太多了，太多了。

要超载了。"

老张眼睛瞄了瞄车，伸手在计算机上"哒哒哒"地敲击，一笔笔加起来。

一看结果，司机大声喊："赶紧往下搬三吨。"

众人已是汗流浃背，往上搬是高兴的，往下搬都不太情愿，站一旁缩手了。

老张说："都不容易。"说完站起来帮搬。大家只好跟着，七手八脚往下搬。

老张说得对，谁都不容易。农民不容易，长途贩运的司机也不容易。这辆泰州车的司机要免过路费，只能装7吨到10吨之间，低于7吨，享受不到农产品过路费减免政策。如超载，过路费免不了，还得罚款。

彼此理解万岁。最后装了19100斤，按2角钱一斤售价结账，老张开出了7月12日的发货单，总计3820元。这笔钱，全部返回给村民，他不赚农民一分钱，只收取买方客户较低的代理费，每成交一百元抽三元。泰州客户今天拉走一车冬瓜，付给他100元代理费。

老张手里有几十个客户，这些客户都是他滚雪球，一个个滚出来的。

一个好的经纪人，必须得到双方认可，客户信你，农户听你，这很不容易。经纪人是买卖双方的中间人，说白了，就是个媒人。媒人大多能说会道，老张则话不多，相貌看起来比老农民还老农民。

他做经纪人，自家还种八亩地，正因为自己种田，有切身体会，知道农民的难处。

早市像湖水一样退去，村民卖完菜，开着空车归家。老张忙到八点钟，才有空端起青边海碗吃早饭，乡下出力干活的人，全靠会吃。

三碗白粥下肚，顺手翻看一下账簿。上面有打勾记号的，表明钱已结清。这通常是远路来的农户，买方商家货款未到时，老张先垫付一下，省得农户跑两趟。近一点的村民，老张晚上与他们结账，正好落实第二天所需要的品种和数量。他不拖欠农民的钱，方圆二十里范围内，近千农户的蔬菜经他手销出去，都是当天结清账。

他的账本摊在桌上，人人可翻看。这几天，他主销冬瓜，兼带其他品种，一笔笔都有记载：允华小毛菜50斤，老孟水瓜30斤，大王茄子一百斤，赵琴芬百合籽30斤，海兴丝瓜20斤，老陈葫芦30斤……

大批量冬瓜交易散场后，隔会儿就有农户来打听行情。老张设在家门口的交易点，挂着益农信息社的牌子。这好比是大地上的一棵消息树，远近村民能从这里获得各

樱红蕉绿 | 185

种信息，并有所依靠。

有个老妇人问："下午还有城里的车来收小菜不？"

老张和气作答。那妇女随口称赞了一句："老张人蛮好。"

"好个鬼。"老张老婆正在打扫场地，忍不住接话。她跟着老张一年忙到头，一天都没得歇，不免有些埋怨。

"你讲他不好，就不好啦？我们老太婆都讲他好呢，年轻人不高兴种田，个个外出打工。这难为了老年人，见不得田荒，种了又愁卖。多亏老张帮推销，省去了我们多少麻烦。"

这位妇女叫胡小仙，来自洋溪村，说话直爽不饶人。

老张老婆说不过对方，扑哧一声笑了，然后冲老张发话："你要去打证明，还不快点去。"

老张听了提醒，赶紧起身。田里马上要布局种花菜、药芹等品种，下午拖拉机先来耕田，他得赶紧去村里打证明，到派出所去盖章，拿到手续，到加油站去打油。这一上午够忙了，他还要到镇政府去办点事。

早市忙出了一身汗，连眉毛上都是汗珠，到镇政府去，得换件像样点的T恤衫。他内心觉得，自己是有组织的人，当经纪人三十多年，被评为无锡市劳动模范，这是地方政府对他的认可和鼓励。让他暖心的是，那回他送蔬菜到周铁敬老院去，路上翻车，人差点摔死，送到医院，右臂缝了五十多针。镇工会的领导赶到医院去慰问，他感到来自组织的关怀。

老张换了干净的衣裳，开着电瓶三轮车出发，前脚离开村庄，后脚就有一对老夫妻送冬瓜来。这对老夫妻是邾渎村人，开车到横柑渎，早市已散场，老太太急了，这冬瓜难不成要拉回去吗？

老张接到她的电话，马上折回来。他不想让人家白跑一趟，先收下，等明天有车来发货。

"老头子身体不好，一个人弄不来，我开车陪他来，衬把手。"七十八岁的邱惠珍驾着电动三轮车，车上载着她七十九岁的老伴和八条大冬瓜。见了老张，她念叨起来："小辈挣钱不容易，我们手脚能动，尽量不增加他们的麻烦。"

老张知道她腰椎、胸推、肩胛都受过伤。农村有无数这样的乡亲，一辈子付出，老了还时时为小辈着想。他见证了这片土地上，太多乡民的不易，日子长了，心里自然常怀悲悯。

他帮老夫妻将冬瓜抬到磅秤上，八条冬瓜称到230斤，按今天的行情价格结算，收入46元。

邱老太说："子女反对我们种田，种点菜，本都捞不回，一个跟头摔下来，医药费花去几千元，得不偿失。"

樱红蕉绿

来送菜的人愿意跟老张说说心里话。他理解他们,都是从苦难中过来的人,对土地有不舍之情。农民放不下土地的心态,跟他放不下农民一样。他在家门口设立交易点,就是为了便利农民。

好多年前,渎区农民驾船出去卖菜,入东氿,过太湖,常有沉船事故发生。

有两件事,他一辈子都忘不了。

那一年冬天,他们夫妻俩驾船去无锡卖菜,船靠岸,两人挑担进菜场。三岁女儿睡船舱里,醒来后不见爹娘,走跳板出来寻,结果跌入河里。幸亏河岸边有人看见,跳入河中将她救起,并用棉被温暖冻僵的孩子。

第二件事,有一年,他和同村三个人开挂桨船去丁蜀卖菜,归家时遭遇风浪,船在东氿沉没,村民蒋松南和胡琴珍是对小夫妻,双双遇难身亡。他和另一个村民,所幸被施荡桥撩猪草的农民救起。

这两件事给了他最朴素的信念,一定要做个好人。同时他发心愿,要为农民卖菜难寻找出路。

广袤的渎区平原上,农户一家一户分散经营,而这一家一户却有千家万户。老张做经纪人,二十里圈心,不容易。这是农户对他的评价。

三十年来,他从一个健壮的汉子,变成一个弯背老人,虽如此，他仍是淡区菜农心目中的靠山，村民抬眼看到的一棵消息树。

老张，大名叫张卓均，今年六十九岁。

2021年7月27日

# 百岁翁

1

有个叫"一怪食志"的人发了个微头条。

他在无锡市场图书馆碰到百岁翁周坤生老先生。令他惊讶的是,周老爷子没有人陪同,耳不聋,眼不花,走路不用拐杖。与别人交流没有任何困难。

老爷子是宜兴周铁人,原是无锡公益中学语文教师,现在已是五世同堂。

这个年轻人写道:我和周爷爷一同离开图书馆,到大门口,外面下雨了,我说我避避雨,老爷子却顶着雨走了,我站在原地,直到周爷爷消失在我的视线里。

年轻人说避避雨,百岁老人却顶雨走了。

一个顶字,让人心生敬意。

周老先生为什么要去无锡图书馆查资料?

我听他说过。

老先生长期研究谱牒,最近发现宜兴蒋氏历史上的一位重要人物。这份史料是民国时的钢板刻印稿,他已考证了多时,断句,注释。写下了厚厚的一叠考证研究文字。我看他手稿最后有句话"必汇览群籍而求之"。

2

老先生从无锡来宜兴周王庙祭祖,约我下午见个面,我欣然应之。记得前年,他九十七岁时来周王庙,为同族修订家谱,事情办好后,我向他请教一些事,得知我在写长篇小说《十八拍》,老先生拿过我的笔,写下他中学时读的课文鼓励:天下古今成败之林,若是其莽然不一途也。问其何以成,何以败?曰:有毅力者成,反是者败。此为梁启超语。

老先生出门挎个双肩包,常常一个人乘公交车从无锡到宜兴,那包里装着个平板电脑,电脑里装着他写的文史资料。他微信名叫"百岁翁"。

3

我有事请教老先生,有一次打电话问:"你在哪里?"他说在锡兴馄饨店,无锡城里这爿店对九旬以上的高龄老人免费,只要身份证就可吃十只馄饨,二个馒头。他到小女儿家去,中午就在那里吃馄饨。他想碰碰看,像他这样年龄的人,还会有谁在这里吃免费馄饨,来吃过四次了,一回都没碰到这样的人。

他告诉我吃了馄饨,到小女儿家去午睡一会,等二点钟外孙女回来,向她请教电脑上的几个问题。

4

老先生将芍药、铁线莲、绿菊从地上挖出来,连带母土装在拉杆箱中,很大很沉的一个旅行拉杆箱,从无锡带到宜兴,送来给我移栽种植。

他种了好多花。

有天晚上,他把我拉进微信群,在群里发了一个牡丹花开的视频。第二天我打电话问他,建了什么群?他说:"像老小孩一样,好玩起来,也建一个群试试怎样发视频。"

正是春天牡丹花开的季节,无锡小娄巷姓孟的人家,有棵种了一百年的牡丹，今年开了八十五朵花。他七转八拐找到这户人家，拍了视频发群里。

我说，你一个人出去坐公交车，上车下车要注意安全。

他说，不碍，我出来，儿子们都放心我。

## 5

老先生今天电话我，说前天他坐重孙的车子到宜兴，把花苗放周铁马医师那里了，他在乡下老家停两个小时就回无锡了。

我说天热，你别跑出来了，注意安全。

他说，基本不出去，就跟梁溪书画院的老同志在公园里会会，坐公交车四十分钟就到。他会带点小花苗给老朋友，像掌上明珠这类小花。

又说，下趟有机会，我带盆来你。然后向我普及掌上明珠的出处及样子。它长出像青菜一样叶片的植物，叶片上会结芝麻大小的珠子。珠子落地会生根，又会长出一棵青菜样的植物，生生不息。

## 6

早餐时,老先生微信语音跟我通了十多分钟话,一是春节晚来的问候。二是跟我打个招呼,现在疫情变化大,他生日邀约红梅公园聚会看梅,扎口小儿子负责通知。

之后,聊了日常生活。他说现在每天还能在老家村子周围走动五六千步。

我说,那你以后就长期在周铁老家了吧?他说不一定。无锡两个儿子,大儿子八十三岁,身体不如我。小儿子老婆最近身体不好,暂时顾不及我,我就回周铁老家住二儿子家。二儿子也七十几岁了。以后要看自己状况,如果身体不好,我不能成为他们的负担,那最后只能去养老院,说不准的事。

他说,他看到了一篇文章,现在有机器人服侍,两年后1000美金可以买一个。

## 7

明代冯梦龙《灌园叟晚逢仙女》中,记述了一位秋公,"因得了花中之趣,自少至老,五十余年略无倦意,筋骨愈觉强健,粗衣淡饭却悠然自得……"周老先生比之秋公,爱花之情更深。

他种花惜花，最多的时候，有过五个种花据点。这五个据点，有他学生家，有他朋友家。他们都爱花，因忙于工作，没空精心照料。于是，他们给周老师一把钥匙，请他方便时去帮着修枝剪叶，浇水施肥。老先生喜欢动动筋骨，经常坐公交车出去看花护花。

他给我写的种花要点和体会，文字精雅：去年深秋，菊展结束后我才剪绿菊的高枝条，保留小的开不出的花蕾，却意外地开得像乒乓球大，绿得可人。到新年中，仍旧碧绿。

天气炎热，知了躲树荫下都懒得叫。马医师讲，周坤生老先生搭便车来过周铁，带来锦屏滕和绿绣球花。

箱子里留了个纸条，告诉他怎么扦插。分开插枝，装入小盆，可密植，成活后装入盆中或园地中，搭成架子爬上铁丝架。成活后应通知冯乐心来取。

马医师是种花高手，可也犯难了，这么炎热的天，很难成活啊。

我问，老先生回无锡了，还是宜兴？

马医师说，路过，不知道去向。

8

在研究宜兴渎边藜照堂宋氏家谱时,周老先生发现宋氏1941年写的《重修宗谱序》。

序文指出:"今日之世界,生存竞争之世界也,而欲求胜利,必重团结。""恭读总理遗训,则以家族为基本,由宗族而及于国族,直以宗族为组织人民之梯阶,宗谱为鼓舞团结之史册。故宗族中之有家乘也,其效用所及,实有关乎民族之存亡、国家之兴废,岂仅敬宗睦族而已哉!"

周老先生撰文解析:彼时国家多难,民族蒙尘,此文真是不同凡响,掷地有声。这篇序文,从传统的尊祖敬宗、光耀门庭的"收族"观念,上升到为民族为国家求生存求发展的新氏族观。进而结合当时国运阽危、百姓蒙尘的形势,主张应该"亟加纂辑"宗谱,借以"结集同宗",为完成抗日伟业而"各尽绵薄"。

老先生这篇文章在网上发出后,宋家后代宋芋找到他,引出了一段故事。

宋苇和宋芋的老家在周铁赵渎,两人的名字有乡土地域味,太湖边有芦苇,太湖夜潮地出产芋头。给兄妹俩取这样的名字,可见父亲对故土怀有深情。但宋家在多次运动中受到冲击,往事不堪回首。在外地工作的宋苇和宋芋想了解自己的家史，没处查寻。

有一天宋芋在网上看到"三辈乐"的博客，她喜出望外，通过宋氏家谱，走访周老先生，帮还原了历史。

原来，宋芋的爷爷叫宋麟祥，民国时留学日本，回来后在汉口任过职，在家乡创办过生姜合作社。1937年11月，日本中岛十八师团从太湖登陆，周铁沦陷，日军到赵渎村作乱，宋麟祥有留学背景，出来跟日军周旋，保护了村民。宋麟祥父亲宋斐是清朝末年的拔贡（科举时选拔国子监生员的一种）。此人做过官，对地方文化多有研究，潜心考证江南名碑国山碑，写下著作，家谱中有记载。宋家在赵渎村造了望湖楼，经常邀人吟诗谈文，结交了不少权贵。抗战时，宋麟祥在宋家祠堂编写家谱，家谱中收录了国民党第三战区长官顾祝同为宋麟祥病逝妻子所写的祭文。解放后，宋麟祥逃亡在外，客死他乡。

## 9

午休后，老先生用微信跟我通了25分钟电话。

你最近忙啥？

很想写点东西，但小儿子锡强说我脑子不灵了，写的东西没逻辑性。

想到宜兴城里看看周处文化研究会的老朋友，想回周铁走走，现在锡强不放心我一个人坐公交车。看来以后要小辈陪着才能出来。其实我自己感觉不碍事，可以的。每天早上下午公园小区里，步行还有八九千步的。

现在钱也用不着了，由锡强保管。但我支付宝里还有三千元钱的。

好多老友跑掉了，再也看不到了。

2023 年 7 月 20 日

# 仰望星空

蔚蓝天空下，圆型建筑"仰望星空"四个字让我肃然起敬。脑子里瞬间跳出王开岭的话来：生命之上，是山顶。山顶之上，是上苍。对地球人来说，星空即唯一的上苍，也是最璀璨的精神屋顶。

在一所农村学校，见到紫金山天文台模样的圆塔，见到"仰望星空"这样的标记，我眼睛一亮。

这是宜兴市鲸塘小学，全校六个班级，学生数很好记，吉祥数188。

讲实话，这是一所小学校。

再讲句实话，当地家境好的学生，大多在宜兴城里、张渚镇上、徐舍镇上就读，这里的学生基本是弱势群体的孩子，家长都是没啥"花头"的人，种田，打工。有相当一部分是外地民工。

这所小学令人刮目相看的是，学生个个会下象棋。象棋团体比赛总积分稳坐宜兴市小学第一名，无锡市比赛团体获得过第二名。

买副象棋几十块钱，贫困家庭也可以负担。棋局千变万化，运筹帷幄，很能锻炼心智。学棋不要花钱，家长自然高兴。城里孩子上乐高课，上编程课，一年培训费不少，他们没有这样的经济条件。

老师中有多位象棋高手，他们辅导学生。学校编印了一套乡土课本《棋迹》，一年级学生就熟记走法。

> 马走日字，象飞田。
> 车走直路，炮翻山。
> 士走斜路护将边。
> 小卒一去不复返。
> 车走直路马踏斜。
> ……

学校的校训朴实"走好每一步"。下棋要走好每一步，人生更要走好每一步。一语双关，通俗有深意。

我这天是跟祖英姐走亲到鲸塘，她是农家出身，20世纪七八十年代大学录取率低，她家兄妹四人都考上大学，知识改变了整个家庭的命运。祖英总跟我念到年少时碰到的乡村好老师邵重英、程淦，他们兄妹很感恩两位老师的引领。她这天拉我去鲸塘小学是落实乡土教育,根据她已故父亲和烈士吴筱龙的战友情,学校编写了《黎明峰火》故事。

我们去的时候,学生下课去饭厅吃饭,孩子们很有礼貌,见面叫我们"老师好!"

见到了校长杜鑫和王岩波老师,两人都是师范毕业生,从事乡村教育二十多年。

坚守乡村不容易,值得尊敬。

见到校区停了四辆黄色大巴车,心头一热。

188个学生配有四辆校车接送上学,政府考虑周全。这里的学生来自庄村、红星、胥藏、诚庄、下庄、堰头等村庄,远的走走要四五十分钟,有车接送就方便了。

我很容易动情,设想明年春天,到这个学校义务为孩子们上堂作文课,仰望星空,让梦想插上翅膀。

2024年1月4日

# 素 华

那是一个秋日的上午,我和同事到棠下村采风,车子在村道中行驶,我看到一个熟悉的身影,当与她接近时,我认出了对方,摇下车窗,大声招呼:"素华,张素华,你到哪里去?"

同事见我遇到了熟人,赶紧停车,让我有机会跟对方说话。

张素华穿着一件红色的线衫,戴着白色边框的眼镜,撑把橘红色的阳伞,手腕上戴着五彩手链。呀,这个张素华挺精神的。我高兴地说:"好久不见了,素华,你今年几岁了?"

她答:"七十七岁。"

问了她几句话,她前两句是正常的,后几句就不对劲了。我笑笑,这人还是那样,时而清醒时而糊涂,逛荡了几十年,还是生活在自己世界里。

她脸上露出灿烂的笑容,同事用手机抓拍到她的瞬间,这张照片拍出了她的美。

晚上，我把她的照片发在桥头人微信群里。这个群是周铁镇东西南北四条街、迎阳门、闵家场、大园里这些地方长大的人，看到素华的照片，大家怃然，真是一个时代的深刻记忆。

志鹏大哥说：那时候我们在王茂村插队，十七八岁时，在农田里劳动，经常饿得头昏眼花，张素华是村医，对知青挺照顾的。我们经常找理由跑村医务室，去了，她总给我们泡点葡萄糖水，喝了挺舒服的。临走时，她还要给我们配几粒润喉片，嘱咐我们晚上看书、写文章时吃。

志鹏大哥那时候是知青中的积极分子，下放劳作还不忘读书写作，后来上放，当了多年工会干部，现在退休了。

锡芬妹妹说：我1982年参加工作，往后好多年里，素华每天都来西街邮局门口逗留，不断地往外寄信，有时一天好几封，字写得很漂亮，信纸信封都画上配图。邮票是她自己画的，也画钱，夹在信里面寄给人家。如果没有贴真邮票，我同事都一一挑出来留存。大家都与她开玩笑，但从不呵斥她，欺负她。现在她见到我，总是用一句"邮局的"来打招呼。听说现在她每天出来逛，午饭家人给她准备好的，放随身包里面。好在乎，家里人对她不错。

马院长说：我"文革"时期到王茂村蹲点，带出几个赤脚医生，其中一个就是张素华。她手巧，织毛衣、做鞋子又快又好，写的字也挺漂亮，帮人看病认认真真。后来，她与丈夫都落难了，我对他们并无两样看法。我现在经常看到她，她叫我小马医师，我叫她素华。

马院长是我们镇上医院的老院长，老派人。所谓老派人，就是处事古道热肠，待人平等和气。

这天晚上，群里都在说着张素华。

而我记忆中的素华，总是穿着花花绿绿的衣衫，有时候头上戴一个花环，有时候发辫上插一朵花。花环是自己编的，捡根树枝弯个圈，包装丝带绕绕。发辫上插什么花，没个准。红色的喇叭花，黄色的油菜花，白色的栀子花，顺手采到什么花就戴什么花。她总是自言自语，说着稀奇八怪的话。

那时候没有电视看，没有游戏打，她游走在街巷村落，身后常常跟着一群看热闹的孩子。孩子们看她怪诞的样子，好奇又好笑。

大人们也喜欢逗她：张素华，来，唱个歌。

她嘻嘻笑着，当众唱了起来。

又有人说：张素华，来个一字马。

她放下肩上的挎包，俯身，跨腿，来了个横叉，好漂亮的一字马。

人们就惋惜起来：这么一个漂亮的人，脑子失常，太可惜了。

她原来是村里的赤脚医生。20世纪70年代有部电影叫《春苗》，好多人会唱里面的主题曲：翠竹青青哟披霞光，春苗山土哟迎朝阳。顶着风雨长，挺拔更坚强，社员心里扎下根……李秀明主演的春苗背着红药箱，跟社员在一起。想必素华那时候也是如此吧。能当赤脚医生的人，一般是农村中比较优秀的人。这个，即使在她脑子失常后，依然能看出一二来。她写一手好字，会画画。

我十几岁时就见她在街上逛，后来听说她家里出了几次事。有次听父亲说，乡下人用野鸡铳打猎，夜里看到前方有一个黑乎乎的东西，闪着蓝光，他们以为是狗獾，瞄准目标就开枪。谁知，他们打倒的不是狗獾，是上茅坑拉屎的素华老公。不知道他手里点的是香烟，还是其他什么照明物，那光亮让人误以为是狗獾的眼睛，铳的子弹发出去就是上百粒小铁子。人送进医院，吃了好多苦头才将小铁子取出来。素华就生活在这样多难的家庭里，能够走到今天，真的非常不容易。无论怎样艰难，亲人不离不弃是最宝贵的。

而桥头人的微信留言，也让人感慨又感动。一个地方的民风淳良与否，不只是对正常人，还体现在对弱者的态度上。多少年过去了，还记得人家曾经的美，念着对方的好。即使人家落难了，也并无两样看法。我想，这才是人世间该有的样子。

2021 年 8 月 15 日

# 写碑人

他是个乐活写碑人,九十一岁时给自己写挽联总结一生:

非君子绝非小人
世佃农喜结墨缘

这地方,方圆十里的桥碑、墓碑、功德碑,大多出自他手。别人写碑文先写纸上,再印在石上凿碑,他久练成巧,手臂抚空,直接书写在天子石上。内行都知道,这个难度大,要彻底改变原来的书写习惯和执笔方式,书写时重心转移到右脚,上半身探向右侧,两眼的视觉垂直线相应移向右侧落笔对象的中心,调整呼吸气韵贯通。

地方上立碑,对字有点要求的人家,都请他出手。他临赵孟𫖯的帖,数十年下来有些功底。人家请他写碑,他直言不讳道:"字写得规矩,一方面是你对祖宗的尊敬,也是对书法的尊重,对我来说也是一种生财之道,君子爱财取之有道。"

他最引以为豪的是,写字有一回写到六千六百元。

芳桥镇扶风桥徐塘田村,清代出过进士徐喈凤,官至云南永昌府推官,徐喈凤是阳羡词派的代表人物。他弟弟徐翙凤在当地也是个神人,他给自己写碑文:"馌亭老农,非圣非仙。能耕能读,半儒半禅。甘贫甘隐,亦愚亦贤。斗酒之后,高吟数篇。时歌时泣,似狂似癫。可生可死,自嘲自怜。满怀浩气,镌石以传。愿尔子孙,记我之言。高曾遗训,永矢勿谖。昼耕陇亩,夕亲砚田。保兹世业,奕奕绵绵。"

这块自撰四方碑三百年后的今天,仍然立在村旁小河边。

可见徐塘田是一个古风尚存的村庄。徐氏宗祠重建时,族人对碑文之类的书写很讲究,他们请华孟根老先生写神主牌。

要在很窄的木牌上书写两行字,颇见功夫。老先生写好一块,跟祠堂掌事的人说:"你满意的话,就这样,十块钱一个。"

结果六百六十个神主牌全都由他写。

乡人说，这是聪明透顶的人，也是一个狠人。

早年他读无锡师范，毕业后在洋溪中学当老师，教几何课。"文革"中受冲击，他在食堂烧饭兼管老虎灶泡水，后来他退职归家种田。

他家住西街口，靠近周铁中学，他在家里挖了一只茅坑，自己用之外，敞开门户，欢迎别人来。路过的人想解手，必上他家蹲茅坑。过去年代没有化肥，大粪是宝，乡下人罱田到街镇上来挑粪，得付钱。镇上七只公厕归清管所负责，粪钱全镇人共享，大人小孩都有，每个月各家到清管所去领取。而华孟根的茅坑是私有，靠这只茅坑，他卖粪补贴家用。家中情况好转后，他将陋房扩建为瓦房。后来，他到周铁中学看门，敲钟。放学后他空闲时练书法，这年他五十六岁。

区里的教育视导员有次路过瞧见了说："你老头子练什么书法？"

他听出了对方的不屑，怼过去："法律规定，老头子不能练习书法吗！"

大约20世纪80年代中后期，他凭一手好字，写碑凿碑，三十多年下来成了独门生意，现在他管写，儿子帮凿。

这是一个有能量、有能耐的人。活到九十一岁，手不抖，写大字不在话下，两公分见方的小字，仍有笔力写。

2023年的秋天,他坐在家门口,中气十足地跟我聊天,他讲:丫头,一个人,"大"字下面要有个"十",要有点本事,有一技之长,才会立足社会。

九旬乡人叫我"丫头",竟让我心头一热。我年过花甲,已是做奶奶的人了,只有父母亲才这样叫我,父母去世后,就无人这样叫我。

2023年10月20日

# 世间丰盈

我习惯手机随时记录,那些闲聊闲逛,看似漫不经心,回过头来看都特别有意思,平常中可见世间丰盈,有趣和良善。

## 蒋垇人

出门乐呵呵买菜,有次碰到一个杨巷蒋垇人,买了她的蕃茄、山芋和芋头后,我问她:"认得蒋祖芳不?"

她说:"祖芳是我表兄,舅舅家伢伲呀。"

我说:"蒋祖芳是我们报社的老编辑,我记得他有个弟弟,一笑起来有粒牙齿镶银的。以前冬天贩羊肉,夏天贩西瓜,贩到我们报社,我们买过他的西瓜。不知现在还贩卖不?"

她说:"蒋祖英啊,早不做了,他农闲时做木匠,木屑粒弹进眼睛里,伤了眼。"

我又问她："认识沙大使不? 联合国前副秘书长沙祖康。"

她说："沙大使老家跟我家上同一个河埠呢。"

啊哈，好亲切的蒋坫人！

我有次逛到杨巷，还真碰到蒋坫人沙大使。2018年4月2日，我到乡村采风，逛到饭餐头上寻饭吃，打电话给熟人焦展农。他说，沙祖康大使正好回乡，他正请沙大使夫妇吃饭，他们是老亲戚，叫我一道参加。

那我就不客气了，蹭个饭。

因为是在家乡，沙大使特别平易亲切。他讲蒋坫村人，全村都姓蒋，就他家姓沙，因为穷，又是外来户，小时候时常受人欺负。他个子小，打不过人家，就动脑筋了。村里的顽皮孩子上学必经赵家圩村，那时他带弟弟经常摇着小船在河里放鸭，他就找赵家圩村的大孩子商量，村里谁谁欺负我，我打不过他，你们帮我。赵家圩村的大孩子满口答应帮他。果真，蒋坫村的顽皮孩子上学路过赵家圩桥时，守在那里的大孩子出奇不意袭击了对方，并警告对方不许欺负沙祖康。那赵家圩村的孩子为啥会帮沙祖康呢? 因为沙祖康经常用他的小船为他们摆渡。

亮躬耕陇亩，好为《梁父吟》。身长八尺，每自比于管仲、乐毅，时人莫之许也……

此为《隆中对》，沙大使即兴背诵当年的课文。他讲，中学读书时，顽皮得很，上课经常偷看武侠小说，有次老师把他的书收走了，要他把刚教的《隆中对》背出来才退他小说书。因为是新教的课文，老师以为他背不出。谁知他一字不漏背了出来。

他读书过目不忘，有着好记性。而《隆中对》这篇课文，更是到老都记得，总难忘家乡老师的教导。当年他以高出南京大学录取分数线六分的成绩考入南大。

杨巷中学牛得很，走出了沙祖康和查培新两位优秀的外交官。当时学校有一批好老师，教沙祖康班级的英语老师姓史，西南联大毕业，抗日战争时，曾为援华的美国飞虎队做过翻译。所以他们学校出来的学生英语特别棒。

这天，我听沙大使讲了好多有趣的事，记忆深刻。

## 两个门卫

抗新冠疫情打统仗，小区门岗调来了力量，其中有个矮个、开口一脸笑的老头，是我们报社原来的保安，出出进进热情招呼我。我却不知道他姓啥,真抱歉。我对报社后来穿保安制服的门岗不怎么熟,只深记得报社先前的两个门卫,老邹和老蒋,他们已去了天国,然音容笑貌仍清晰。

我二十三岁这一年考入报社,门卫老邹后我几天进报社。他是分水人,跟我周铁相距十几里路,然口音大不同。他讲昨天、今天,听起来是兆鸭头,今鸭头,独特的方言。因为是相近地域上出来的人,我们见了有几分亲。

他在报社看门收发报纸,初时总见他闷闷不乐,后来才晓得他出来看门是心里有不可触的伤痛处。他八岁的外孙放暑假到他家里玩,河边玩水失足淹死了。他女儿只有这么一个独子,他觉得对不起女儿女婿,在家里郁郁寡欢。报社有个副总编是他门房侄儿,于心不忍他这样,就介绍他来单位看门。

老邹是有文化的人,写一手好字。在报社时间长了,他跟我讲,他年轻时与村里的大小娘做戏做剧,也很活跃的。老邹后来开朗起来,女儿生了二胎后。他在报社看门有十年光景,后来年纪大了回家,没多久传来消息,得鼻咽癌去世。

风吹走了往事,今鸭头(今天)仍会有兆鸭头(昨天)的音,那是老邹的分水方言。

报社另一对门卫是老夫妻两个,宜丰人,老蒋和老杨。

他们来报社看门时，《宜兴日报》社家大业大了，看门任务比过去繁重。报社有印刷厂，每晚印报纸到半夜甚至天亮，老蒋白天看门收发信报，夜里要等印刷厂工人下班后关门。一夜睡不到几个小时安稳觉，他很宠老伴老杨，夜里开门关门不让老杨起来，劳累活揽着做，没有一句高声。报社食堂烧饭的老王老婆经常说，王良德，你看看人家老蒋，对老杨多好，从不嗔老婆。

人虽穷，值钱老妻。这是平民夫妻的可贵。老蒋出力干活不知累，白酒一天二顿，半斤下肚，吊精神的。他吃的是散装酒，去宜兴酒厂拷来的白酒，一年结账下来大概要吃二百来斤酒。

那时社会上还没流行穿制服的保安，单位看门的人与员工都有着一种朴素的守护关系。报社良善之人多，於淑英、胡雅萍等人，也包括我，家里有丰余的食物会拿来送给老蒋他们。老蒋也念情，我儿子三年级时学踏自行车，在报社院子里横冲直撞，老蒋揪着后车座防他摔下来，直到他能稳稳上下车踏。

老蒋夫妇是在报社有了正式保安时离开的，新保安小姜穿制服，受过培训，进门还给我们敬个礼，比老蒋看门正规，比后来的保安有礼。

老蒋离开报社后寻到一份工作，绿化公司做工人。有一次，我到周铁去路过城东，天忽然下起了雨，一眼看到行道绿化带边修剪树的老蒋，就摇下窗喊，老蒋老蒋。报社司机小潘赶紧停车，我跑下车，又返回车从包里摸出三包香烟来，这是人家给我的，我跑过去招呼老蒋，将香烟给他。他很激动，在雨中愣愣看着我们的车开走。

过了几天，於淑英给我带来十斤糯米，说是老蒋托她捎来的，於淑英也有一份。老蒋说，你们对我和老杨这样好，还记得我们，没有什么好谢，送点新糯米。

再后来，得到消息，老蒋去世了，有一日突然鼻子里出血送医院，进去时还能自己走路，七天后就死了。

我得了消息，向程伟总编汇报，程总叫办公室以报社名义送了花圈和慰问金。他们虽然都离开了报社，但曾经守卫过这个单位。

因为新冠疫情，小区碰到报社保安，想起老邹和老蒋，我在手机上写下这段文字，记下两个平凡的门卫。

2023 年 3 月 13 日

# 穿越千年香如故

有人说,苏东坡的一生,如同梅花的一生。无意苦争春,只有香如故。

而我想说的是,苏东坡与宜兴的情缘,穿越千年香如故。

虽然,他离世已经九百多年,但我们仍然能清晰地感觉到他的存在,风神俊朗,一袭青衫,几缕美髯。想起他的时候,我们总会漾起亲切敬佩的微笑。

一个有意思的问题是,有着盖世才华的苏东坡,一生大起大落,三次被贬谪,经历了那么多风雨,见过这么大的世面,却对宜兴一往情深,九次来宜,两次给神宗皇帝写奏章,"乞求归宜兴居",这是对宜兴何等的深情?

近来流行"双向奔赴"这个热词。我想,苏东坡与宜兴,大概是最经典不过的"双向奔赴"了。

嘉祐二年(1057),苏轼、苏辙兄弟与宜兴人蒋之奇、单锡同时考中进士。在皇帝设宴招待的琼林宴上,众人比肩而坐，侃侃而谈。我们现在无法知道，蒋之奇和单锡是如何描绘宜兴的，大概不外乎，宜兴有山有水，湖中有鲜，山里藏珍，宜兴人诚恳厚道等等。听得东坡很神往，当即立下"鸡黍之约"，以后到宜兴来游玩，到宜兴来居住。

这个约定成就了苏东坡和宜兴的终生情缘。

在往后的几十年里，东坡来宜访友、考察茶事、买田、将外甥女许配给单锡、携海棠亲植于邵氏花园……

他是那样喜欢宜兴的山水。计划退休后在宜兴养老定居。《楚颂帖》里写道：吾来阳羡，船入荆溪，意思豁然，如惬平生之欲，逝将归老，殆是前缘……

宜兴能够满足他对美好生活的向往。他想在宜兴种柑橘，园子落成，当作一亭，名曰楚颂。

元丰二年（1079）发生了"乌台诗案"，他被关押了一百多天，出来后被贬黄州。没多久，他又被贬往汝州。茫然四顾中写下"归去来兮，吾归何处？万里家在岷峨。百年强半，来日苦无多"的词句。

要回去了，能够回哪儿去呢？故乡在眉州万里之外，我年过半百，未来的日子已经不多了。到底哪里是家？

何处慰风尘？宜兴是他梦牵魂绕的地方，被视为第二故乡。

在去汝州的路上，他一连两次给皇帝上表，要求改派常州作为居住地。在《乞常州居住表》奏章里，他讲了自己的难处，大意是：一大家子从黄州坐船北归，旅途艰险，小儿子不幸夭折，到泗州，离河南汝州尚远，旅费花完了，很难再走陆地。又没有房子居住，没有田地可耕食，饥寒之苦，近在朝夕，希望皇帝仁慈，允许在宜兴居住。

这急切的愿望终于获得神宗批准。他是那样欣喜，写下《归宜兴留题竹西寺三首》，题目中用了"归宜兴"，这个"归"字意味着回到家，他要在宜兴安顿下来。"此生已觉都无事，今岁仍逢大有年。山寺归来闻好语，野鸟啼花亦欣然。"

这辈子再也不会有什么事了，正好今年又碰上丰收年，从山里的寺庙里回来，听到了好消息，连鸟儿和花朵也在为我高兴。

他是那样喜欢宜兴的风物。有次来宜兴，与单锡泛舟荆溪，写下"惠泉山下土如濡，阳羡溪头米胜珠"。他喝了宜兴的好茶，自己设计"东坡提梁壶"。他还将"松风竹炉，壶相呼"这句话刻在茶壶上，展现茶人煎茶、饮茶的画面。

他是那样喜欢宜兴的人情。蒋之奇帮他在宜兴买田安家，托自己的堂弟蒋公裕照管苏家在宜兴的田产。他落难时，连亲友都怕被牵连而躲避，宜兴人厚道待之。被贬惠州时，儿子苏迈、苏迨带家眷在宜兴生活，音信隔绝，忧心不已。宜兴老友卓契顺说出了最暖心的话——"惠州不

樱红蕉绿

在天上，行即到耳"，随即涉江度岭，徒行露宿为他带去家书。东坡看到鼙面茧足的老友时，百感交集，写下《书〈归去来辞〉赠契顺》。

"眷此邦之多君子"，是他对宜兴"君子风范"的由衷赞美。

东坡眷恋的宜兴，山水美、风物美、人情美。虽然他最终没能如愿在宜兴定居，但是他构想的"宜兴生活"至今打动人心。他有百余篇诗文涉及宜兴山水、人物、风土人情，并留下数十处遗址遗迹。从宜兴湖㳇的单家巷到蜀山脚下的东坡书院，从蛟桥题碑到闸口海棠……作为一个跨越千年历史的人物，一个承载丰富内涵的文化符号，他乐观、豁达的生命态度形成了一种文化力量，感召着无数人。

在东坡眷恋的宜兴阳羡山水里，我们凝望、感知，心中漾起梅花的清香。

2023 年 12 月 10 日

# 灵山随想

1

灵山，你来过多次。每次来，仿佛都如初见。

你惊讶，时间之手到底有着怎样的神奇，让沉寂的山峦焕然成如今的模样。

你惊讶，大树根系里绵延、生发而来的佛教典故，在这里有着栩栩如生的表达。

你惊讶，灵山创意者过人的智慧，能够思接千载，视通万里，让佛教文化翻山越岭，落地生根。

每次来，你都有着不同的惊讶。可这次应邀前来参加金秋笔会，你因膝关节不好，不能像以前那样疾步奔走。而恰恰是不着急，慢慢走，让你更专注。

你记得有部外国电影叫《云上的日子》，是讲墨西哥山地民族有个规矩，上山途中，无论累不累，走一段即要停下休息，理由是"走得太快，人会丢了灵魂"。所以，这次你腿脚不健，并不扫兴。正好放慢速度，脚步等等自己的灵魂，也找找灵山的灵魂。

## 2

灵山是由一棵老树、一口枯井、一段残垣生发而来。

二十八年前，这里平淡无奇，像民谣里讲得那样：从前有座山，山上有座庙，庙里有个老和尚。老和尚在给小和尚讲故事，故事讲的是，从前有座山，山上有座庙……

这样的故事不知讲了多少年，小和尚变成了老和尚，老和尚再给小和尚讲故事，一代又一代的和尚延续讲着古老的故事。

直到1997年，来了一群真正会编故事讲故事的人，完全颠覆了讲故事的方式，以丰富的想象力，宏大的叙事结构，让山有了神采，水有了灵光，古老的祥符寺有了神性的光芒。

由此生发的灵山故事，像世界名著《一千零一夜》一样，家喻户晓。这些经典作品穿越时空，以别样的语言，动人的华彩，将人们带到西域，带向历史。

一棵古树，生出本来没有的神州第一大佛。

一段残垣，生出本来没有的绝美顶级艺术殿堂。

一口老井，生出本来没有的震撼心灵的动态群雕。

从灵山大佛到灵山梵宫，从九龙灌浴到五印坛城，从灵山精舍到拈花湾……你走走停停，用目光礼敬亲近这片土地，感悟灵山的博大与宽广，深沉与细腻。

你看到慈悲的大佛，以低眉俯视之态，给众生信念和抚慰。

你看到九龙灌浴的盛大场景，以时空交错的叙事结构，生动重现佛经中佛祖诞生之时的诸种景象。

你看到精美绝伦的梵宫，以海纳百川、博采众长的美学气度，讲述和喻示佛教文化和艺术。

你看到拈花湾迷人的夜晚，光辉穿过黑夜，横跨过云雾，流传起落，磅礴奔腾着。

你佩服灵山的创意。梵宫是古印度对寺庙的统称，可是，灵山梵宫完全突破传统概念，这里看不到僧众晨钟暮鼓，看不到游人烧香拜佛，它以另一种形态呈现。

九龙灌浴你观瞻过多次，仍像磁铁一样吸引你，经典就是经典。当《佛之诞》音乐奏响，顶端六瓣莲花缓缓绽开，太子佛像从莲花中升起。九条巨龙喷出高达三十多米的水柱，轰然交汇。太子沐浴的过程，完全就是一部情景剧。

大型"百子戏弥勒"群雕，也特别有意思。世人常说弥勒大肚能容，容天下难容之事。慈颜常笑，笑天下可笑之人。于是，释迦牟尼派一百个小顽童下来考验弥勒。这个典故中的小弥勒来到了灵山，个个形神各异，栩栩如生，有的在叠罗汉，有的在拔河，有的在拿小树枝捅弥勒的肚脐，更有调皮的竟然在弥勒身上撒尿。但弥勒一点儿也不为所动，依旧乐呵呵。当材质冰冷的雕像，被一股人情味烘托着，那它就有了生命。

灵山人那来这么多灵光一闪？那来这么多别出新裁？或用沉浸式体验，让人们体悟其博大精深。或用参与式制作，让人们回味其微妙无穷。或用独特的创意让人们感觉到与众不同。

不懈追求，原创精神，像树一样生生不息。那他们的根在哪里？魂在哪里？

3

在灵山脚下，你找到那棵一千四百年的古银杏树。面对这棵树，心生敬意。

秋风拂过，扇子形状的树叶像蝴蝶一样飘飞，你捡起一片叶子，细细凝视它的叶脉，就像注视一个人手臂上的血管，你试图辨认大树根脉深入泥土的走向。

一棵树自有一棵树的筋骨，茅盾先生曾经高声赞美白杨树内在的精神，伟岸、正直、朴质，又不缺乏温和。那是西北风吹不倒，力争上游的一种树，是树中的伟丈夫。而你觉得，在江南称得上伟丈夫的当属古老的银杏树。

你看，它历经雪雨风霜、雷击虫侵，依然生生不息。它沉默宽厚、枝繁叶茂，不只是为自己存活和发展，还乐意为一群乘凉躲雨的人们，乃至于一只鸟巢、一队蚂蚁做点什么。风来了，雨来了，水涝地旱，种种经历都不曾动摇它目标的坚定性。

这就是灵山树，灵山魂啊。

4

到灵山来，你比别人多了一份亲切。灵山创始人吴国平，是你中学时代的同学。他年少时的样子，你已有些模糊，可是他从前的淳朴、善良、诚实，如同橘花的清香留存在你的记忆里，仿佛青春这本书里夹着的一枚树叶。倏忽几十年，在屈指可数的见面中，你没听他讲过高深的话。有次在老家的街巷里，你见他握着理发店老王的手说："从前你帮我剃过头，我记得你。"

"我记得你"，记得一个剃头师傅，如此平常的话，让乡人温暖。

落到尘埃里，以最低姿态，郑重温和地对待人。

你就想，真正浸入佛法的人，未必不食人间烟火，只是对万事万物的结构和秩序有充分的了解和领悟，与人交谈平易平常，有充分的开放和容纳，度化人。

你对佛教的认知比较肤浅，所谓的菩萨精神，难行能行、难忍能忍，难舍能舍，难成能成。为众生地狱未空，誓不成佛。想必他一直在修行路上。不然，他何以带领他的团队，攀了一山又一山，创造出当代奇观和未来遗产。

作为作家，你很想探究一下他的成功之道。而作为老同学，你很想问问他：什么时候变成魔术师了？手里的万花筒，摇一摇就能变出绚烂多姿的图像。

这个问题也许可笑，就像问：太阳为什么总是下到山的那一边？山里面有没有住着神仙？

你明白，所谓气象，是一种秘而不宣的东西，需要灵气，需要担当，需要在时间的千难万险中形成。十方因缘，八方众合，育成了灵山，也造就了他的传奇。

通过一个个经典作品，灵山展示着宽广深厚的人文魅力和独特的个性身份。无数人惊叹，无锡这座城市，其光鲜的外表和富有活力的经济之外，有这么一个广阔丰茂的人文空间，能让人从中获得精神滋养。

## 5

在灵山，你特别留心一些细小的风物。你在千年银杏树下，看到两只小狸猫自在玩耍，不慌张，不逃避。你看见两只白鸽子飞落在灵山照壁建筑上。你甚至数到一棵树上，有十六只鸽子。据说无数鸽子在景区繁衍生息，成为灵山的一景。

所谓的博大精深，其实在野猫的自由奔走中，在鸽子的轻灵飞翔中。尊重生灵，万物和平的精神，体现在细节里。

"我们这里的鸽子蛮有灵性的。"灵山人说起鸽子，仿佛夸自家的孩子聪明一样。

是的，与大佛、树木、山水相融的生灵，必然兼容天地之灵气。这并不是迷信。

韩少功在《山之想》中的这段话，你特别喜欢，常常默诵：你看出了一只狗的寒冷，给它垫上温暖的棉絮，它躺在棉絮里以后会久久地看着你。它不能说话，只能用这种方式表达它的感激。你看到一只鸟受伤了，你用药水治疗它的伤口，给它食物，然后将它放飞林中。它飞到树梢上也会回头来看，同样不能说话，只能用这种方式铭记。这一刻很快会过去，感激和信任的目光消失了。但感激和信任它弥散在大山里，群山就有了温暖，有了亲切。某一天，你在大山里行走时，大山给你一片树荫。你失足大山垫给你一块石头，一根树枝支撑。在那个时候，你就会感触到一只狗或者一只鸟的体温在石头里，在树梢里。

这段话包含一个道理：谦卑，有敬重心，才能获得神性的支持。这也是许多地方模仿灵山，但难以超越的道理。细节、态度、境界和准则，已内化为灵山人的价值观和不变的信念，此为灵山精髓。

## 6

在灵山，时间仿佛是用来写诗的。一群又一群的游客，带着一身尘埃来到这里，看一看山水，听一听花开的声音，从而获得一番久在樊笼里，复得返自然的解脱。在灵山，你可不能怀揣太多的心事，这里没人追究你的身世和职业，你只需将自己当作一名游客。

抬眼可望见窗外的山，不远处，有一个和你一样发呆的人，你们的眼睛偶尔碰到一起，会心一笑，又移开。

有几个上海游客看到你编的几个草戒指，很是喜欢，问你要去戴戴，用手机拍个照留念。

毛姆在《月亮与六便士》中说，有时候一个人偶然到了一个地方，会神秘地感觉到这正是自己的栖身之所，是他一直在寻找的家园。

灵山是可以安放身心的去处。每一个进入灵山的人，都会有所得。

你年轻时爱读席慕容的诗：如何让你遇见我／在我最美丽的时刻／为这／我已在佛前求了五百年／求佛让我们结一段尘缘。

想想年轻时的愿望，不觉抿嘴一笑。世人在佛前求这求哪。到后来，如作家庆山所说：走过千山万水，经历脱胎换骨，最后一个落脚处，不过是心的皈依。

最近读李佩甫先生的作品《等等灵魂》，你感触很深。我们所处的时代是一个急速变化的时代，社会生活多元了，丰富了，也更复杂了，而人们在当下社会转型时期容易精神迷失。人在妄念、欲望中盘旋。你是谁，你要度过怎样的一生，你为何奔波，为何如此不安？你要好好想一想，见自己，见天地，见众生。

在灵山，过滤掉多余的意识、情绪、妄想、念头。带着一颗欢喜清净心，好好吃饭，好好睡觉。

这次笔会，主办者安排了一个内容：禅食体验。你以为就是吃顿素食而已，谁知一顿饭吃下来，你发觉自己活了大半辈子，都没能好好吃饭。首先，吃饭时要把手机调静音。哈！今时今日的人，手机太重要了，漏接电话就怕错过两个亿。其次是，吃饭细嚼慢咽，不要说话，餐具轻拿轻放。哈！这样收拢着，有点不习惯。你总是急急风。

吃饭，虽然是生活中最平常不过的事，但是它对身心健康非常重要。好好吃饭，感受饭菜的滋味，感恩食物的来之不易。这就是禅，禅并不高深，就在日常中。

安静下来，慢下来，脚步等等灵魂，灵山引领你踏上返回内心的旅程，找到你真正想要的东西。

2022 年 9 月 28 日

# 孔子从未远离

## 1

我一直很喜欢张岱,文笔超绝。明崇祯二年,他到曲阜孔庙,写下《孔庙桧》一文,说孔子亲手种植的那棵桧柏,历周、秦、汉,至晋代枯死;三百年后,至隋代复生;五十多年后,至唐代再度枯死;三百七十多年后,至宋代又复生;宋金战火中桧柏枝叶俱焚,仅存其干;至元代再度复生,长得枝叶蓊郁,生机勃勃。

这是怎样的一棵树?怎会有着如此顽强的生命力?

2023年深秋,我终于去了曲阜,如愿见到了张岱描绘的孔子手植之树。在孔庙众多参天大树中,此树看起来年轻。这是清雍正二年再次着火,烧毁树身,仅存下约半米高的树桩,清雍正十年(1732),树桩旁发出新枝条,被称为"再生桧"。

一次次枯萎,一次次重生,皆因其根不死。一如孔子创立的儒家学说，虽历尽劫难，仍延绵不绝。

想起有一年，我去采访古琴大师成公亮，这位宜兴乡贤当时在国内正火，山东电视台拍摄电视剧《孔子》，里面的《文王操》由他打谱演奏。

孔子曾向春秋时期著名乐师师襄子学琴，所学之曲《文王操》。史书记载，孔子持文王之声，知文王之为人。《文王操》后来被认为是赞颂孔子德行的曲子。成公亮先生告诉我，他根据明代古谱记录的指法和音高，打谱进行二度创作。

这是一首古老而博大真诚的儒家音乐，随着《孔子》电视剧的热播，千百年前的儒家音乐回荡在现代时空之中，隆隆如钟的浑厚空弦带人们进入崇高肃穆的氛围，人们在乐曲中感受充满仁爱的温情。1997年，在中国交响乐团的伴奏下，成公亮先生古琴再次深情演奏《文王操》。古代音乐在现代获得了新的生命。

张岱的《孔庙桧》，我一读再读，成公亮的《文王操》，我一听再听。这次到曲阜朝圣，谒孔庙，访孔府，寻桧树，仰望尼山，更真切地感受到中华优秀传统在"活化"中的生命力，金声玉振的尼山最让人难忘。

## 2

深秋的晚霞映照尼山，山峦在夕阳中变换光线，山坡上的孔子铜像此刻散发出神性的光芒。我看见身穿蓝色校服的研学少年奔涌而下，迎面与鱼贯而入的游客相遇，仿佛两条河流交汇跃动的浪花。浪花朵朵奔涌汇聚，皆为尼山圣境而来。

尼山在曲阜城东南二十五公里处，山不高，气场却极大，被誉为"中华文化和世界文明景观的制高点"。因为这里诞生了最伟大的思想家、政治家、教育家——孔子。

关于孔子的出生，流传两个版本。神话版"凤生虎养鹰打扇"，说孔子生下来奇丑，不是正常孩子，父母将他遗弃在山洞里，老虎和老鹰呵护了他。另一种说法是，孔子母亲回娘家，路过尼山临产，就近在山洞里产下儿子。我选择相信后一种说法，凡常俗世才可信，由凡入圣更可敬。

这一点，做尼山圣境的团队把握得非常精准。

进入景区，孔子铜像，一眼就夺人，他以温和、敦厚的微笑注视着远方，与我们打着隔世的招呼：有朋自远方来，不亦乐乎！

这是世界上最高最大的孔子像，高七十二米，寓意孔子培养出七十二贤人。孔子像按"可亲、可敬、师者、长者、尊者"形象定位塑造,据说前后修改了二十多次,可谓匠心独运、生气灌注。

景区在原有孔庙、尼山书院、夫子洞、观川亭等古迹的基础上,以"孔子的世界、世界的孔子"为主题,全新建造儒学文化景观。

孔子自叙一生:吾十有五而志于学,三十而立,四十而不惑,五十而知天命,六十而耳顺,七十而从心所欲,不逾矩。

尼山圣境的建筑布局和景观命名,呼应着这三十八个字。走过泮桥、而立门、不惑台、天命大道、耳顺广场,站在孔子像前,回望来时的路,每一步都在向上,每一步都在历练。

想想孔子真是伟大,他划分的人生阶段,几乎成了每一个中国人心向往之的完美人生。

太佩服尼山圣境的设计团队了,能把儒家文化和现代建筑融合的如此紧密,让人内心不断有感悟。

依山而建的大学堂是景区的主体建筑,外观气势磅礴,风格拙朴自然。大学堂中包含集贤厅、大学之道、七十二贤廊、仁厅、义厅、礼厅、智厅、信厅、礼乐堂等有序的文化空间,它以一种海纳百川、博采众长的美学气度和叙事单元讲述儒家文化。

七十二贤廊里有三十一组壁龛,从《论语》《史记》《左传》等古典典籍中,选取孔子及其弟子的言行等典型故事,通过活化手法,以群雕、情景雕、个人雕等形式,表达尼山圣境所蕴含和倡导的明礼生活方式。

穿行在廊厅间,耳熟能详的句子从脑子里蹦达而出:

"子在川上曰:逝者如斯夫,不舍昼夜。"

"德不孤,必有邻"

"己所不欲,勿施于人。"

"一箪食、一瓢饮。"……

到了尼山才明白,"百姓日用而不知"这句话的含义。原来孔子从未远离我们,儒家思想融入了我们血脉里。

到了尼山才惊觉,原来孔子是个复合型人才,他涉猎范围极广,最熟悉六个专业:礼、乐、射、御、书、数。既精通伦理道德,又熟悉音乐艺术;既掌握驾驶技术,又掌握射击要领;既能写一手好书法,又会演算数学。

人说,一生得来一趟山东曲阜,如果没有,遗憾啊。

我来了,却也遗憾,居然这么晚才来曲阜,这么晚才来看尼山的金声玉振。

## 3

尼山最令人倾倒的是大型演艺"金声玉振"。六十分钟把孔子的一生、儒家文化表现得淋漓尽致、荡气回肠。

"金声玉振"语出孟子：孔子之谓集大成。集大成也者，金声而玉振之也。金声也者，始条理也；玉振之也者，终条理也……

金声（击钟）是旋律的开始，玉振（击磬）是节奏的终结。由此赞颂孔子思想集古圣先贤之成。

大型演艺，将孔子从圣人、万世师表这样抽象、宏大的标签，回归到一个有自己童年，有常人一样的情感状态中，通过舞台灯光、LED屏幕舞台，以及全息影像设备将观众的视野和思绪带到了风雅颂的礼乐画卷中。演员表演精湛，当孔子带着书僮跪别家人时，我觉得特别打动人。

"吾承蒙世代家门福荫，苦学多年，今已举贤入仕，愿行光明之举，做磊落之人，常念先师教诲，不忘家父嘱托……此去山高水长，天地洪荒，愿父母长久安康，万年寿享。愿吾妻孝老敬亲，持家有道，和乐美堂！愿吾儿平安生长，知书明礼，永承父志，就此跪别！"

这样的情节有血有肉，形象树了起来，很走心。

整个《金声玉振》表演有九章，分别为《太荒之始》

《启蒙开智》《少年绥读》《君子加冠》《大婚仪典》《习礼修德》《齐家治世》《荣归故里》《圣贤大成》，从从盘古开天、女娲造人，后羿射日等神话故事，到孔子从出生到死亡，由凡入圣的一生，讲了一个完整的故事。

整场演出有着惊魂之美。观看时，我旁边坐着一对广东来的中年夫妻，女的手机录拍几乎没停过。他们本来国庆长假就想来，网上没有订到票，节日一票难求。所以等过了节才来，第一站就到尼山，第二天再去曲阜城看孔庙、孔府、孔林。对于现在人来说，更想看栩栩如生的孔子，感受情景再现的儒家文化。

演艺散场时，我听身前身后的观众说：值！不虚此行。

看完金声玉振出来，但见夜空中烟花闪烁，数百架无人机腾空而起，变换出凤舞尼山，《论语》书卷、周游列国的马车等画面，美到惊天动地。此时想起朱熹的经典之语：天不生仲尼，万古如长夜。

来尼山前我还在想，孔子一没做成大官，二没发大财，三没实现人生理想，为何圣天下？现在懂了，那是因为他为我们中国人建立了一套独步天下的伦理制度。他以道育人、以德化人、以术授人，圣贤的思想之光，穿越千年，从未停止闪烁。

2023 年 11 月 23 日

# 竺山的模样

## 1

我们的镇在竺山西边,至今镇上仍有人称自己是竺西人。

我祖父母从前住在长春桥下,桥上有一对联:一弓长抱竺山青,两岸静涵湖水绿。

竺山青,深深印在我脑子里。我就读的小学和中学,以前叫竺西小学、竺西中学。民国时,镇上的学子唱着这样的校歌:竺山屏于东,湖水环流永无穷,莘莘学子乐融融,术学不尚虚空,为的是经世致用。

我对竺山的亲近源于堂房二伯母。二伯母叫冷秀英,家住竺山脚下的沙塘港村。那时候,没什么地方好玩,镇上的人常常结伴到太湖边去。二伯母善良而又好客,每次去,总要炒瓜子烧点心招待我们。碰到她有空闲,还带我们去爬竺山,我们登上山顶远望,水天一色,渔帆点点。

竺山在我心中是秀美的，山水相依，山青水秀。可是遗憾的是，这样的美景被开山的炮声打碎了。20世纪70年代，竺山开始被啃吃。人们围着竺山热火朝天地干了起来，我二伯母的两个儿子听培和春荣也都到了采石矿干活。

听培是矿上的"装榔头师傅"。这是技术活，一般人不会装。人们通常用的榔头是木柄，而开山炸石用的榔头是竹爿柄。这种柄材质软，举起来对着铁锤打下去，有惯性甩力，不伤手。如果是木柄，一天下来，手上要起血泡。听培精于装榔头柄，他用滚刨将三片毛竹爿滚得光滑顺溜，用木针塞装牢。这样的竹柄榔头打炮眼非常好使。

那时候，竺山一天放二次炮，早上十点半放一次炮，下午四点钟放一次炮。我们在镇上隐约会听到炮声。有一年，镇上哒哒哒的紧急奔跑声往医院方向去，竺山放炮采石，炸死了两人，伤了五人，这是1975年的事。

靠山吃山成了村民当时最现实的选择，人们不断地透支着竺山的资源。山上炮声隆隆，轧石机昼夜不歇。区矿、公社矿、大队矿各自为战，三个矿瓜分竺山。

开山炸石的乡民并没有因此而真正富起来，拍拍身上的石粉沙尘，摸摸并不丰满的口袋，他们醒悟了，可为时已晚。

仿佛沉默敦厚的父亲，竺山在困难时期贡献了所有。

多少年后,子孙日子好过了,心中愧疚,越发思念他。

竺山已死,但活在当地人的心中。沙塘港村的老书记杨小根家里新建阳光房,他请绘画的人来,在墙上画了一座竺山看看。这幅画,村里十几个老辈人看了都说,画出了神韵。

竺山绵延三里许,海拔五十多米,与无锡马山遥遥相望。"竺山浮湖上,望之若蛾眉",这是他们儿时记忆中的竺山,也是他们梦里的竺山。

## 2

大有秋竺山开建时,"竺山"两字好多人听来既亲切又遥远。当地人心里都清楚,山差不多挖光了,哪里还有竺山哦。

人们万万没有想到,死去的竺山会复活会重生。

那天,我手机刷到"看宜兴"公众号,视频中播大有秋工程进展,画面闪过竺山修复镜头。视频播放快,我还没细看,眨眼就闪过,此时心情如莫文蔚的歌:晚风中闪过几帧从前啊,飞驰中旋转,已不见了吗?远光中走来你一身晴朗。

我倒过来看了三遍,心里感叹:真是了不起!

第二天，我兴冲冲开车到太湖边，我要去看看修复的竺山模样。车子穿过沙塘港村的林荫大道，见成群老年男女驾着电瓶工具车飞也似地往前奔。我摇下车窗问："你们上哪里去？"

有人回答道："上竺山那边植绿。"

真是三十年河东，三十年河西，从前炸山的主力，现在是生态植绿者。

这天，我邀约杨小根一起去竺山施工现场。看到山体修复，他在惊喜中感叹："做梦都没想到，我们心中的竺山会复活。"

特别让他感动的是，建设中保留了原山上的杂树，竹子，甚至矿山开采后遗存的黄石都利用起来垒堆成景观，留下了竺山的印记和根脉。

据在场的工程设计负责人介绍，整个工程借着原来的山脉和山势修复，对风化的岩石、滑坡的山体进行加固，断了的地方接起来，低处填高，然后造景覆绿。山上新增一阁一轩、三条瀑布。原来开矿留下来多个坑，之前在太湖治理时堆放了淤泥，他们把淤泥挖走，恢复成湿地。这个公园叫染秋洲。

我们站在竺山观景台上，远眺近望。太湖敞开博大的胸怀，拥抱新生版竺山。新版的竺山比原版竺山丰富得多，

樱红蕉绿 | 241

复活之美超出了想象。布局建设中的竺山书院、竹里街市、息壤度假酒店，如钻石一样镶嵌在周围。

整个竺山景区，覆绿面积约18万平方米，新种乔木2600棵。种树植草处处可见匠心，水杉、樱花、黑松、乌桕、榉树、朴树、黄连木等色叶树种，以各种姿态呈现。一棵树、一丛芒草、一个石雕，都体现美学细节。

山坡谷地溪边遍植芒草，风拂过，野趣灵动。想起席慕容的诗：我多希望，有人能陪我走上那长满芒草的山坡，教我学习一种安静的捕捉，捕捉那些不断变化着的水光与山色，那些不断地变化着的云彩与生命……

好的景观，不仅是感官愉悦，更是精神体验。"大有秋"语出唐代宜兴文人蒋防诗句："肆目如云处，三田大有秋。"

山水丰盈，人生自在大有秋。生态修复打动人心的，不仅仅是显示技术能量，而是对这片土地深深的认知，有根有魂。

## 3

曾经有过疑虑，竺山挖掉了，好比打牌手中没"王"，这牌怎么打？

没想到拈花湾文旅打出了"王炸"。

修复竺山，此举让人吃惊的功夫都没有，转头看到在建的竺山书院灯塔，这创意瞬间就照亮了人。

书院二层建筑上方，25米高的琉璃塔与太湖水映照，茫茫湖上，暗夜里看到灯塔，是指引、是召唤。

无言的灯塔，无限的意蕴，给人思绪飘飞有了多种可能的方向，不同的人将会从自己的精神家园出发，找到某个共鸣点。这是竺山书院的人文意义所在。

这灯塔，或许会让人想起南宋词人蒋捷，脑子里跳出他的名句"红了樱桃，绿了芭蕉。""白鸥问我泊孤舟，是身留？是心留？""而今听雨僧庐下，鬓已星星也。"

蒋捷晚年隐居竺山福善寺，人称"竹山先生"。他的气节和操守，为后人敬仰。

这灯塔，或许会让人想起太湖边亲人放的鹞灯。

从前夜航的人，碰到伸手不见五指的夜晚，摸不到港门，在太湖里急得团团转。这时家中亲人高高地放起"鹞灯"，在铁丝箍成的篮兜内，放进烧红的炭火，风一吹，炭火发红发亮，漆黑的长夜里闪闪烁烁。那些驾了船出去捞水草的、卖杨梅的、卖茅柴的、捉小猪的，看到灯找寻到回家的路。

在太湖边建一座灯塔，唤醒多少人亲切温暖的回忆啊。那是归家的召唤。

这灯塔，或许还会让人想起更多……

打造全新文化地标，开启一场心灵之旅，以此致敬"竹山先生"蒋捷。临湖点亮灯塔，指引归家的方向。艺术、人文、自然在竺山书院相遇。这样的创意，极具智慧和情怀。

4

没有记忆，没有历史，对一块土地的认知是非常浅薄的，即使一时喧嚣热情，难以沉淀累积，很快就烟消云散。但是，如果拘泥于传统，不结合当代人的精神需求和现实生活去造景，同样没有出路。

高手善扬弃。

当地有个仙人洞的民间传说。说范蠡辅佐越王勾践灭吴复国后，急流勇退归隐民间，偕西施驾舟离别姑苏泛游太湖。相传他们在竺山歇脚，忽然从草丛中钻出一只白狐，摆动长尾拂去大石头上的泥土，示意西施坐下，然后它钻进一个洞里。西施嘱船娘追寻白狐，进洞后发觉此洞可通对岸马山。

神话传说大多虚无缥影，但竺山上确有一个神秘的洞。杨小根说，他九岁时有过一次仙人洞的"探险"经历，曾沿着洞口往里走,只觉里面黑乎乎的,洞宽有五六米的样子,走进去十几米就有水了。按照他的分析,此洞通到马山是不可能。至于为何会形成一个洞,按山体结构成分来看,一层白泥一层岩石,随着风雨侵蚀,白泥层脱落形成了洞。传说给竺山赋予了古老神秘的色彩。

杨小根对竺山情深,十三年前,他发起成立竺山文化研究会,征集竺山传说。大有秋项目建设开工,他格外激动,向拈花湾文旅提了好几个建议,其中就有根据民间传说造"仙人洞"的想法。但是,竺山首启区建成之际,他看明白了。

如果在竺山上造个"仙人洞",那就不是拈花湾文旅了。他们不会讲这样老套的故事:从前有座山,山上有座庙,庙里有个老和尚。老和尚在给小和尚讲故事,故事讲的是,从前有座山,山上有座庙……

他们讲故事的方式非同凡响,以丰富的想象力,谋篇布局,让山有神采,水有灵光,让人走心入脑。

不得不佩服拈花湾文旅,创造了一个又一个经典。这一次,依然不负众望。

2022 年 12 月 29 日

# 风雅金陵

风雅两个字有气韵,一说出来就动人。

最初知道金陵这个地方,是少时读《红楼梦》。贾雨村判人命案,他正要发签拿人,门子使眼色不让他发签,递上本地大族名宦的护身符。这四句话我会背:"贾不假,白玉为堂金作马。阿房宫,三百里,住不下金陵一个史。东海缺少白玉床,龙王来请金陵王。丰年好大雪,珍珠如土金如铁。"

乡镇小姑娘当时一阵惊奇一阵幻想:哇,世上竟有这样繁华富贵的人家。哦,原来南京古名叫金陵。我多么想集齐一套金陵十二钗的彩图啊。

后来读到刘禹锡的诗句:"王濬楼船下益州,金陵王气黯然收。""朱雀桥边野草花,乌衣巷口夕阳斜。"我跟着黯然,却不甚明白,为啥六朝古都的金陵会让那么多文人追思感怀不已。

再后来读书多些,品出点味来了。六朝是什么?

六朝是刘勰的《文心雕龙》；是顾恺之的《洛神赋图》；是周瑜的羽扇纶巾；是"竹林七贤"嵇康与山涛绝交后的临终托孤；是王子猷雪夜访戴安道，乘兴而来，尽兴而返的高妙境界……

有意思的是，最近读南京大学教授王彬彬的文章，其中有这样一句话，"菜佣酒保都有六朝烟水气"。他举吴敬梓《儒林外史》里的情节为例，说几个雅人跑到雨花台看风景，议古碑，这不算什么。日色已经西斜，只见两个挑粪桶的挑了两担空桶歇在山上。这一个拍那一个肩头道："兄弟，今日的货已经卖完了，我和你到永宁泉吃一壶水。回来，再到雨花台看看落照。"

我的天哪！挑粪的人收工喝不起茶，喝不起酒，只能喝壶泉水，却也要欣赏一番落照。几句话就把"六朝烟水气"诠释得淋漓尽致。真是神来之笔，以一个细节表达了六朝烟水气。

然后，世上的事无奇不有，还有用一种颜色来表达六朝气息的，这神来之笔便是当下的金陵小城。

金陵小城位于南京牛首山风景区，近来网上红爆了。看了多个视频，被其浪漫风雅振动，心里涌起"听闻远方有你，动身跋涉千里"的感觉。立秋过后，气温略降，我约亲家携小土豆一起去金陵小城。

穿过一条叫桃溪的幽径，如同行走在一幅山水长卷里。随着画卷徐徐展开，一种从没见过的建筑色调，亮了眼，击中了心。轮廓壮观的建筑，古朴清丽，屋檐屋脊以孔雀蓝琉璃瓦装饰，屋顶上的朱雀、悬鱼、脊兽，青碧赤粉金，色调之雅，让人惊没了魂。我孙子小土豆见状立马欢欣起来："哇，太好看了。"七岁的孩子没上学读书，不会使用更多的词汇，他能感知到的是最本真的美感，而平常下笔千言的奶奶我竟一时语迟，感觉用什么词都弱了。这一抹"金陵蓝"，果真一眼千年，就好像《千里江山图》的青绿，气息撩人，却不动声色。

我想起先秦宋玉的《登徒子好色赋》，对色恰到好处的描述：东家之子，增之一份太长，减之一份则太短；着粉则太白，施朱则太赤，眉如翠羽，肌如白雪。

金陵小城的"一抹蓝"，就是这样恰到好的色，增一分，减一分，都不成。也只有六朝古都才配得上这种颜色。

设计金陵小城的拈花湾文旅，从色调美学的角度切入，表达六朝风雅气韵，这样的创意，想必是走过千山万水后的顿悟。灵感从传统中来，又不拘泥于传统，创意重生，调制出符合当今审美的"金陵蓝"。

启用这样别具一格的色调风格，需要很大的自信和勇气，把握能力非一般。

据说单一片琉璃瓦，就难坏了江苏的琉璃工匠。琉璃的釉变呈自然斑驳，甚至有点渐变的质感要求，使得琉璃师傅们一窑一窑去调整烧制的工艺，火候的掌握，挂瓦的方向都有讲究。经过数十窑的烧制实验，才形成"金陵蓝"的主调气象，这一抹蓝是灵魂色，它让所有建筑色彩瞬间靓丽了起来。

风雅可以是一抹颜色，也可以是一个微笑。

在金陵小城，我看见好多陶俑，样子萌而雅，面部表情有着无法模仿的静美，最妙的是她的微笑，笑得天真、恬淡。

这个极具审美感的陶俑，创作灵感来自南京六朝博物馆里的实物藏品，拈花湾文旅受到启发，创意重生，取名为"金陵微笑"。

我看到许多这样的创意。

历史上，定都南京的这六个朝代：东吴、东晋、南朝宋、南朝齐、南朝梁、南朝陈，贡献给中国文坛众多经典，成就了一派独特的文化气象。怎样去呈现？怎样讲好故事？并且吸引人们参与进来，沉浸其中？我听说，拈花湾文旅组建了大师级的创作团队，美学艺术家、雕塑家、古建筑家与文学家协同参与论证，定了二十个字的调性："古都之象、风雅之魂、艺术之美、山林之幽、沧桑之韵。"团队通过几百张的草图尝试，最后确定以文心馆为项目的定调图。

文心馆是金陵小城的主景观，高台很有"六朝"味，馆内集中展现了南朝梁昭明太子的文学成就和人格魅力。

三百六十度大屏播放金陵小城的全景展示动画，站在玻璃桥上，3D画面中的景物与人物扑入眼中，真实与震撼交织。

将文旅项目上升到美学艺术层面，这是独特的"拈花语"。整个景区以蒙太奇式的飘逸手法创构景观，文心馆、邻曲巷、凌霄台、绿筱园，错落有致，美轮美奂。

风雅而不遗世，雅不离俗，俗中有雅，这才是高级。将风雅艺术美学融入到生活图景里，这是金陵小城拿人的地方。

文心馆对面是邻曲巷，街巷名出自东晋陶渊明的诗句《游斜川》。陶渊明式的隐居不是远离人群，而是与乡民在一起过自在的生活。比如，天气澄和，风物闲美，与二三邻居，同游斜川。出来还带了酒，喝得高兴了，即兴赋诗。

邻曲巷不是很长，却有"六朝"古风。人们漫游其间，穿梭列肆客舍。

我兜兜转转，看金陵非遗，金箔、绒花、云锦，也傻傻地看几个姑娘化妆，盘发髻，穿上六朝服装，云鬓花颜的样子。

在金陵小城，如同翻阅一本诗集，被牵引着沉浸其中。

坐在绿筱园的亭子里，看高挂的丝巾（诗巾）在风中飘飞，念着上面的诗句："南风知我意，吹梦到西洲；江暗雨欲来，浪白风初起；薄帷鉴明月，清风吹我襟……"念着念着，恍若六朝人。

之前，南京的朋友跟我说：你要深度了解六朝文化历史，去南京六朝博物馆。如果想穿越六朝，来一场浪漫之旅，那你去金陵小城。

结果，来了以后发现景区里都是年轻人，到处都是奔涌的浪花。夜晚的灯光把环境营造得无限迷人，追着涌动的浪花，看了三场情景演出，美到惊天动地。

年少时读《红楼梦》，晓得有个叫"金陵"的地方，一直到年过花甲，才真切感知到金陵的风雅。如果我退回到十六岁，想在这浪漫之地谈一场恋爱。

2023 年 8 月 24 日

# 致敬蒋捷

## 1

四月,遍野丰茂,竺山花开如云。乍起的风摇动着芭蕉、樱桃、翠竹,似与人语。

竺山本是座小山,"身高"不满百米。因为七百多年前蒋捷在此隐居,留下了经典的词作,竺山有了独特的文化符号和精神气质。

而今,山顶最高处,"心留阁"上有一副楹联:

> 八百里湖山在望,渔唱鸥飞,大有秋色;
> 千余年吴越入怀,樱红蕉绿,尽沐春光。

阁名"心留",出自宋代著名词人蒋捷《梅花引·荆溪阻雪》,"白鸥问我泊孤舟,是身留?是心留?"之句,由九十六岁高龄的宜兴籍中国工程院院士程天民书写。

这副楹联由耄耋老人毕士雄创作。毕士雄是宜兴文史研究专家，土生土长的周铁人。他熟读诗词作品，尤其对蒋捷清丽的词风，高洁的人品称颂。

家乡竺山，永远装在他心中。他记得竺山从前有两个大山头，山的西边是田地和村庄，山的东面，是浩瀚的太湖。灿烂的阳光下，湖面上漂浮着白帆高挂的渔船。远处群山连绵，对面就是马山。

后来读大学时，他接触到蒋捷的作品，对竺山更加亲切。

像毕士雄这样敬重蒋捷风骨，迷恋其词作的文化人，全中国有无数。国内研究蒋捷的知名学者、山东大学博士刘冰莉，十年前到竺山，她站在蒋捷隐居过的寺庙遗址前，思绪穿越到七百多年前的太湖畔。眼前的太湖应该和当年蒋捷看到的相差不大，她感觉是和词人的一种神会。

竹山是竺山的古名。刘冰莉经过多方考证后认为，蒋捷漂泊隐居在太湖沙塘港竹山，以此为中心形成了几条放射性短途路线。

第一条短线是乘舟去竹山对面的马山探望老友。这位老友号东轩，名曾晞颜，与蒋捷同为南宋进士，居处仅一水之隔。第二条短线是从竹山西行到周铁塘门，与岳飞的后裔岳君举、岳君选兄弟来往。第三条短线是从沙塘港竹山坐船北至无锡的南泉镇竹山。

而正是这一带的漂泊经历成就了他的《竹山词》，其本人位列"宋末四大家"，在宋词史上占有一席之地。

无疑，竹山（竺山）是蒋捷的灵魂栖息地。这是词人之山、风骨之山。

可是，刘冰莉十年前追寻到竺山，面对的是残山剩坡，这座山在20世纪70代，被当地人开矿炸掉了。

流光容易把人抛，甚至连一座山都被抛了。唯有"红了樱桃，绿了芭蕉"的词句在后人心头萦绕。

2

竺山只剩下残坡，就像《射雕英雄传》里的陆乘风，被黄药师挑断脚筋，废了武功。但江湖上"五湖废人"的名头依然很响。太湖以北，纵横十多公里、二万多亩面积的湖面，仍然叫竺山湖。

只是，空有名头的竺山，像一本破损的古籍书，因虫蛀、受潮、烧灼，无法翻阅了。

拈花湾文旅仿佛是一个古籍修复高手，他们擅长化腐朽为神奇，2022年修复竺山。这是一个浩大的工程，借着原来的山脉和山势修复，对风化的岩石、滑坡的山体进行加固，断了的地方接起来，低处填高，然后造景覆绿。

竺山这本厚重的历史书，到了修书人手上，得以"妙手回春"。

但是仅仅修复竺山，还是不够的。古籍修复高手还得变身为魔术师。

拈花湾文旅深谙文化的价值所在，他们以往推出的多个精品项目，都是从当地文化中寻找丰富的矿藏。那竺山的根在哪？魂在哪？创意团队一次次叩问，一次次踏访，一次次思想火花碰撞。

在中国文化发展史中，宋词以完美的形式成为一座巍峨的文化高峰，而《宋词三百首》中，蒋捷一人就占了三首。这位杰出的词人留下了一卷《竹山词》，里面九十三首半阕的词，被后人反复吟诵。可是，蒋捷已远去了七百多年，向他致敬，是塑个雕像吗？是建个僧庐，恢复古场景吗？

不是的。

拈花湾文旅结合当代人的精神需求和现实生活，找共情共鸣点，赋予传统文化新的索引，新的知觉。

"看似一幅画，听像一首歌，吟如一阕词。"这是新版竺山。

## 3

新版竺山,充盈着致敬蒋捷的气息,每一处景、每一条道、每一座桥,都有着非同寻常的名字。移步换景间,打开的是一阕阕宋词。

**心留阁**

心留阁是向蒋捷致敬的灵魂建筑。

《梅花引·荆溪阻雪》,描述了某个风雪夜,词人的船被阻于宜兴荆溪河畔的情景。

对于习惯于江湖漂泊的词人来说,虽逆风阻雪,但心情还是比较乐观,他借盘旋于舟头的鸥鸟来设问,"白鸥问我泊孤舟,是身留,是心留?心若留时,何事锁眉头?"

寒夜阻雪,自然是无奈的"身留",而非不舍的"心留"。

这首词妙在出人意料,词人并没有回答白鸥的提问,而是词笔一荡,用"风拍小帘灯晕舞"渲染气氛,引人对"旧游"的回忆与牵念,词人的心思飞回昔日携手同游的"花外楼,柳下舟",但旧游不在,欢乐转眼成空,身上的木棉裘湿冷。就在我们同情词人的孤独无助之时,词人再次出人意料,词笔一荡,"今夜雪,有梅花,似我愁"。

有梅花的分忧,词人的愁绪似乎也减轻了。

梅花是蒋捷作品中反复出现的意象，《竹山词》中有十七首词里提到梅花。

而今，通往"心留阁"的地方，山坡上种了好多梅花。早春，梅花映衬着高处的阁，有别样的韵味。

见梅花如见人。花前仿佛坐着一个竹山先生，与我们打着隔世的招呼。

梅花到处都有，但竺山的梅花是蒋捷的"知己"。他有话，与梅花说；他有愁，梅花为他分担。

"浩然心在，我逢著，梅花便说。"

世事沧桑，是非如梦，心中一片迷惘，但有一点不容置疑，词人永怀一颗浩然之心。这颗"浩然之心"也唯有说与梅花知晓。

蒋捷生活在动荡的年代，心留何处是个问题。

如果他穿越到现代，重回故地，登阁望湖，又会有怎样的感受？写下怎样的词作呢？

不得而知。

无限的想象，有着无限的意蕴。唯愿岁月静好，心有所依。

**鸥鹭台**

与"心留阁"对应的是"鸥鹭台"。

鸥鹭是太湖边常见的水鸟，蒋捷词中多次出现。

有个成语叫"鸥鹭忘机"，典故出自《列子·黄帝篇》中的"好鸥鸟者"。有个喜欢鸥鸟的人，每天早晨到海边去，鸥鸟成群结队飞来跟他玩耍，和他一起玩的鸥鸟有上百只。他的父亲听说后说：你抓几只回来，让我玩一玩。

第二天，他来到海边，一心想捉鸥鸟。然而鸥鸟都在高空飞舞盘旋，却不肯下来了。

人能忘机，鸟即不疑；人机一动，鸟即远离。人的心态平和，空中飞翔的鸥鸟都会感知。唯有心地纯正，自然淡泊，鸥鸟才会与之友善而不具防备之心。

这是竺山鸥鹭台名字的来历。

**挑春路**

挑春两个字生动极了。竺山湿地公园有条路叫挑春路，这名字念起来，仿佛穿行在春风里。

熟读蒋捷词的人走在这条路上，会即兴吟诵《昭君怨·卖花人》。

> 担子挑春虽小，白白红红都好。卖过巷东家，巷西家。帘外一声声叫，帘里丫鬟入报。问道买梅花，买桃花？

这首词以平实的语言描绘最日常、最生动鲜活的一幕。卖花郎的担子虽小，却挑起了一个春天，担子上白白红红的花很好看。走过巷东家，巷西家，一声声叫卖花。这时，一个俏丽活泼的丫鬟出现了，询问主人，到底是买梅花？还是买桃花？

还没等主人回答，幕布便拉上了。这其中有人物、有声音、有色彩、有对话。

挑春，蕴含了无限的风光。竺山临湖的那条路，恰似卖花人的扁担，挑起了春色。

**竹里**

竺山有一街区，建筑、景观尽得唐宋神韵，是古风艺术与现代审美的结合。名字叫竹里，既接地气又飘逸。

蒋捷爱竹，气节也和竹极其相似。南宋亡国后他借竹山而居，以竹喻志，号"竹山先生"。他面朝太湖，看白鸥飞翔，与梅花说话，做竹里山民。

"斯言也，是梅花说与，竹里山民。"

"枫林红透晚烟青。客思满鸥汀。二十年来，无家种竹，犹借竹为名。春风未了秋风到，老去万缘轻。只把平生，闲吟闲咏，谱作棹歌声。"

从词中可看出，年老的蒋捷，最后似乎学会了和生活和解，释然放下，这段时光也算是他一生中难得的悠闲岁月。

今人穿行在"竹里"，找找生活的乐趣，暂时放下一切，也蛮好的。

**听雨廊**

三场雨听完，就是一生。

蒋捷最经典的一首词是《虞美人·听雨》，短短八句写就了人生三部曲。

"少年听雨歌楼上，红烛昏罗帐。壮年听雨客舟中，江阔云低断雁叫西风。而今听雨僧庐下，鬓已星星也。悲欢离合总无情，一任阶前点滴到天明。"

竺山心留阁旁有一个听雨廊。在热爱竹山先生的人看来，这个地方听雨不够荒凉，最好是在僧庐下，那是真正打动人的一场雨。

其实，竺山的听雨廊，只是一个索引。它给繁忙的现代人一个提示，听一场属于自己的雨。人说"诗无达诂"，词也如此，没有一成不变的解释，当你融入自己的生命体验和情感时，诗词就有了独属于自己的感觉。你可以是少年听雨歌楼下，他可以是听雨客舟中，我可以是听雨僧庐下。

  七百多年前的雨和今天的雨不会有多大区别，区别在于心境不同，但人类的情感是相通的。

           2023 年 4 月 26 日

# 美 栖

### 1

美栖村花灯节前十天,村书记宗华东就上本市名栏目"小君访谈"吆喝:花衬灯,灯映花。

正是中秋前后,一年中最好的季节,天气不冷不热,城里人被美栖村的花灯节鼓动得心驰神往。

真是风水轮回转,从前乡下人跑城里看戏,现在城里人跑乡下来看花灯。

美栖村人几个月前就忙开了,种马鞭草、波斯菊、太阳花、格桑花,一共种了一百五十亩。

这块地原是一家企业征用,后来企业由于多种原因没派用场,搁在那里长荒草,几年下来成了垃圾场,黄鼠狼出没,蛇虫八脚做窠,村民意见很大。宗华东就动脑筋,荒着也是荒着,不如先用来种花,秋天搞个花灯节。

这设想一开始不被人看好,城里人哪会容易被你吸引来，况且红星美凯龙正在城边搞花灯节，你一个寂寂无名的村能弄过人家大型企业吗？

宗华东没死心，当天晚上叫村主任开车，一起到宜兴城里看灯。

红星美凯龙的花灯是在广场上，用LED灯扎了各种造型，有异国风情的城堡灯，有恐龙、长颈鹿之类的动物灯，游客并不多，基本上是大人带了孩子来看。

看了一支烟的功夫，村主任沮丧道：这一看，我心里拔凉拔凉，人家靠城边都没多少人气，咱们离城二十多公里，能有人去看吗？

宗华东笑道：这一看，我心里更有数，美栖村的花灯节搞定了，我要搞花田灯海。

这瞬间，他脑子里蹦出"花衬灯，灯映花"六个字来。

2

宗华东绝对不是异想天开，无中生有搞这事。

美栖，古名叫木樨里，因宗姓人家在祠堂内种植木樨（桂花）而得名。村上的人大多姓宗，他们是南宋抗金名将宗泽之后。宗华东从小就听父辈们说，美栖村的花灯30年代就远近有名。每逢中秋佳节，桂花飘香，稻田金黄之际，村里就举办灯彩会，周围的群众都来观看，远的地方还摇着船赶过来。每逢灯会演戏之期，几乎家家户户，住满了亲戚朋友。灯会在抗日战争时期停办，抗战胜利这年办过一次，之后就没再办过。

宗华东想，现在经济发展，群众物质生活好起来，乡村游是开发的热点，美栖村可以根据这一传统，借鉴外地经验，搞一场花田灯海。

这天晚上他回家后睡床上，大半夜没睡着，想想竟兴奋起来，利用荒地造花田，装上无数LED灯，那岂不成灯海了吗？

他晓得，不看好这事的人，一方面是担心聚不来人气，另一方也担心安全问题，人多了，弄出个踩踏事来，就难收场了。他觉得这事要办好，唯有方案做细做实。

2016年的夏秋之际，村里人比过年还忙，扎灯的扎灯，装灯带的装灯带，几乎没有一个空人，年纪大的人也派上用场。

这次村里租来十二只流动厕所。宗华东说："成败就在厕所，前面做得最好，最后给一泡尿冲了，这样的事不要太多。到外面去旅游，景点很美，可上厕所出来，败了兴致，里面脏得脚都踩不下。记住，咱们这里的流动厕所要打理得像星级宾馆一样清爽。"

有个胖阿婶说:"我没住过星级宾馆,不知道星级到底是什么标准。"

宗华东说:"像你家的灶头一样清爽。明白吗?"

厕所怎么好跟灶头比呢,胖阿婶觉得这说法不对,但到是明白了具体标准。管厕所这件事如此重要,村里的妇女感觉受到了重用,

事实上,这届花灯节,十二只流动厕所给整个活动赢得了好评,游客说,想不到乡下的厕所这么干净,组织工作到位。

花灯节第一天来了二万人,这场面叫人又惊喜,又意外。宗华东告诉自己,这个时候不能怯场,一怯场,步子就乱了。

好在镇领导也来坐镇,调动各方力量,特警来了,移动信号增强车来了,医护急救车来了,志愿者来了。

老天帮忙,三十天都没下雨。村干部的车子三十天没洗,一是根本没空闲去洗车。二是心里有个小九九,就怕洗车带来雨。他们希望,这三十天艳阳高照,天天晴空无雨。

三十天下来,村会计一拍账,收入二百十五万元。这数字,让众人大为激动,要知道,村级经济一年收入不到十万元,花田灯海一天收入就超十万。

明年绝对要搞。村干部个个这样说。

但是,他们的算盘错了。

3

第二年开幕,没有他们期望的人气。

凭什么吸引人家再来呀?宗华东紧急商议,搞水幕电影,扳回局面。村里发动,请老木匠扎木筏,连夜用挖掘机挖出一个占地六亩的水塘,打进水,安排水幕电影的技术人员进场调试,很快,第二天傍晚就投用。

当小提琴协奏曲《梁祝》的旋律响起,木筏缓缓驶出,光束变幻着色彩,打在舞者身上,翩若惊鸿,宛若游龙,人们惊呼,这意境太美了。

第二届花灯节,虽然没有预期的火爆,但还算不错,特别是水幕电影上的《梁祝》惊艳亮相。人们都在打听,这是哪里请来的明星?宗华东笑而不答,问其他人,有的说是南京请来的,有的说是上海请来的,到底是哪里请来的,都不知道。

直到花灯节最后一天落幕,宗华东才道出实情,这不是明星,是村会计的老婆寻来的幼儿教师。她以前在学校跳过这个舞蹈,这次强化训练三天,匆促上木筏,身上穿的戏装还是借村里剧社的。

4

好比乡村舞台上一个变戏法的人，这届花灯节搞下来，宗华东累到差点趴下来，他夜里睡床上都在想，以后怎么办？如果不努力的话，美栖村就等于小时候看露天电影只有一片，看完就没有后头了。当初搞花灯展，一炮打响，一个月创收二百多万元，但凭什么理由吸引游客常态化来，这就需要创新，需要通盘思考乡村振兴的着眼点、落脚点。

他做书记已有多年，如果安稳点，也可以吃吃老本，做到退位。现在农村工作难点痛点多，要不想做事，可以找三百个理由不做，土地制约啦、经济制约啦、没资源、没项目等等，但是人要有情怀，有责任。想了三天三夜，一个大胆的设想在脑子产生了，搞花田产业，只有产业才能持久支撑村级经济发展。

很快，一张大图出来，规划八百亩花田，种玫瑰。

村里的干部先踏田摸底，一摸底吓了一跳，涉及到一千二百个祖坟，这些祖宗怎么办？

美栖村的先祖是从浙江义乌迁徙而来，建村八百年，子孙开枝散叶，生生不息。他们的祖先都安眠在村庄周围，坟头分散在田陌中，到处可见。那规划建设花田产业，首先碰到的难点是，这么多祖坟怎么办？在农村，动人家祖坟是不得了的大事，要被人骂到绝子绝孙的。但是宗华东就有这个魄力，三个月内，他动员村民将一千二百座祖坟全部迁入公墓。

他做群众思想工作很接地气。他跟村民说："我不是把你们的祖宗抛掉，而是让他们同样住连排别墅，不要化一分钱。你们现在住房条件大为改观，也要让祖宗享享新农村的福。村里造了公墓，鸟语花香，环境非常好，过去只有皇帝才有专人看墓，现在我派专人看护你们祖先的墓，多好呢。"

他知道，跟农民讲大道理唯必有用，讲通俗的话反倒容易理解。村人被他这番合情合理的话打动了，祖宗去公墓住连排别墅，不化一分钱，每一家还能拿到迁坟补贴，何乐不为呢。

迁坟一举，既为乡村振兴，花田产业让了路，也为国土节省了资源，而且群众也受惠。

后来，村里有老人临终，子女问老爹爹想葬在哪里？他说："就葬在新农村。"

公墓成了老人入土为安的新农村。

宜兴西乡一路的人，有大年夜上坟拜祭的风俗。每年除夕上午，宗华东都会到公墓去走一圈，在外打工创业的村民平常不大会见到，这个时候见着，他会与村民打个招呼，聊几句家常话，见着美栖在外乡贤，笑着握握手，拉近关系，为村里争取些关系和资金。

三年后，他的梦想实现。大家到美栖村，穿过错落有致的民房，村外周围全是玫瑰，花田像织锦一样向远方铺开，微风送来花香。城里人被这广阔浪漫的场景震住了，连片种了这么多玫瑰，让人恍若到了世外桃源。走进园艺中心，里面是商品展示区，有鲜切花卖，有玫瑰做的化妆品卖，还有现烤的鲜花饼吃。那饼有个好听的名字，叫朝花夕食。

这番诗意画卷正是宗华东梦想中新农村应有的模样。

2022 年 8 月 3 日

# 老亲家

太湖三万六千顷，分布着众多岛屿和湖湾，位于西北部的叫竺山湖，面积二万多亩，纵横十多公里。新年伊始，我沿着竺山湖行走，寻找生命中的某种暗合，从周铁沙塘港起始，经过大区港、浯溪港、小泾港、百渎港，到北面的虎咀山，我念着一个个美丽村庄的名字，青店、花干、田周、夏泽、陈墅……

在阳光充沛的乡间，我像个淘宝的人，听人们讲竺山湖的故事，讲人与自然的故事。我记下太湖边过去有意思的"麦钓"。我知道撒网另一个好听的名字"望妻网"。我请莫先生画下古老的捕鱼工具。我甚至坐着机动小船，穿过小泾港进入太湖。

那一望无际的苍茫，飞翔的白鹭、芦苇柔波中的舞姿，以及湖风的湿润，让人亲切万分，眼前景与心中思、共情与共鸣纷至。

## 仿佛相认多年的老亲

在海南过冬的盛君,看到我微信分享的内容后说:你是替我重访故地吗?

我听了哈哈笑,原以为他是周铁这边的人,后来才知道他曾经在七道篷罛船上生活过。

盛君老家在芳桥扶风,小时候家境贫穷,因为子女多,父母准备送掉一个孩子。听周铁的姑母讲,大罛船上富得很,能吃饱饭。六岁的盛君跟大人说,我愿意去。

罛船主姓仇,是吴县地方上的一个富户。他自己的儿子留在岸上读书,领养别人的娃做寄子,长大了好帮着在船上干活,扯篷、掌舵、捕鱼。船上还请了好多短工。

这艘罛船竖七根桅杆,挂篷帆七扇,航行快得很。一夜东风,船从太湖洞庭西山出发,天亮就能到达宜兴竺山湖。我们那里的人说"岸上人牵三天三夜砻,不及船上一天一夜风"。意思是,罛船上的人来钱快。那时候,盛君经常跟大人到我们周铁镇上来,一是出售鱼虾,二是补给生活用品。

大罛船体形大,进不了内河,只能停在沙塘港或者其它港口,换罛船后面的小船到周铁集镇。

1957年,盛君八岁,听人家讲地方政府要清算镇压湖霸寄爹了，他跑回了自己的家。

童年时代的好多事他已经淡忘了，但是，太湖帆影、水车瓜棚、湖边小镇他印象深刻。后来几十年里，他多次沿竺山湖行走，走一次失落一次，先是好端端的竺山被当地村民挖掉了。没有了竺山，那还叫啥个竺山湖？再后来，太湖蓝藻像衣领上撕不下来的吊牌一样，让人难受。

我告诉他，竺山新近修复了，过去围湖造出来的田正在退还。要不了多久，无锡自然博物馆等环湖景观带建起来，看点多多。

他听了很高兴，说等开春海南回来，重访竺山湖。

我这边刚与盛君聊完，又出来一个认老亲的人。

朋友圈杨维勤发来微信说，竺山湖畔的陈墅村是他外婆家。

我们聊着这个古老的村庄，像聊起自己的老亲，她的美丽，她的苦难，她的新生。

太湖边星星点点的村庄是老天洒落在人间的一颗颗珍珠。难怪南宋词人蒋捷在《如梦令·村景》中感叹："半世踏红尘，到底输他村景。村景、村景，樵斧耕蓑渔艇。"

蒋捷颠沛流离了大半生，晚年隐居竺山，故乡的山水深情拥抱了这位疲惫的游子。如果他穿越到现代，再写"白鸥问我泊孤舟，是身留，是心留？"

我想，肯定是身心皆留吧。

## 来自湖，归于湖

凭记忆，我找寻着"湖上"的身影。好比寻找一个久违的熟人。

老远看见一块牌子，上面写着"太湖竺山圩退圩还湖及内堤施工3标"。前方正在施工，车子无法过去，我明白，"湖上"已退出。从此，尘归尘，土归土，来自湖，归于湖，化作碧水烟波芦荻。

目送他的背影，往事浮现。

我们那边的人把围湖造田垦出来的地叫做"湖上"。

记得有一年，"湖上"副业队的农民向镇领导告状，说街镇上一群少年到太湖边洗冷浴，路过瓜田顺手偷瓜。田里的西瓜大部分没熟，他们摘了一只生的，扔掉，再摘一只，搞得瓜地上一片狼藉。农民气不过，请领导作主，要求赔偿。

镇领导很为难，人都跑散了，找谁赔？这样吧，你们可以来两条农船，拉点粪回去壅壅地。副业队的人想了想，这个办法也好，找不到人赔偿，装点粪回去，就算值过。大粪是宝，到镇上来挑粪，本要交粪钱的。

真是接地气的赔偿，现在想来有趣可笑。

当时，在镇上孩子们的眼里，摘几只瓜算不了什么。那里也有我们父辈晒下的汗水啊。

全国农业学大寨的时候，地方上为解决耕地不足，向太湖要粮，搞围湖造田。1969年冬季，区委动员七个公社及周铁镇一万余人大会战。

围湖造田要用到大量石块、泥土，人们把竺山炸了，把车罟巷那边的半爿山挖了。五个月人海战，筑坝、抛石，从竺山东山咀起始，到浯溪口，硬是把竺山湖围去了七千余亩。大坝合拢，圩区内排涝站、生活河配套建设好，指挥部立即把田划分到各个公社生产队种植。

镇上有好几个大哥哥大姐姐作为插队知青分到"湖上"，他们是第一批开荒者。刚围出来的田，芦根密密麻麻，铁耙锄下去，铁齿都会蹦跳几下。

我们学校后来在"湖上"建有小农场，小学高年级学生上劳动课就去那里干活。我在这片土地上，知道了粮食的由来，麦苗和韭菜的区别。

围湖垦出来的地，种粮食产量不高。由于靠湖近，汛期发大水，低洼田必受淹。所以后来改挖鱼塘养鱼，种植经济林。

我多年没有到过"湖上"，最近的一次是1998年夏季太湖流域发生洪涝灾害,我带记者夜间采访竺山湖守堤坝的人。黑咕隆冬中与"湖上"打了个照面。

生命中充满相识、告别、重逢,而今再见时,"湖上"的圩田、村庄、房舍、鱼塘消失在生态重建中。现在想来,人与湖争地,得到了想要的,却失去了拥有的。把自然还给自然,把太湖还给太湖,这是人的觉醒。

## 听说湖里白鱼壮实了

沿竺山湖行走,我听到一个好消息,太湖白鱼比过去壮实了。

禁捕两年多,成效已显现,看来再过几年,黄鲴、红丫叉、黄长条、花花媳妇、斑丫、痴虎等稀少的鱼种也会多起来。

世世代代的沿湖人家,想着各种法子收获茫茫水域里的特产,我从人文的角度记录几类,这些风情是岁月的印记。如作家苏沧桑所言那样:未来的人读到,依然能从中触摸到一双双人民的手,听到更接近天空或大地的声音,看到始终萦绕在人类文明之河上古老而丰盈的元气。

**豪迈壮观的拖网捕鱼**　湖上打鱼过去最豪迈壮观的是拖网，也叫围网，几只大船合起来，乘着风力将网撒在太湖中。然后两头的船快速靠近，形成合围。中间船上的人用长竹竿拍打水面，把鱼往网里赶。鱼汛时，一网上来有上千斤鱼。

**装"麦钓"的画面很美**　渔家妇女把钓线一圈圈盘入竹蓝中。盘满后，篮底就像一朵花。篮沿上一粒粒麦子挂着，非常漂亮。

麦钓是用浸胖的小麦钓鱼，钓线上拴一根两头尖尖的细竹片，弯拢后戳一粒小麦。贪嘴的鱼儿吞食麦钓时，竹片尖弹开卡住鱼嘴，鱼儿便钓住了。放入水中的钓线有数百米长，间隔半天收钓，钓上来的大多是鲫鱼。

这一渔家风情已经消失了多年，但见过的人都记忆深刻。

**撒网也叫"望妻网"**　我们那里过去撒网捕鱼，一般是夫妻两人，男的在船头，女的在后艄撑篙，男的每撒一次网，都要转很大一圈，用力将网抛向前方水中，一撒一回头，戏称望妻网。如果是新婚不久的小夫妻，妻子在船艄撑篙，丈夫在船头上撒网，一撒一回头，含情脉脉，那真叫美。这种网，下大上小，下面一圈挂满铅块等重物，捉鱼人将网撒下，待它沉到湖底，再将网慢慢拉起，网中的鱼就逃不掉了。

**"迷魂阵"竹簖**　　竹簖是人与鱼玩"捉迷藏",沙塘港人最擅长。

沙塘港因有竺山拦截,东风起不了大浪。村民利用水不深、风浪不大的有利条件,"装簖捕鱼"。他们将毛竹钉在湖底,用稻草绳编织竹篾成帘,固定在毛竹桩上,留下辖口。打桩时设计好范围,距离形成花园图形,称大花园、小花园,里三层外三层,一个圈比一个圈小,鱼游进竹帘,只能顺着向前游。

姜太公直钩钓鱼,愿者上来,不以其他方式去赶或诱。鱼游到最后的小花园内,即袋梢里,用海斗就可把鱼抄起来,但小鱼在隙缝中可逃出不作打捞。

黄梅季节,一天一个大簖区可捕几十担鱼,沙塘港村民许暗芬的父亲装簖时捞到最大的一条鱼是80斤的黄鲇。

竹簖成本高,不利于泄洪,太湖里鱼资源越来越少,所以被淘汰了。

**陈墅人裹鱼**　　裹网捕鱼最有名的是陈墅村人,专在芦苇荡打合围,像包裹粽子一样捕鱼,也叫"打团住"。这个村十几个人一组,团队行动。通常,各家拿一口网出来,先派人探路脚,看芦荡的深浅、水花、鱼咬芦苇的印痕,来判断有没有鱼阵。选定范围后,十几个人将各自的网接起来,围成一圈。用一种叫"团住"的工具赶鱼。这工具打下去时,闷闷的，没有水花声，一下子落到滩底发出的声音，惊了鱼，四处游窜起来。渔网团团围住，众人合力往里收，鱼跃人欢。最多的一天，能捉到十多担鱼。后来，太湖围湖造田，筑了防汛大坝，没有了大片芦苇荡，陈墅村打合围裹鱼逐渐消失了。

其他还有丝网、兜网、触网……这些传统捕鱼法还是有所节制。

现代捕鱼用的高踏网太厉害了，一网撒过去两公里，起网的鱼以吨计数，鱼子鱼孙都捉上来了。

自然的馈赠总是有度的，滥捕和水污染导致太湖里鱼的种类和数量减少。太湖禁捕十年，用"无渔"换年年有鱼。现在听说白鱼壮实了，这是个好消息。想必经过休养生息的太湖，会给人更多惊喜。

2023年2月9日

# 小镇短歌

小收音机里传来锡剧的唱段。街巷里下棋的人落子声啪啪。

一盏灯笼在风中飘荡，上面印着古镇儒风四个字。

夜空升起一轮淡淡明月，有人呼儿唤女，有人拎凳携椅回家。

屋檐上的瓦当，窄窄的小巷，高高的马头墙。

坐着晒太阳的街坊，巷子里趴地上的小黑狗，衣着鲜亮的女孩，轻灵地踩着踏板车过来。

我着迷于无数这样的细小音符，也记录下小镇的短歌。

## 小道士

小道士坐在庙门口，埋头雕刻桃木，手里的刻刀在一块指甲大小的木头上灵活转动，雕刻着似图非图的符号，那是天神的名讳。阳光照着他头上的发髻，一根木簪子斜插着，很好看。

我问他叫什么名字。他说叫张当宇，曾在武当山、龙虎山道观修行，这段时间云游在周铁城隍庙。

现今周铁城隍庙的道长是方崇阳，这两年他在传承道教文化方面做了许多工作，与外面道观文化交流频频，常见有各地的道友来往，这也是小镇文化的一个方面。

说起道士似乎高深莫测，事实上正一派道士是食人间烟火的人，印象中比全真派道士平易些。他们中多有擅长，或善符箓，或善道教音乐，笛鼓笙箫，经韵吟唱，很接地气。就像张当宇，你跟他交谈，他就像邻家的小伙子一样可亲。

我问他，你专哪一门乐器？他说天性缺乐感，学哪一件乐器都学不好，于是选择跟师父学符箓，做法事时也以符箓为主。符和箓的合称叫符箓。符是似字非字、似图非图的符号和图形。箓指记录于诸符间的天神名讳秘文。

我说，那你帮我刻一个桃木雕，我佩戴在胸前避避邪，好不好？

他说，好啊。

我给你钱好了。

这个不用，都是庙周围的邻居。

那我下次也送个小礼物你。

好啊。

于是，说好，他帮我雕一个护佑老虎属相的天神名讳。

下午，我再去时，他已刻好，但要在桃木上灌朱砂，要选个好日子灌上去，然后在上面打洞穿红线。

如此郑重其事，让人心暖。

这天我回城了。过了好多天再到镇上，我路过城隍庙门口，以为会看到他坐在阳光里，可是他已不在庙里，云游到别处去了，但是他交待其他道士，把那个桃木雕送给我。

## 丝竹乐队

周铁这地方，文艺人才大致来自三个地方：一是章茂，二是后塘，三是竺西。当然，还有沙塘港，我得替他们单独立传。

章茂村是以文化站老站长闵定一、老牛为代表，他们的音乐启蒙领路人是闵慕骞先生，此人毕业于国立上海音专，民国时他兼了宜兴多所学校的音乐教师。章茂村有好多人习音乐，都受闵慕骞先生熏陶。闵定一是闵慕骞的儿子。

后塘村，是以郁君、冠平兄弟等人为代表。他们的音乐启蒙领路人姓陈，据说曾是前线歌舞团首席小提琴手，

"文革"时下放到后塘村劳动，年轻后生受他音乐影响。

郁君会吹笛，也能拉二胡，拨弄琵琶。他原先当过村干部，据说那年小姨子计划生育超生，到处躲藏。有次计生办的人掌握到她藏身的地方，准备找到她后，动员她去医院引产，后来不知怎么的走漏了风声，小姨子得信后跑掉了，让计生办的人扑了个空。

那会是谁走漏了风声呢，排来排去，郁君很有可能通风报信，这样就连带到他，把他的村干部职位给挪了。他是部队转业回来的，村干部不当了，组织上对他的安排还是比较负责，安排他到地闸站，负责太湖边围湖造田的地方开闸关闸，保证农田的灌溉排水。这工作不是太累，郁君蛮乐意的，他有空就吹吹笛，拉拉二胡，写写书法。后来退休，回家后更自由了。

乡下有人去世，有些人家会请道士来做法事超度亡灵。当地有道士班子，念经拜忏，吹拉弹唱。道士们年纪大了，笛子吹不动了，就叫郁君参与。他是个老好人，一叫就去了，下午去连搭一个通宵。

郁君一来喜欢道士们演奏的器乐曲，二来也有收入。

竺西，是以敏辉、耀平等为代表。他们是镇上东沿河一路的。那时候，张耀平的琵琶，胡全坤的笛子，顾敏辉的二胡，还有毕为群、吕云汉等人构成竺西特色。镇上排《苏州两公差》时，文场二十几人，阵容强大。

我接着说说这三路人的细节。

老牛并不姓牛，姓张，叫张志良。因为属牛，章茂村人就叫他老牛。他的哥哥是外交官，曾经是中国驻英国大使馆参赞，弟弟在锡城教委当过领导。在乡下的老牛眼镜一戴，很有架码，很有范。他擅长二胡，也会拨弄中阮、三弦。

有一年春节，老牛组织人到敬老院慰问演出，邀我去弹古筝。他给我一本手抄曲谱，每一首曲谱上，都加盖了他的私章，以示版权专属。据他讲，这十首江南丝竹曲，非常有名。我跟他们一起弹了《春花秋月》《槐黄》。

节目单子一页二页转三页。坐底下看节目的对象，都是七老八十岁的人，有中风后嘴角歪斜的人，有拄着拐杖的瘸腿。演出结束，有人向老牛提意见了："你节目太长，你让人家一坐两个半小时，又不是央视春晚。"

老牛说："大家积极性高，都要上节目。"

"那你也得筛选一下啊。"

老牛这时说了一句有水平的话："千怪万怪，只怪这地方文艺细胞活跃。"

敏辉擅长拉京胡二胡，但是，他玩的内容比较多，养一缸锦鲤，种一露台花草，繁殖了几十笼鸟。他家住河岸边，他设计了一口扳网，可电动操作，要吃鱼，按一下开关。随着吭吭吭的电动机声音，渔网从水里徐徐起来，网里可见跳跃的鱼。他吃着自己扳的鱼，拉着二胡，自得其乐。

这三路人，很有意思。

从前周铁的丝弦乐队不比宜兴吴圩丝弦乐队逊色，我很纳闷，为啥现今乏力？

细想起来，江南丝竹乐的韵味，是通过人与人之间的相互谦逊和礼让表现出来的，糯胡琴，细琵琶，脆笛子，暗扬琴，各展所长，你进我出，我高你低，他繁我简，这是丝竹乐的精髓。

现在设想一下，这三路人坐在一起奏丝竹乐，会体现出谦逊礼让否？

## 花香和书香

老徐送我一棵风车茉莉，开花时，我请邻居小良带给他一袋新绿茶。小良说，清明前的新茶量少，很珍贵，你自己都没舍得吃吧？

是的，我自己都没喝，觉得必须送新绿茶回谢。

到我们东街去，看到门口有几十来盆花花草草，那就是老徐的家。

老徐是个孤老，喜欢种花。前几年他出去做护工，想挣几个钱回来给自己养老，出去的时候腰板还是直的，脖子还不歪。三年后回来，成了歪脖子弯背的人了。

他第一个护理的对象是牛福光。我们小时候将鸡黄皮、废铜烂铁拿到收购站去，卖完废品，孩子们调皮起来，嚷道：牛福光牛福光，称铁扣斤两。

后来我才晓得，牛福光姓钮，不姓牛。但小镇上的人习惯叫牛福光。

老徐去护理牛福光的时候七十岁不到，还是身体傲健的阶段。做护工的间隙，他还抽空回来料理家里的花草树木。后来，他受雇于乡下一户人家，照顾一个老太太。这家人跟他有点亲眷关系，他尤其尽心尽职。有几次，我看到他用推车把老太太推到镇上来散散心，乡下路远，一来一去有几里路。他护理老太太好几年时间，结果自己累倒。最近我看到他坐在街边晒太阳，像一只蜷缩的老猫。

他还是喜欢种花，不过弯腰低头不利索了，春节后他送我这盆风车茉莉，还是街坊老王动手帮掘出来的。我要给老徐钱，他硬不收。他讲："你送过我几回书，我都没谢你呢。你喜欢花，这盆风车茉莉送你。"

呵呵，我的书香带来了老徐的花香。

## 四匹马

老乡谢土根,最近托我帮他"破案"。我说:"你破案不找派出所,找我有什么用?"

他说:"你当过记者,接触的人多,帮我留心一下,周铁那边有没有听说,谁拿出尹瘦石画的马来卖?"

他要找到线索循此破案。

老谢因太极拳打得出神入化,九十岁的人看起来七十几岁的样子。他是周铁镇上过去的老裁缝,中西式服装都会做。当年帮女同志做列宁装,蟹钳领、斜插袋、双排纽,两边腰带往中间一系,很风行。做裁缝时,店铺距离尹瘦石家不远,瘦石先生那个时候在黑龙江劳动,一时对老家眷顾不及。父亲得病,手头拮据,无奈之中将儿子的画拿几幅出来售卖。谢土根并不懂画,看看价格不贵,家里墙壁上正空,便买了"四匹马"来挂挂。

这四幅画一直挂在家中,十几年前他和老妻去南京带外孙,周铁家里长时间没人住,"四匹马"不知哪一天被人偷走了。他当时很心疼,但没意识到画价值有多高,所以没报案。最近碰到老乡嘉平,聊起尹瘦石先生的画现在怎么值钱,他算算现在起码损失一百万元,懊恼不已。

我听了哈哈大笑,老谢原本没有想到"四匹马"这值钱，都是嘉平的话风吹皱了他平静的湖面。

## 传过情书

嘉平听说老谢与我住同一个小区，特意叫老谢带路来我家。七十几岁的人，还念着我妈妈替他做的好事，包括受的冤枉气。20世纪60年代，他分配到周铁印刷厂工作，与我父亲做同事。一介书生，戴副眼镜，后来他与红芳谈恋爱，我妈妈出面做媒成功。

嘉平年轻时喜欢与人谈论国家大事，"文革"时受到冲击，霉运时夫妻总吵架，丈母娘每次将他骂到狗血喷头。

我那时候正念小学，放学路上，多次听到老妇人骂我母亲是乱说媒人，骗了她女儿。我听了很难为情。因为我概念里乱说媒人就是那种，说得罗汉思情、嫦娥想嫁的人。

可是，据我妈妈说，嘉平与红芳是自己谈的，她只是做了现成媒人。当时嘉平写了情书，还叫小孩子帮他送信。

这个小孩子便是我，才八九岁。我自己完全不记得有这回事，直到七十几岁的嘉平与我聊及往事，证实确有这回事。我乐了，八岁做过信使，替他传过情书。太有意思了。

2022年11月1日

# 勉哉！同学

"勉哉同学，贯彻始终"，即使我们这一生没能攀登高峰，泯然众人，终日为衣食奔走，但心头一点宝贵的东西也不要被泯灭。

这是我写下此文，完整记录一首老校歌的发现，重新谱曲，然后推动传唱的意义所在。

我是汪曾祺迷，读过他大部分作品。他散文集中有一篇《徙》的文章，讲到了故乡的校歌。小学毕业时，全校三百来个孩子，用玻璃一样脆亮的童音，憋足了力气，高唱起来，"西挹神山爽气，东来邻寺疏钟……半城半郭尘嚣远，无女无男教育同。桃红李白，芬芳馥郁，一堂济济坐春风。愿少年，乘风破浪，他日毋忘化雨功。"

这是怎样生动的画面啊，唱着这样的校歌毕业，在往后的日子里，无论到哪里，都不会忘记自己的故乡，自己的母校。多少年后同学相逢，如果集体唱将起来，那会不会热泪盈眶?

我问问自己,有没有唱过校歌?想破脑袋我都想不起来。

唉!回想起来,那真是一个贫乏的年代,20世纪70年代初,写作文全班同学最常用的比喻句子是:雄鸡一唱天下白。我们的生活像芝麻开花节节高。阶级敌人像屋檐下的洋葱根焦叶烂心不死,等等。

我印象最深的是,读小学四年级时,班主任陆蔷星将课文中的一首诗歌谱了曲,教我们唱:千重山万重山,我们最爱是韶山。韶山升起红太阳,五洲四海闪金光。千条水万条水,我们最爱延河水……

当时,全年级几个班同学一起展开集体活动,我们班别出新意唱老师谱曲的课文,把其他班都比下去了。

王黎皎老师身材高挑,有着银铃般的嗓音。五年级时,我们唱她作词谱曲的歌:万顷太湖水起波浪,层层波浪闪银光,党的光辉照渔乡啊照渔乡,渔家的新苗在茁壮地成长,在茁壮地成长。

这首歌有地域特色,因为我们是在太湖边成长的少年。

当时学校不缺有才艺有情怀的优秀教师,只是在特殊年代,他们受制约多。

虽然唱过他们谱写的歌,可惜,我们没有校歌。

后来，我读到北京大学原副校长沙健孙《难忘的启蒙》一文，他说民国时镇上的学子唱着这样的校歌：竺山屏于东，湖水环流永无穷，莘莘学子乐融融，术学不尚虚空，为的是经世致用……

"术学不尚虚空，为的是经世致用"，是这首歌的点睛之笔，是一粒种子，就像汪曾祺当年唱"愿少年，乘风破浪，他日毋忘化雨功。"江苏高邮的县立第五小学，"孵"出了汪曾祺，我们周铁这方土地"孵"出了沙健孙，"孵"出了院士程天民、沙庆林，"孵"出了画家尹瘦石，诗人沙蕾等人。

长成大树的沙健孙难忘启蒙，他记得教唱这首校歌的冯先生爱穿青竹布旗袍。他说这首校歌的词和调都很美。可惜他没有记下完整歌词。

我后来终于有机会得到另一首完整的校歌，原来民国时竺西小学不止一首校歌。歌词是一位叫夏永熙的老师1983年回忆时记下的，夏老师已经作古，如果活到现在一百多岁。这校歌传唱的年代推断是20世纪20年代末到30年代初。

  放眼吾乡，泱泱乎大风。具区深复深，竺山重叠重。地灵人杰，甲乎江东。兴学培才，读书致用。勉哉同学，切磋琢磨。刻苦攻关，攀登科学高峰。勉哉同学，贯彻始终。

我拿到歌词，深为感动，也大为惊讶。一个镇级小学二三十年代就提出了"科学"这样的新词，太了不起了。我甚至怀疑，会不会夏老师记谱时记错了歌词？

当我说出这一疑惑时，几个有见地的老乡引经据典起来：早在1896年，康有为将"科学"这一说法引入中国，五四运动后已广为流传。周铁离上海不远，得风气之先，教书先生中有新派人，完全可能提出"科学"一词。

竺西书院创办于1880年，这是宜兴县较早开办的"洋学堂"之一，民国时改为县立竺西小学。近代著名教育家童斐（字伯章）中举人后曾在竺西书院当过四年堂长，相当于校长。后来童伯章调到省常中做了二十五年校长，又去上海光华大学当国史系主任。童伯章音乐造诣精深，光华大学的校歌就是他创作的。那设想一下，民国时竺西小学写校歌，会不会请老校长帮忙？

整首歌词文白相济，符合新旧文化交替时的表达，且朗朗上口。结尾"勉哉同学！贯彻始终"非常有感染力。

那几天，我一直在查证校歌作者，因为年代久远，难以找到佐证。我想这首歌曲如果不是童伯章先生所写，也一定是某位才情皆具的先辈创作的。

我记下了歌词,可惜没有找到曲谱。于是,将歌词发老乡群,群里的王超是个有才华的音乐人,他根据歌词,用民国风的调子进行谱曲。初版出来,老乡群里一阵激荡。

歌谱传到老家周铁,社区立即组织学生传唱。

我问:"教唱的人是海平吗?"

社区书记说:"是的。"

我算来海平应该七十四五岁了。她会扬琴、二胡、手风琴,她教唱这首老校歌,我觉得最合适不过了。

海平的父亲据说是黄浦军校19期学生,她母亲黄治华是湖北荆门人,十七岁投身国民革命军,九十二岁时,讲自己所在师的师长、副师长叫什么名都一清二楚。她唱"红日照遍了东方,自由之神纵情歌唱。看吧!千山万壑,抗日的烽火燃烧在太行山上。听吧!母亲叫儿打东洋,妻子送郎上战场。"

汤恩伯当国民革命军第三十一集团军总司令时,在河南叶县寺街创办三一子弟学校,解决国民党军官子弟就学问题,海平母亲被调去当教员,父亲仍留部队南征北战。抗日战争胜利后,海平父亲不愿打内战,携妻解甲回到了周铁冯家村。

海平的父亲1932年竺西小学毕业,他应该是唱过《竺西小学校歌》的。

汪曾祺说,唱着"愿少年,乘风破浪,他日毋忘化雨功"的毕业生,有一些乘风破浪,做了一番事业的;有的离校后就成为泯然众人,为衣食奔走一生;有的,死掉了。

竺西小学生唱"勉哉同学,切磋琢磨",毕业离校后,有一些攀登了高峰,做了一番事业。而有的最后做了"草民"。但他们少年时天天唱的歌,会让他们秉持一些宝贵的东西,即使后来自己生活不顺也没有泯灭,如校歌结尾中所唱"贯彻始终"。

海平父亲最后是老农民,育有六个子女。海平的弟弟是我这一届同学中,高考成绩最好的学生。海平还有个妹妹叫西萍,以前在镇上做过裁缝,她也爱好文艺,能唱会演。这都是受父母的影响。

今日的海平,教孩子们唱父亲当年唱过的校歌,她一定非常有感触。就像我,尽管不是那个时代的人,但我完全被激荡了,一遍又一遍唱着这首歌,像个少年。

我想,即使我们这一生没能攀登高峰,泯然众人,为衣食奔走,但心头一点宝贵的东西也不要被泯灭。

勉哉同学!

2023 年 8 月 17 日

# 乡　食

牛鼻头、枇杷梗、麻叶子、玉带糕……那些至今看来平常的乡食，藏在许多人的味觉记忆里，它来自乡土，更来自心灵。

想吃一个牛鼻头。

这里说的牛鼻头，是一种糕点，∞字形绞，像牛的鼻子。

对乡土老式糕点的思念，从牛鼻头开始。

少年时我最喜欢去两个地方，一个是孵坊，一个是糕坊。

去孵坊是好奇，春寒料峭的时候，外头冷飕飕穿着棉袄，孵坊里面温暖如春，万千鸡蛋装在一层层的木箱里加温，能看到小鸡出壳的样子，非常有趣。

而糕坊最为诱人，未进其门，就嗅其香。同学的娘在糕坊做事，放学后同学带我去糕坊，看师傅们做糕点。碰到大人高兴，我们能吃到刚出锅的牛鼻头，还有刚烘出来的杏仁酥、桃酥之类。当然，是吃破碎不成形的糕点，正品要送出去上柜售卖的。

糕坊师傅一般根据节候来做各种茶食糕点，春天做阿爬酥、蜜糕、杏仁酥、桃酥、玉带糕等。端午节前做绿豆糕。夏天为淡季。临近中秋节开始做月饼。入冬后做枇杷梗、酥糖、交切等。

传统岁月里，人们看重节气，立春、雨水、惊蛰、秋分……二十四个节气了熟于心。民俗中有句话叫"不时不食"，吃东西按时令，按季节，到什么季节吃什么东西。顺应时令节气做出来的糕点好吃又好看，高明的师傅深谙此道。比如鸡蛋糕一年四季都可以做，但同样的料冬天只能做九十来个，春天可做一百个，而且春天做出来的鸡蛋糕润口、亮泽。

乡土糕点最接地气，朴素中透着精致，不少糕点名字也起得鲜活生动。

枇杷梗　形似枇杷柄上的梗，浅金黄色，外面裹了一层糖霜，吃在嘴里甜蜜蜜的滋味。

啊爬酥　啊爬是本地方言对癞蛤蟆的叫法，因糕点有些形似，就这样称之。啊爬酥用米粉和油酥为原料，入油锅炸，伴以白糖，入口即化。

油绳绞　样子像乡下搓的绳一样。

方板酥　饼的样式中规中矩,方板一块。乡下形容一个人不圆滑,叫方板头人。

开口笑　面粉捏成圆形,滚上芝麻,当中用刀剖一口子,花一下。入锅油汆时,花过的地方炸咧开来,像一张嘴,所以取吉祥讨喜的名字叫开口笑。

小酥糖　成品小酥糖包装成火柴盒般大小,小心翼翼地打开白杏连纸,浅木色的小方块里有一股芝麻香。小酥糖以宜兴徐舍豫和泰糕坊出产的最为有名,用精细白糖、剥壳芝麻,特制的饴糖为原料,经焙炒、打屑、扳酥等十多道工序制成。

玉带糕　糕粉细腻,用荤油、绵白糖来做,将胡桃肉、葡萄干揉进米粉中,做成条带状。吃的时候清晰地看见暗藏其中的桃肉、萄萄干。

铳管糖　先将坯料揉搭成笆斗似的筒子,将馅心倒进筒子里,师傅开始收顶,做成大团子。然后开始稠,双手不断稠,稠匀后,切成像铳管(一种猎枪)般粗细的糖。

交切　芝麻炒熟,用饴糖来做。饴糖熬到起骨质,铜勺下锅拎起来的糖要能挂下来成片,像镜子一样亮泽。师傅本事越好,做的交切片越薄。

葱油饼　酥皮一层层手工推出来,烘到金黄色,馅心中见点点葱绿,青葱味和熟猪油交织,叫人难忘。苏东坡在《留别廉守》一诗中写到"小饼如嚼月，中有酥和饴"，说的是苏式月饼，杨巷葱油月饼是苏式月饼中的一类。

  炒糯珍 如果我说炒糯珍，知道的人不多。如果我说爆炒米，那乡村长大的人都知道。炒糯珍接近爆炒米，好比是表姐妹，一个是粗使丫头，一个是小姐。爆炒米是放铁爆炉里加温，催化米粒迅速膨胀的一种方法。过去爆炒米的师傅在爆炉里放上少许糖精，爆出来的米花松脆，香甜。炒糯珍要珍贵些，它要先将糯米蒸熟，晒干后，然后加黑沙下锅炒成小爆米花，筛去黑沙，粒粒珍珠样。糯珍潽鸡蛋，过去是乡下贵客上门才有的待遇。女人生孩子坐月子就吃糯珍潽鸡蛋，方便实惠又营养。

  蜜糕 纯糯米粉蒸熟，和白糖捣成极粘状，用金属大方盘盛装约半寸高，上面薄涂一层麻油。亮点是，糕上铺蜜饯丝、核桃肉、瓜子仁及桂花，再涂一层麻油，油光透亮。一般放店门口现卖现切，上面罩着玻璃盖子。谁要，切一块放老式盘秤上称称，考究的店家用荷叶包着给你，回家打开来吃，有荷叶清香。

  昔年食品包装也有乡土地域特色，江南水乡种藕的人家多，摘下新鲜荷叶，晾晒干后用来包茶食糕点。荷叶包里面一层，外面包的一层是纸。

  现今老的糕坊师傅大多不在世了，当众多的手工食品被放在流水线上复制，琳琅满目的糕点在柜台上朝你微笑时，你忽然想吃一个牛鼻头，其实是忆起了温暖的往昔。

我的老乡曹小乙，五十年没见邻家姐姐，相逢时，小乙竟然说：我记得你，领着我玩，还买牛鼻头给我吃。牛鼻头对乡村的孩子来说是奢侈品。一位友人说，小时候想吃一个牛鼻头，身上钱不够，就和村里的小伙伴凑钱买一个，二人分着吃。

当物质丰富到令人眼花瞭乱时，你也许不会深深记住吃过的某种糕点，因为选择太多，你来不及细品味。相反，在过去有限的食物中，难得吃到的糕点会长久留在味觉记忆里，直到年老，都会记得从前的味道，以及它背后的细节。

麦馂　麦收过后，新麦上来，农家会把麦炒熟，磨成粉。我们那里叫麦馂，不知别处叫什么？吃法是，冷开水调和，加滚开水搅拌，里面放白糖，好吃得很。麦馂的香，是最接近自然的香。

夏收夏种结束，乡下亲眷到镇上来，会送一袋麦馂粉给我们。这东西发头大，调羹挖两勺，就能冲泡到一碗。我们小时候当点心吃，大人上夜班回来当夜宵充饥。也许是那个年代物质实在匮乏，也许是麦子连皮炒熟后磨粉，麦香特别诱人，这种简单的乡土吃食比较馋人。

乡下亲眷送来的麦㞧吃完了，那个麦香仍留在心间。那时候，我哥哥和隔壁的三毛自己捣鼓做汽水，用小苏打、糖精水调和。我就想自制麦㞧。

少年时动的这一回脑筋，多少年后都难忘记。麦㞧是麦做的，面粉不是麦加工的吗？于是，有次我趁妈妈不在家，将面粉放铁锅里，用微火炒，铲子不停翻动。炒熟后加水冲泡，鼻子嗅嗅，有点香。这接近于麦㞧，但终不是麦㞧。怎么形容呢？像人一样，差口气。正宗乡间的麦㞧粉是浅咖啡色，放锅里炒的麦子没有去皮，磨成粉后冲泡成糊，一胀发起来，麦香天成。而面粉是麦子脱皮精加工了。我后来才知道，麦子是个大概念，麦有大麦、小麦、元麦。而麦㞧是元麦做的。

而今，乡下很少有人种大麦和元麦，麦㞧也成为遥远的记忆了。

麻叶子　麻叶子薄如树叶，用芝麻和面粉、糖做成。薄、脆、香、甜是特点。

能够吃到乡下做的麻叶子，那一定是隆重的事了。也许是某个住舅家的小孩回来，乡下的外婆会做一篮子麻叶子给孩子，带回去左右邻舍香香。也许是某个镇上人到乡下去作客，能干的农家主妇没啥好款待，此时新收的麦子刚加工成面粉，新菜籽已压榨了油。于是她手脚麻利，揉面，擀成薄薄的皮子，切成斜条，中间"花"一刀，面皮一角穿过"花"开的口子，入油锅汆后金灿灿，黑芝麻浮现其上。

这种盛情，你一辈子都记得。因为农家平常根本舍不得开油锅汆麻叶子。

**脚踏糕** 这是我家乡的老式年糕，过去真的是脚踩着，来回走动踏出来的。当然，这个踏不是光着脚丫子踏，而是穿了新草鞋，糕丕上包了层布。这样操作，避免脚直接碰到食品，保证干净卫生。刚蒸好的整块年糕，不用刀切，用棉线分割成条状。

脚踏年糕有步步（糕）高的寓意。脚踏出来的年糕特别韧，因为脚劲比手劲要大。现今市场上还能见到有脚踏糕卖，农家当然不穿草鞋了，是用扁担压出来，家里男人轮流压，要花很大力气。

我认识一个姓周的老乡，他跟我夸过多次，他丈人做的米酒和脚踏糕有多好吃，村里人称他丈人老高酿的酒为高家茅台。

我跟他开玩笑说，你甭吹牛，我寻访过宜兴做米酒最好的史老汉，难道会比史老汉的还要灵？

过几天，老乡果真送我一桶酒和一块脚踏糕。我品尝了一口米酒，确实不错，比史老汉的米酒要醇而清冽。当天我回家将脚踏年糕切片，煎年糕拌白糖，很好吃，是小时候吃过的味道。

此事我要说的重点是，农家在自己屋檐下，自酿米酒，竟然吃出茅台的感觉。踏着年糕，满怀希望祈愿日子一天比一天好，这生活有劲，有奔头。

2021 年 10 月 21 日

# 市　井

我坐在小镇临街的窗口，听到收旧的人一遍遍高喊："专收长头发，剪长辫子，回收旧手机，旧电脑，换刀换盆子换鼠夹……"

这市井之声，现在只有在小镇街巷里才会听到。

市井中的人不够完美，有着这样或那样的不足，但却是真实的人生。他们磕磕碰碰，跌跌撞撞，一路走来，极具人间烟火气。

### 杨家的《奔马图》

小镇上的人都知道杨顺清家里有一幅《奔马图》。这幅画来来去去的过程，可见茅柴寨里出笋，不是传说。

杨顺清的父亲杨寿春，是一个非常聪明的人，1937年抗日战争爆发，他和东街的尹瘦石离开周铁，结伴到贵州。寿春在贵阳军队里谋到文书一职，后来因受精神刺激回乡，多年后在贫病交困中死去。他的儿子顺清如他一样聪明，喜欢画画刻印章，可是因为家里贫困，没有受到好的教育，生活很艰难。1991年夏天，顺清到北京找尹瘦石先生，尹老不忘当年与寿春的情意，送给顺清一幅《奔马图》，上书顺清贤侄。得知顺清喜欢画画刻印章，尹老还送了他一盒印泥、几枚寿山石图章。

这幅画对贫穷的杨家来说，意义重大，人世间有温厚，苦日子有安慰。乡里人说，杨顺清这辈子可圈可点的三件事：一是得到尹老的画。二是娶到个有经纬的老婆。三是养了个有出息的女儿。

小芳当初看中顺清有手艺，会刻章绘画，忽略了其他方面。嫁过门后，才晓得杨家穷得一塌糊涂，穷还不算，顺清还时常犯病。这幅《奔马图》最终没守得住，出手卖了。

锋回路转，小芳守望着这个家，像箍一样箍住了这个散装家。顺清病好时，刻章画画，挣钱补贴家用，飘飘摇摇的家稳定下来。小芳在药店打工，边工作边学习。这个女人很了不起，初中学历起步，一路自学，最后获得了执业药剂师资格证。小芳一度患重病，社区将她家列入低保，非常不容易的是，她女儿有志气，大学一毕业就叫母亲去社区主动退出低保，说自己找工作能补贴家用，政府应该照顾更困难的群众。

果真，这个女儿很努力，一路考试，一路向上，从瑞士银行南京分行，调到北京总部，然后入职金融界大佬——中国国际金融顾问有限公司。女儿结婚时，父母问她要啥，她只要一样，把卖出去的《奔马图》赎回来。

于是，顺清找到卖他画的人家，出大价钱将《奔马图》赎了回来。

一个家庭从最落魄中翻身，这让人看到了生生不息的精神。

**人世间，眷顾两字最宝贵**

菊妹与小良不是一母所生，两人同父异母。他们的父亲杨兆丰年轻时一表人才，娶的妻子也是美人胚，而且是能人。杨家开香烛店兼卖南北杂货，生意好得不得了。他们主要是做船民的生意，这地方紧靠太湖，舟船往来多。过去的人跑运输、出湖捕鱼，风雨不测，翻船的事常发生，船民信菩萨、敬天地鬼神超过一般人，这是由他们生存环境决定的，由此带来了香烛店的红火。

那时候杨家开有香坊，父亲雇了好几个帮工，将油树皮晒干，放在对臼里捣成粉，制成一把把香。

抗日战争时，日本人占领小镇，杨妻去上海进购紧俏商品回来，船过太湖，她戴礼帽，穿长衫，男装打扮，站立船头，竟能蒙过日本人，可见此女子非凡。但是她结婚后一直没怀孕生下孩子，在无后为不孝的年代，女子不能生养是没地位的。杨兆丰就有了另娶的念头。

另娶的二房是乡下丫头，接二连三生养，前后生了六个儿女，大房后来也生了一个，女儿菊妹。

二房太太生了一群子女，大房太太只一个女儿。解放后，一夫一妻制，大房太太与杨兆丰分手离婚了。

大房太太是个善良的人，早先对二房的儿女很宽厚，孩子们称自己的母亲叫姆妈，叫她嗯娘。嗯娘走的时候，父亲心里很是亏歉，私下给了她不少金货，送她走的那条船上装了橱柜被褥等物品。

嗯娘后来嫁给一个农民，生活凄苦。小良念嗯娘好，瞒着姆妈，偷偷到乡下去看她。

这样过了好多年，嗯娘的男人病死，金货已散失，此时，嗯娘一个人住在茅草房里。有一天，小良去看她，站在门口，烟雾迷漫看不见里面的人，只听得一阵咳嗽声，往里探寻，才看到嗯娘在行灶上烧饭。他怜见得很，回来就和妻子商量把嗯娘接到镇上。当时父亲已经去世，姆妈还在，他怕两个有隔阂的人在一起彼此不舒服，就另外帮嗯娘租了房，就近照应生活，一直到终老。

菊妹年轻时过得不好，如今生活稳定下来，总会想起同父异母的哥哥妹妹，给外地的妹妹寄特产。做了好吃的，她穿过一条街，送来给哥哥小良。

市井生活家家有本难念的经，过日子会有许多无奈，有矛盾有冲突。但是最终，你念着我的好，我念着你的好，人世间，眷顾两字最宝贵。

## 立明　郭彩娣

立明打电话给我，我每次都爽朗地叫他阿哥。

他说："你啥时回来，我来安排吃饭。"

然后话题会说说镇上的事。我说，你最近做了件好事，徐宗芳生病，立马派车送他去无锡四院看病诊断，还送了三千六百块钱慰问金。

他说："你怎么知道的。"

我回答："群众反应的。"

他哈哈大笑起来："你消息灵通。徐宗芳死时，你人在上海，叫人代送了花圈。我补充细节。"

他来劲道："老徐听我话的。他查出晚期癌症很丧气，说反正看不好了，不如早点死，跳井里算了。我劝他，你跳井里，死的性质不一样了。你往井里一跳，不是增加地方政府的麻烦么。"

老徐年轻时吃了十多年冤枉官司,一生无儿无女,张立明蛮同情他的。从这件事来看,张立明为人不错,他在镇上做了不少公益事,所以我叫他阿哥,我们迎阳门长大的老哥。

市井之人重口碑,好口碑是一件事一件事做出来的。

老徐死后,有一天我路过他家,见郭彩娣在织纸元宝。老太太清清爽爽,年轻时想必长得好看。她是太湖边湾浜村人,十九岁嫁到湖州,四十九岁丧夫回娘家,二婚嫁给建湖村的算命先生,姓顾,因眼盲,属猪,当地人叫他瞎小猪。两人过了十几年相依为命的日子,瞎小猪病故,欠下一万多元债。郭彩娣为还债,六十九岁出来做保姆,碰到比她大五岁的老徐。先是保姆性质,后来两只苦瓜连结在一起了。

她照顾了老徐十年,直至他离世。老徐生前交待她,过年要记得烧点纸钱给我父母,给我用用。

郭彩娣说:"你放心,只要我活着,一定给你爹娘、给你钱用。"徐宗芳的母亲叫沙俊,周铁镇大户人家的女儿,法学家沙彦楷先生的侄女,诗人沙蕾的堂妹。徐宗芳年轻时风流倜傥,"文革"中遭牢狱之灾,命运多舛。

老徐年老无依，请郭彩娣来帮做家务原来要付保姆费的，后来两人成俩口子，老徐倒省了保姆钱。

郭彩娣善良，想到老徐这一生的不幸，有怜惜之情。过了冬至，她就埋头织了好多纸元宝，装了两大袋，准备祭祀时用。

## 友谊小船翻了

老街竺西书院旁边有面老墙，我想，如果种两棵风车茉莉，春天绿叶纷披，花开满墙，一定很美。秋季，我买了花苗去种。多亏老张和老徐帮忙，合力帮我运土，老陶缸上打洞，一阵忙乎。我见他们有说有话，忍不住笑了。

他们的友谊小船一度翻了。

老徐是个孤老，喜欢种花，有一年他不在家，门口的花树由老张帮他浇水。老徐为示好，送了老张两盆花树，其中一盆五针松。

这一年，老张家里事多，小女儿怀孕落胎两次，第三次怀上了。老张对着五针松许愿，保佑女儿安胎顺利生产。可怜天下父母心。他在五针松上系了红丝带，天天祈愿，并精心浇灌花树。

哪知道老徐有一天，将已经送老张的五针松，转头送另一个街坊。也许是他忘性大，忘记已经送过老张。

老张很生气，我许了心愿，系了红丝带，你怎么可以再转送别人？

友谊小船翻了。连带到，我种在老家门口的两盆天竺，老张也甩手不高兴帮我浇水了。我不住在老家的时候，他一直帮我浇水的。

总之，老张很生气。

但是，老张已习惯了做好事，脾气一过，加上女儿保胎成功生产了，他心情好起来还是要做好事的。社区蒋锡琴书记蛮会调动人，老张加入志愿者队伍，天天到社区报到做好事。

## 非常规之人老沈

文化站老闵站长称呼沈巨良，叫他沈先生。这是镇上极少有人对他的称呼。

称他为先生，是相比较一般没文化的人。他写一手好字，会唱京戏，小生、老生、旦角都学着唱，乐器也会几样。

没人打开场锣时，他上去，右手敲大锣小锣，左手敲钹。一段"急急风"干净利落

没人弹月琴时，他上去，持琴按弦，伴着京胡，贴着

唱腔，急缓顿挫弹拨。

他不是高手，业余级别，但这形成了他生活丰盈的部分。

几间旧屋里，可见华丽的袍套，精美的凤冠，旗幡战鼓，老生的胡须……全套行头，一应俱全。他退休工资三千多元，置办这些行头花了二万多，无偿给爱好京剧的人使用。

他沉迷在京戏天地里，生旦净丑。

无儿无女无妻的沈巨良，在许多人眼里性情古怪，甚至有些非议。

这是个孤寂的人。八十三岁的人，说起年轻时的往事，眼里有泪光。夕阳里，那条叫小白的流浪狗尾随其身后，镇上摆猪肉摊的人都认识他，他买肉勤，自己吃得少，烧熟后喂流浪狗。他在关照其他生命中，也是在抚慰自己。

这个世界，有许多卑微的生命，活得不尽如人意。暮色苍茫中，可有谁听他唱一曲？可有人凝视过他片刻？也遗憾，也知足。生活要继续，莫叹息，朝前走！

老闵站长叫他沈先生，这里头有对他身世坎坷的一份体恤。不问过去，不谈将来，祝愿对方每一天过好。这是人间慈悲。

2022年4月14日

# 民　谣

曾经听到过一个笑话，有一个人死后在阴间表现不错，快要投胎时，阎王爷准他先到阳间看看，投什么好。他看到几个农夫踩着轮子唱着悠扬的歌，快活得不得了，连忙回去对阎王爷说：当官有当官的不自由，财主有财主的烦心事，我投胎做个车水人吧。

哪晓得，车水是农耕中非常辛苦的活，他真正是投错了胎。

那车水既然这么辛苦，为什么还要唱歌啊？

这就是农民的智慧和乐观，苦中作乐。

2022年初夏的一天，我到徐舍采风，遇见了渊浰村农民钱红庄，听他即兴唱《车水号子》：

"哎嗨，哎嗨嗨，吭吭嗬，回筹啦——"

这一嗓子把我震住了，如此粗犷奔放的声韵让人感动。难怪笑话里的人不想当官老爷，不想做财主，要投胎做车水人。这充满生命力的歌声,在田野上唱着,想必天上的鸟儿也会停下来听。

久违的车水号子,让人欣喜万分,我当即记下背景由来,录下老钱唱歌的片断,发给无锡民乐研究学者钱铁民老师。

钱老师看了视频欣喜地说:"车水号子是我们江南文化中的农事民歌,这个老人情感充沛,声音高吭,唱得不是一般的好,而是太棒了。现在能够唱号子、山歌或者民谣的人,农村太少了。我觉得这个钱红庄就是一个宝,因为他有丝弦乐的功底,还有很丰富的民间歌谣积累。如果他会唱更多的宜兴山歌,或是其他一些,比如唱春之类的,我建议你给他专门做个采访。"

我立即把钱铁民老师说的话告知钱红庄,问他还会唱哪些曲?他想了想说:"还会唱几段调麒麟调,还有民歌《回娘家》。等过了农忙,可以唱给你听。"

我似乎有点迫不及待,过了半个月,主动与他联系,再一次去乡间寻访。

渚洲是宜兴的古村,村东头建有雪蓑禅寺。相传乾隆皇帝下江南,路过宜兴西氿时,正值寒冬,大雪压境,银装素裹,两岸垂柳犹如件件雪蓑。乾隆喜道:"真是雪蓑,实为奇观。"自此,渚洲雪蓑传开,成为旧时宜兴十景之一。

古老的渊㳀村，好多农民会乐器。20世纪50年代，音乐家宗震名曾经辅导过他们演奏丝弦。这支丝弦乐队在岁月中历经兴盛、沉寂、复兴，如今仍在活动，钱红庄是队长。

老钱七十六岁，乡下老头的模样。他种二亩旱地，养五只鹅，十八只小鸡，每天忙得很，但过得很充实。他喜欢拉二胡，弹三弦，平常劳作过后，拉上一段曲，放松心情，消解疲劳。渊㳀村农民丝弦队演奏的古曲里，有几个曲名令人费解，一个叫《头不只》，一个叫《长二不只》。这曲名听起来很土，有些费解。老钱解说音乐背景，《长二不只》是农民穿着蓑衣，在稻田里耨稻秧的情景。《头不只》是农民车水时的劳动节奏。说到兴头上，他会唱起车水号子。令人惊讶的是，他一唱起车水号子，整个人就生动起来，眉眼灵动，神采飞扬。

车子号子是流传在宜兴平原圩区的劳动歌，现在七十岁以上的人都有印象。农耕时代种田全靠人力，车水灌溉是重体力活，农民轮换休息，以筹码计算水车转数。有地方用竹筹或木筹，而渊㳀村是用茅草根计数，七个人车水，将七根草束成一把。车十个转，拨过一根草，算"一筹"。十筹为"一落"。车完一落，大家休息。转也叫"双"，后来有人以唱车水号子代替数筹码，叫《数双》。这法子助劲，提起了人的兴头，人们随口编词，一唱众和。号子旋律上扬，非常好听。倘若遇到旱情严重，唱起来声调更加高昂，节奏愈加急促。

钱红庄记得小时候，早晨睡在床上，就听到车水人唱号子，他的表兄来鲍建清有一副好嗓子，唱的号子真是好听极了，那悠扬的歌声生生吸引人，他一骨碌从床上跳下来，跑去看他们车水。农人趴在水车上，像在走路又像在爬坡。走路总有一个目的地，而车水没有目的地，他们一直在原地走下去。爬坡总有一个制高点，车水没有制高点，他们一直在原地上爬。如此单调疲乏的活，因为唱起了号子，脚下有劲起来。

这是最早感动过他心灵的生活细节。庄稼人头顶着蓝天，脚踩水车，用号子声统一步伐，歌声传达着质朴，传达着大自然的循环。多年后回望，这片土地上曾经的豪情与勇气，洒脱和轻呵，是多么可贵。

而今，钱红庄唱着号子，忆起往昔。如果表兄鲍建清还活着，应该有九十多岁了，他是三村上下的好歌手，肚里的民歌民谣可多了。我远不及他。

钱红庄家后门出来，有一条河，河边有一棵高大枫杨树，风吹过枫杨，可见一串串小馄饨样的果实。站在这棵神采奕奕的老树下，他唱着从前的歌谣。

我两次去徐舍乡村采风，自然联想到自己的家乡周铁，太湖边的人。从前生活虽然不富裕，但那里放牛的牧童，挑稻的老农，织网的渔民，纺线的阿婶，都是民歌民谣的创作者，歌唱者。他们自己并不知道，当时为了减轻劳动强度，解乏时随口编的词，哼唱的曲子，是原生态的音乐。

我记得"文革"初期，有个渔民上岸借住过我家，我们叫他船上公公。当时，父母忙着斗私批修，晚上经常出去开会，是船上公公陪伴了我们兄妹三。印象中他就着煤油灯织渔网，手里的梭子穿进穿出，嘴里哼唱着渔歌。我不记得他唱的歌词，只记得那歌的调子能让人安定下来。

后来，我听到太湖边有人唱《鱼做亲》：

太湖当中闹哄哄/花花媳妇嫁老公/乌鱼做阿婆/鲢鱼做阿公/鲤鱼做阿舅/黄鳝做轿杠/乌龟来扛轿/斑咕鱼提灯笼/芦苇荡里做新房/红绿水草六尺长/吹吹打打/打打吹吹/蟹壳做板凳/团鱼做圆台/蛳螺壳壳做酒盅/银鱼当作象牙筷/虾子烧火烧到满身红/叽婆鱼嘴巴大/哺啦哺啦一碌吃/十碗倒有九碗空/吃到胡子翘松松/欢天喜地吃喜酒/蛤蜊讲，你家为啥不通知痴虎鱼老娘舅/老娘舅蹲桥洞底下心口痛/穿条鱼，赶快送信

给小昂公／请来昂公小郎中／三针一打就送终／白鱼全家都戴孝／鳑鲏哭到眼睛红

这民谣妙趣横生，提到太湖里十九种水产品，特点和身份完全匹配。花花媳妇鱼身上有花纹，自然是俏新娘。乌鱼的样貌最符合做阿婆，而鲢鱼做阿公，鲤鱼做阿舅，也对应各自的特点。同时，民谣里派工正确。比如团鱼背大，做圆台。黄鳝身条长，做轿杠。蛳螺壳壳，取其形，做酒盅。穿条鱼灵活，让它去送信。昂公鱼头上有两根针刺，充当小郎中打针。

好一出生动的人间剧。民谣中，鱼像人间俗世一样，出嫁娶亲，吃喜酒，抬轿子，吹吹打打。绝妙的是，还赋予了鱼情绪，痴虎鱼是花花媳妇的老娘舅，居然没收到吃喜酒邀请，气得蹲桥洞底下心口痛。编这个民谣的人对湖中生灵太熟悉了，痴虎鱼的习性就是蹲桥洞底下。

敬仰自然、万物和平都在寓教寓乐中。

现在还有人会唱民歌民谣吗？

我曾经问过好多人，都摇头说不记得了。原生态的古老文化元素在光阴中遗失，我有些惆怅。有次遇见两位文化站老站长，讲到民歌民谣，老站长唱起了《挑稻歌》，他们说，从浸稻种开始、莳秧、耥稻、收割、牵砻……整个过程都有歌谣。现在的孩子不知道粮食的由来，疏于土地、自然，如果能结合非遗项目进校园，在学生音乐教育中融入民歌民谣的无素，这是非常有意义的。

我很赞同。

2022 年 6 月 15 日

# 卖萝卜的渎上人

"渎上人"是一个饱含体温与感情的地点词汇,太湖儿女从故乡土壤中获得的精神滋养,终身难忘。

众人怀念的不是卖萝卜本身这件事,而是怀念搏击风浪的勇气,"讨生活"的无畏。

一

我年少时,经常看邻居家做甜白酒。这个邻居是怀源的爷爷。他在周铁街镇集体店里做烧饼油条,一天只有半上午的活,完工后他就在自己家里忙开了,淘米、蒸饭、拌酒药。做好后拿到街上去卖。怀源奶奶身体不好,夏天还穿着厚衫。爷爷很体贴老伴,家务活不让她动手,晚上乘凉时还讲故事给她听。爷爷看过许多章回小说,装了一肚子古经,《三国演义》《杨门女将》《封神榜》,他讲起来头头是道。

怀源的父亲早年下放农村，后来在太湖边的渎村安家落户。怀源跟父母在乡下生活，有时候会来镇上看爷爷奶奶，因此我们从小就认识。我每每想到贫贱夫妻的相依相偎，就会想到他爷爷，耐心极好地过日子。

怀源喜欢诗词创作，近日我读他写的一首诗，深受感染。这首诗描绘了冰雪天驾船去常州卖萝卜的场景：

### 《忆少时外乡卖萝卜》

岁近隆冬未旦天，
晓装萝卜换年钱。
寒光照岸魅魍影，
河道敲冰吱咯船。
急浪摇橹风不定，
篷舱滴水夜难眠。
庭前月色浑如昔，
人世沧桑如梦烟。

少年怀源天不亮跟大人出发，卖了萝卜换来钱过年。多年后，当他在腊月寒潮袭来时，深情地忆起敲冰开船，急浪中摇橹，夜宿船舱的情景，隐隐动容，微笑感怀。

## 二

关于渎上萝卜，承载着无数人的光阴记忆。上天赐予宜兴两把土，一把誉满海内外的紫砂土，一把闻名遐迩的"夜潮土"。宜兴位于太湖西岸，由北往南拥有湖岸线48公里。"夜潮土"撒在周铁、新庄等渎区，沿太湖西岸有72个渎。

太湖水潮起潮落，物随土生，土随水生。"夜潮土"出产的萝卜、百合、芋头品质特别好，本地人外地人都爱吃。特别是渎上萝卜，水分足，皮脆，切开来雪白通透，用来煨排骨是绝配佳肴。无锡人见了欢喜道："宜兴老婆来了。"锡腔口音里"萝卜"与"老婆"差不多。

渎上萝卜分早熟晚熟品种。早熟品种叫"一点红"萝卜，因萝卜头上有一抹红而得名。晚熟品种是白萝卜。

每年冬季，白萝卜大量上市，渎港河里歇满了卖萝卜的船，销到无锡、溧阳、常州等地。腊月里卖萝卜是过去渎上人的主要生活。

太湖边的人，个性里有不怕事，肯担当的成分。村民出门靠船，在茫茫的太湖里航行，危险随时会发生，风急浪高中更需要相助相帮。加上他们出门卖菜，经常跑无锡、常州、苏州等码头，与城里人打交道，见多识广。

过去每个生产队都有船，一条船配三个人，生产队派谁出去卖货，一般都比较高兴。摇船到大城市卖菜感觉不一样，因为平时农民不可能到城里去。再则，农作物放家里不值钱，收获后得赶紧出手。所以到外地去卖菜是常事。人手不够时，家里十几岁的少年带上去作帮手。

现在很难将事业有成的怀源与当年卖萝卜的人联系起来，但细想又不足为奇，太湖边生活的漊上人过去谁没有卖过萝卜？怀源是其中之一。他有这样的生活经历，才会写出如此情真意切的诗来，引发众多漊上人的共鸣，现摘录几段：

"记忆深刻，小时候我跟着父亲摇船到常州，人小够不着，只能在边上牵拉着橹绳。经历也是财富，现在的孩子是体会不到这样的辛酸与快乐了。大冬天早上起来船上一层厚厚的霜，还得哈着气从船舱里捡起带泥的萝卜装筐，然后帮衬大人，用板车拉到农贸市场。这经历终身难忘。多年后我有一回在常州出差，还特意打的再到丽华农贸市场一趟，追寻儿时记忆。"

"这首诗写的太形象生动了。我都经历过的啊！读师范时，寒假回来和妈妈一起摇船去常州卖萝卜，冷得脸上手上都是萝卜丝，晚上睡在船洞里，水滴答滴答的往下滴。卖完了萝卜，还要割一船草回来。晚上摇船回来时，大船开过的水浪漾得我们的小船摇摇晃晃,我很害怕,我妈妈说不怕,站稳,抓紧橹绳。这样的情景记忆犹新。当时我记得萝卜卖 3 分钱一斤。"

"无锡市区所有的菜市场我都去卖过菜,至今还历历在目,崇安寺,小木桥,水车湾,牛弄里,吉祥桥,中桥,河埒口,青山湾,五里新村,一里街。"

"诗中景,诗中意浮影眼前,小年夜飘着雪花,还在和桥街边卖萝卜、塔菜。那时感觉苦,是生活所迫,现在回忆全是美好。"

……

我想,众人怀念的不是卖萝卜本身这件事,而是怀念搏击风浪的勇气,"讨生活"的无畏,早年生活历练养成的踏实肯苦品性。

"大船开过的水浪漾得我们的小船摇摇晃晃,我很害怕,我妈妈说不怕,站稳,抓紧橹绳。"我相信这个太湖边长大的女子后来在人生中碰到困难时,一定会想到妈妈地话"别怕,站稳"。

正如一位叫陈鸣春的网友说,沿着太湖摇船卖萝卜百合"讨生活"的经历,奠定了宜兴人尤其是周铁人集体性格情感的底色,也促成了一种独特的农耕文明与商业文明相互融合砥砺的范本,进而为后来改革开放中取得成就提供了源源不断的文化滋养。大家都不约而同提到了苦，这既是一种环境条件的苦，可能更是一种奋斗坚韧的苦。当然，光苦是远远不够的，一次次摇船航行去常州、去无锡、乃至去苏州上海，去这些当时中国商业文明最先进发达的地区，无疑开拓了观照外部的眼界，提升审视时代的胸怀与格局。再回过头来看，这种精神一脉相承下来。这首诗激起千层浪，后来取得大小成就的周铁人，似乎无一不对当初一次次摇船外出卖萝卜的经历产生乡愁式的回忆。

## 三

一首诗打开了太湖儿女的心灵密码。"渎上人"在这里，成了一个饱含体温与感情的地点词汇，太湖儿女从故乡土壤中获得精神滋养，终身难忘。作家王开岭说，故乡不是一个地址，不是写在信封和邮件上的那种。故乡是一部生活史，一部留有体温、指纹、足迹——由旧物、细节、种种难忘的人和事构成的生活档案。

我常常想起一位已故老乡兄长，他叫蒋春松，太湖边徐渎人。他是农民出身的乡镇领导，曾经当选为第五届全国人大代表。徐渎村除他之外，20 世纪七八十年走出了多名乡镇领导，还有一位农业局长。一个村出这么多人才，不得不说地气充沛。渎上人世代精耕细作的传统，驾船出去"讨生活"见惯风和浪，给予了他们不一般的能力。

而他们的土地情结，悲悯情怀也让人动容。上世纪八十年代末，蒋春松调任宜兴市蔬菜公司老总，有徐渎村的农民开船到宜兴城里来卖萝卜等蔬菜，船摇到城里东门泊岸，常常是夜间，冬天村民宿船上等天亮赶早市，蒋春松怜惜他们寒冷，多次招呼老乡住在他家里，床不够时打地铺。我当时在《宜兴日报》当财贸记者，听闻这事非常感动，直到今天都没忘记。

我们所经历的一切无不都将成为回忆，而其中美好动人的部分，以及终身受益的精神出处之源，我们称之为怀念。

2024年1月30日

# 温情豆腐

宜兴真正好吃的豆腐不在城里，而在乡间。

那最好吃的豆腐在哪里？是张泽桥的老俞豆腐吗？

老俞的豆腐确实不错，人也厚道。他总比别人晚出摊，要是他早出来卖，别人的豆腐就销不动。他晚点出来，是照顾别人的生意。如此实诚、心细的人，想必做豆腐有着难能可贵的坚守品质。城里好多人知道张泽老俞豆制品好，常叫当地人捎带，或者大清早自己赶到他家里，抢在他出摊前买。

漕桥横山的豆腐素鸡也好吃，听友人夫妇说，他们过段时间就起早开车到漕桥去吃早饭，然后买豆腐和素鸡。买的量很大，捎带回来分送给亲朋好友人。漕桥与宜兴相邻，但已属于常州武进。起早兴冲冲开车去乡镇吃早饭，买豆腐，想想不可思议，但非常有意思，他们这样的退休生活，也是一乐。

好友鲍玲也夸漕桥横山的豆腐秦鸡好吃，她说横山素鸡秒杀一切素鸡。对食材最有评判力的，我想当属鲍玲，她的上园食坊精选各地食材，她买横山的豆制品，带来分送过我几次，多谢她记惦。

有天下午，妖刀开车穿过半个城，送豆腐来给我，这是她刚去新庄买来的，还冒着热气。白色豆腐上贴了张小红纸，那是我叫她放的。我们周铁人古典情意的表达，送白色的东西，比如米粉、豆腐给人家，通常用红色的袋子装，或者放一小方红纸，取个喜悦吉兆。你送豆腐来，放张红纸吧。她听了哈哈大笑，然后真的照办了。

新庄的豆腐现做现买，有豆花香，绝细腻绝细腻。妖刀说下午二点钟去，还能吃到现做的豆浆，吃到锅上一层豆腐衣。

我记得小时候，父亲的徒弟义席经常骑自行车带我去芳桥玩，他家叔叔做豆腐，义席晚上去帮磨豆腐，清早他会带一搪瓷杯豆浆回来，或者将豆腐凉拌一下佐早餐，这是我吃到的最有豆香味的豆浆和豆腐。我小时候长得有点瘦弱，除了父亲之外，最初给予我关爱的是这位大哥哥。星期天他总带我到芳桥去玩，晚上他妈妈给我讲故事，说的是王三姐薛仁贵之类的戏文，听着听着我就睡着了。天亮时，迷迷糊糊中听到义席磨豆腐回来的讲话声，他过来帮我掖掖被子，说我睡得甜熟像只小猪。其实那一刻我醒了，但我懒得睁开眼，被这样温暖爱怜的感觉包围着，我希望不要醒来。

百家塘是一个什么地方？不知道，没去过。只晓得是一个偏僻的村，在徐舍堰头方向。但多年来，百家塘，是我生活中的过年符号，是人情暖意。

每到过年前几天，小李就会回老家堰头，给我送一大包油豆腐来。百家塘的油豆腐肥嘟嘟，黄烂烂，油亮亮，抓一个生吃吃，蛮好吃。煨鸡时抓一把进去，鸡汤汁浸润，油豆腐比鸡肉还好吃。据说做油豆腐的那个人就在村落里，不出来摆摊，每天磨黄豆，土灶烧豆浆，开油锅做油豆腐，每天都有人排队等着买。

这么一个偏远的村庄，在宜兴的版图上，大概也寻不到吧，但人心中有。

小李原是我们报社的司机，现在不在报社了，我也退休了，平常没机会见面，但过年他会送百家塘油豆腐来。由此我记得百家塘这样一个村。

现在宜兴城里最有名的，叫张公豆腐，是用卤水点的豆腐，特别容易入味，延续的还是千年老手艺。

张公是地方村名，应该是在张公洞附近吧。

2023 年 4 月 2 日

# 余光中乡愁里的桥

在宜兴所有的老桥中,外形既不恢宏,也不隽秀的周铁桥,独具人文意义,人们称它为"桥头"。这个世界广阔,人们随时擦身而过,但我们镇上的人凭一个标识微笑相认:"桥头人"。

周铁,有一种说法是,周代因设铁官而得名。还有一种说法,河东和河西原本没有桥,乡民们来往靠摆渡,进出非常不便。不知多少年前,一个在横塘河边靠打铁为生的周姓铁匠,倾其所有,又到处募捐,在河上造了一座桥。桥造好之际,周铁匠却积劳成疾,不久便与世长辞。人们为纪念这位仁义的铁匠,把桥称为"周铁桥"。古时江南集镇大都沿桥而建。

这座桥不仅凝聚了周铁人太多的乡情与乡愁,也凝聚了台湾著名诗人余光中的乡愁。

# 1

> 小时候，乡愁是一枚小小的邮票，
> 我在这头，母亲在那头。
> 长大后，乡愁是一张窄窄的船票，
> 我在这头，新娘在那头。
> ……

台湾著名诗人余光中的这首《乡愁》诗，不知打动了天下多少游子。20世纪80年代，国内有好多人研究他的作品。江南大学教授庄若江年青时读南师大，毕业论文的主题是研究台湾文学，其间对余光中的诗歌和散文尤为喜爱。后来，庄若江在海峡两岸某次文化交流活动中，有机会结识余光中，两人一见如故，之后建立了长久联系。余先生经常跟她说起小时候的事，比如他常州武进舅舅家的桂花树，比如幼时母亲带他逃难躲过的桥洞。

知道他怀念故乡，庄若江特地买了桂花酱送给余先生，为他找寻那个记忆中非常模糊的桥洞。由于他避难时年纪小，隔了许多年后想起，桥名记不清了，他说好像叫宝丹桥。庄若江在武进的地图上反复查找"宝丹桥"，结果没找到。

过了一年，余先生有天忽然打电话给庄若江，说："我想起来了，那座桥叫周铁桥。"

庄若江和丈夫于是开车从无锡赶到周铁，找到那座桥，拍了照片传给余先生，可是他看了照片，却说："认不出，认不出了。"

照片上的周铁桥早已面目全改，这座桥是1988年重建的桥，桥洞没有了。余先生自然认不出了。不过，他还记得周铁桥附近有座城隍庙，庙门前有一棵古银杏树，树干矮壮，枝叶茂密。凭此可以确定这是他小时候避难藏身的桥。

余光中出生在南京，外婆家在常州武进。武进漕桥紧挨着周铁分水。1937年抗战爆发后，余光中的父亲随民国政府迁往了武汉，日军在南京大开杀戒时，他和母亲刚好回了漕桥老家，躲过了那场惨绝人寰的大屠杀。不过，随着日军南下，漕桥也不安全了。余光中跟着母亲逃难，有次躲进了周铁桥洞。这是他终身难忘的记忆。

找到桥后，庄若江本打算有机会带余先生去看一看。可2016年他回大陆，那次从乌镇一路过来，在无锡住下后，先去看了杜鹃园，第二天去拈花湾，滨湖区台办安排了很多内容，余先生累了，晚上飞机回台湾。庄若江开车送他，临别时相约明年去看周铁桥。结果，第二年余先生病逝了。

这是个遗憾。

## 2

> 很小很小的时候，在这里戏耍。
> 长大以后在石板上，寻找当年的刻划。
> 无论我走到那里，总是把你牵挂。
> 你是岁月沧桑挥不去，梦里的那幅画。

这是王超作词作曲的歌《老桥·乡愁》。

王超年少时在周铁读书，有一天放学后，几个同学一路追追打打，推推搡搡中，他书包里的铅笔盒被甩到河里去了。等大家散了之后，他就在桥的一块石头上刻了几个字"×××去死吧"。

几十年后，他导演周铁镇文旅节开幕式，带着团队去拍摄老街街景，忽然想起孩提时的顽劣之举，居然还去寻找当年刻字的地方……结果当然是踪迹皆无。他为此写一首歌，深情歌唱。

许多人忆起老街，忆起老桥，亲切如昨。

周铁桥坐落在镇区东街口，它一头挑起了乡土，一头挑起了繁华。过桥往南走，可见千年银杏树和城隍庙，再往外走是广阔的乡间，大片的农田。仅听听村名，就觉得意味深长：水母村，蓑衣桥村、车罟巷村……

乡间的人，以前鸡叫头遍就提篮挑担到镇上来，赶集市叫"上桥头"。

桥西边是繁华的街市，沿街店铺开着南货店、小吃店、钟表店、日杂店、窑货店、裁缝店……

桥堍平台上有个水果摊，摆摊的人叫单银如，矮墩墩的个子，话不多。他的摊子很好看，红红绿绿黄黄。夏天卖瓜，秋天卖梨卖橘，冬天卖苹果卖荸荠。他削梨削苹果，手法娴熟，刀尖紧贴果肉，轻轻划过。削好后保持原样，手提果柄轻轻一抖，果皮一整条落下，小孩子看得傻了眼。因为桥对面有个电影院，水果摊夜晚九十点钟才收摊，昏黄的灯光，是小镇生活的亮色。

桥堍下还有一家店，一街人都叫它"杨天伦的店"。杨家男主人早死了，是杨妻在守店，卖针头线脑、纽扣、簿册，做着很琐碎的生意。夏天出售的芭蕉扇，一把把插在陶缸里。春节五颜六色的气球缤纷了门户。杨妻不急不躁，有个儿子叫小春，受过惊吓，精神失常。小春好的时候，坐门口帮娘做生意。他发病不伤害人，一个人自言自语，有一年发病出走，从此没有下落。

桥上留下的足迹，桥下流过的岁月，可曾见？

人世间的悲欢后来只在传说中。

## 3

千百年来，周铁桥躬身静卧在横塘河上，仿佛一位沉默寡言的老父亲，将自己的身子压低，撑起了一片好光景。好多走出去的周铁人，心里装着这座桥。他们抛开社会标识，抛开各自的身份背景，以"桥头人"自居。

可是，最近，"桥头人"为这座桥操碎了心，夜晚微信群里讲得最多的是周铁桥。

事情的原由是：距离周铁桥二百米的地方，有一座双曲拱大桥，因历经几十年风雨，成了危桥。周铁镇政府请东南大学的专家帮做方案，加固改造。

桥竣工亮相后，一张图片发在"桥头人"群里，引发了热议。大家发现,这座双曲拱桥上写着"周铁桥"三个字。

怎么可以有两座周铁桥？

"桥头人"说：要是谈恋爱，双方约会在周铁桥上碰头，你指的哪一座周铁桥呢？

还有人说，大律师沙彦揩、著名画家尹瘦石、工程院院士程天民和沙庆林，以前简介中出生地都只写"周铁桥"。这座桥是周铁人共同的乡愁记忆啊。

可是，由于没有重建碑记，演变已经比较模糊。于是众人回忆补充，查找资料，理清了脉落。

周铁桥最早建于周代，明代重建。清代易木为石，建石梁桥，后又改建为单孔石拱桥。1964年拆除石拱桥，改建为石梁桥。1988年重建石梁桥至今。

尽管历经多次改建或重建，但它依然是周铁桥，桥名非它莫属，是唯一，不能旁落。"桥头人"这样认为。

然而，做工程的一方说：双曲拱大桥上的"周铁桥"并不是新写上去的，1979年建桥时就题写了，当时没有引起人注意罢了。后来时间长了，字迹模糊，不见了桥名。这次危桥改造，重新描了一下，让人误以为是新写的。

很快又有人发表意见：双曲拱大桥当时题写"周铁桥"，这只能说明当时的人思考轻率，欠严谨，时代的步伐已跨越到今天，中国历史文化名镇的人文价值已日显珍贵，完全应该对不合时宜的桥名重新考量。

桥名是一种文化，也是乡愁记忆。桥情、乡情反馈到镇政府，镇领导从中看到了亮点，这么多乡亲把周铁装在心里，这是文化古镇的可贵之处啊。于是专门召开座谈会，征求意见，除了商议两座桥的名字外，还将镇区其他新建道路、桥梁的命名拿出来讨论。

之后,镇里收到路名、桥名建议二十条,楹联七副,牌坊题名四条。

耄耋之年的宜兴文史专家毕士雄写下了肺腑之言——

只因从小喝横塘水长大,老来难忘故土的滴水之恩。只因从小聆听长辈的谆谆教诲,终身感念父母的养育之恩。我是在外谋生的游子,也是落拓不羁的文人。心中放不下的是故土,心中最牵挂的是乡亲。我愿用手中的笔,记录周铁给我的灵感与温馨。

因为,我是故乡的一片叶子,

因为,故乡是我生命的根。

2023 年 3 月 1 日

# 老 树

## 1

苏东坡当年送给宜兴好友邵民瞻一棵海棠，古时交通不便，大老远带棵树来，真不知道是怎么做到的。想想从前的人是多么有趣，送棵树给友人。比今人送烟送酒送钱要有意趣。九百多年过去了,人们念想着这棵树,海棠可好？还健在吗？就像问候一位故人。邵家人于是写了匾统一作答：海棠无恙。

这块牌匾后来在战乱动荡中散失。现今闸口海棠园墙上"海棠无恙"四个字由书法家林散之书写。

画家吴冠中出生在闸口，离海棠园约二三里路。儿时，他常到这棵海棠树下嬉戏玩耍。在其文章和画作中多次涉及到这棵海棠。晚年他回家乡，写下了"白发归故里，闻花香"的感人题词。

## 2

她活了一千八百年,依然神采奕奕,仿佛是一位高寿的人,与我们打着隔世的招呼:你好!

我这样向外地客人介绍周铁的银杏树。

凝视着这棵树,我有次突发奇想,孙权的母亲如果穿越到现代,很可能是绿化大使。你想啊,她在宜兴太湖边种了多少棵银杏树?我算算至少有四棵。周铁镇上一棵,师渎村一棵,新庄洪巷一棵,洑东兰右村一棵。

千余年间,朝代不知换了多少代,帝王将相灰飞烟灭,老太太种的树生生不息,这就是所谓的荫泽后人。

从前,人们从太湖驾船过来,老远看到银杏树,心头一热,周铁到了。

树是方向标,是地址的招幡。

在外的游子凭什么与故乡相认,就是凭这样一棵古树。

尹瘦石先生画这棵银杏树,取名《乡情》。

少小离家,年迈回乡。八十多岁的程天民院士久久抚摸着这棵树。

这就是乡愁。

3

有人说，桥是水的情书。我说，树是村的灵魂。

当然，称得上村庄灵魂的树，是指古老的树，千年百年的树。但是有些不满百年的树，也有相同的意义。

我要对横柑渎村的一位农民表达敬意。

有次，我带友人去太湖渎区蔬菜基地。友人是搞餐饮的，需要经常大批量购进夜湖地上的新鲜疏菜。那天到了横柑渎村，友人看到河岸边一棵黄杨树，眼睛一亮。这棵树姿态苍劲优美，友人甚是喜欢，当即说要买回去，种在自家的山庄里。于是寻问树的主人。村里人说，主人不在家。但不用问，那户人家不会卖，已经有好几个城里人看中这棵树，出高价，想要买，主人不肯。

友人听了这话，有些失望，转身对我说：这棵树离农户家门口远，长在河岸边，也许价格对劲的话，会肯出售的。你打听一下，是谁家的树，帮着做做工作。

我没吭声。这时，友人说：种到我们山庄里，也是嫁了个好人家。

这句话，对我起了作用，友人夫妇是很有审美情趣的人，在建的山庄将是宜兴非同凡响的精品酒店。他们爱花爱树如同爱子女。树到了他们家，一定会善待的。

我后来打电话与村书记联系，请书记出面跟树主人谈一谈。

村书记说，农家对这棵树有感情，听说是爷爷这辈种的树，他们不会卖给人家。

听了这话，我对没见过面的农民心生敬意。同时也惭愧自己的冒失之问。这棵树虽不是千年百年的树，但承载了亲情。我想起一首儿歌：小河边有棵大树桩，树桩上一圈圈真漂亮。哎哟哟哟，大树庄啰，你有几岁……数一数树桩上圈圈有多少，七十圈七十圈不多也不少，啊哈哈哈，大树桩哟你有七十岁，你比爷爷年龄还要大啰……

我后来行走乡间，多次对着大树，唱起这首儿歌。

## 4

周铁镇塘河水韵公园内，紧挨着公共厕所的地方，有间简易房，一个叫周汉荣的老人，白天总在那里落脚。不知内情的人，以为他是看管厕所的人，还有人以为他是无家可归的人。

其实不然。

老人家境富有，前几年拆迁拿到五套新房，面积五百多平方米。那他为啥天天到简易房来落脚呢？

原来他是守树人。

距离简易房二十米不到的地方，有一棵高大的黄杨树。树上挂着古树名木身份牌，保护级别三级。责任单位周铁镇人民政府，责任人周汉荣。

这棵小叶黄杨树是周汉荣祖先所植，原来种在他田肚里的老宅中。

田肚里最早叫"田渡里"。三百年前，横塘河南面的后塘村，有三个姓周的农户到对岸开荒。因为要摆渡过来，所以这块荒地叫田渡里。

后来，人家多了起来，自然形成了村落。到20世纪70年代，生产队会计嫌田渡的渡字写起来笔划多，简写成肚字，村名变成了田肚村。

这个生产队会计便是周汉荣。他祖先是最早开荒地的三户人家之一，落户后，在家宅空地上种了一棵黄杨树。

这棵树是周家开辟荒地，在田肚里建家创业的象征。历经几代，到周汉荣这辈已亭亭华盖，像把撑开的大伞。为了给大树留有生长空间，周汉荣将房屋缩进三公尺，留出比较大的天井。

当地有两个老板稀罕这棵老树，先后上门想买下来。周汉荣说：任你给多少钱，我都不卖。从前，我祖父穷得饭都吃不饱，有商人想买这棵树，拿回去做黄杨木梳卖。被祖父一口拒绝。现在，我不愁吃不愁穿，怎么会卖树呢？

2011年，周铁镇规划塘河水韵公园，田肚村二十多户人家要拆迁。周汉荣为这棵树，做了钉子户。最终，政府尊重农户对老树的感情，双方达成协议，拆迁房屋，不动三百年的黄杨树，原地保护。政府在树周围砌了六角形石护栏。另外在距离这棵树二十米不到的地方，建了一间简易管护房。

这间简易房十六个平方米，从厕所边接出来。九年来，老人每天要到这里来一趟，看看树，然后在简易房里，与别人下下棋。遇到天旱，他早晚给树浇水。

他儿子小锋在南京做地基工程，小锋的微信头像就是这棵树。

作家王开岭说：树是一轮轮人生的见证者，见证了人们从跌撞的蒙童，攀爬的顽少，变成拄杖的耄耋……这样的树犹如亲属。民谣中唱：问我祖先何处来？山西洪洞大槐树。祖先故里叫什么？大槐树下老鸹窝。

这段话，我想用在周家人身上适当不过了，而当地政府尊重理解周家的护树心愿，帮圈地砌护栏保护，也成了一段佳话。

## 5

西渚镇谭家冲有一棵六百多年的冬青树，枝叶蓊郁，生机勃勃，我第一次见此树时惊呼：树神乎？树仙乎？

谭家冲位于西渚镇西面，冲的意思是山谷中的平地。这里山峦连绵，树木翠竹峭拔秀丽。四周的山名土里土气，却自然成趣。石盘山、菱子山、长山、牛尾巴山、锅底山、鸡笼山、野猫山、狗头山。村里老人讲，山的名字，有的是根据形状起名，有的是根据动物本性相克得名。现在的长山，从前叫蜈蚣山，因为鸡喜欢吃蜈蚣，与此相邻的就叫鸡笼山。因为鸡害怕猫，又有了野猫山。猫不如狗，又有了狗头山。狗又斗不过牛，所以再长的一座山取名为牛尾巴山。

神奇的山名，古老的树，谭家冲的气息和气韵不同寻常。

这棵冬青树据说是明洪武元年（1368）宰相刘伯温巡视江南，亲眼目睹此地，"七十二涧下西洋，十年倒有九年荒"的民间苦难，认为是蛟龙作怪，亲手植下此树。意在镇住蛟龙保民安。相传清朝乾隆年间，有人砍伐冬青树作柴火，久燃不着，而砍伐者双目失明，进香忏悔后才复明。

这听起来虽有些灵异，但从中可看出民间对大树的尊崇和仰望。人有禁忌，则生敬畏。从科学的角度来看，树有利于防风，涵养水源，树神、树仙不过是故事里的美好传说。

## 6

芳桥与周铁相邻，开车过去十几分钟。一个秋光正好的下午，我从周铁出发去看从前的老同事贾舒。她和丈夫正筹建宜兴市阳羡安仁颐养院。这是他们投资的公益项目，占地128亩。这对夫妻已达到一定境界，将自家的厂房地基拿出来做公益项目，倡导新的养老模式，令人敬佩。但是最打动我的是，他们的建筑依树而行，原有的香樟树都没动，新建房屋围绕高大的树设计。

我数了数，前后有十几棵。这些树是贾舒的公公婆婆种下的，树龄三四十年，不算太老，但因为此地三面环水，香樟树得天地之灵气，皆蔚然见风韵。贾舒夫妇珍惜之，改造旧地创新业，不是全部推倒，连根拔起。

未来的安仁颐养院置于浓荫中，后辈留下两位长辈白手起家的光辉岁月。留下树，也留下家史，留下了荫泽。

世间就是这样生生不息，养护与反哺，投桃报李，物物循环。

2022年11月17日

# 草叶编

## 1

我用麦秸秆编一枚戒指/天竺果作红宝石/别问它有多重/我无法回答/质朴与克拉之间的换算关系/我用草连藤编一条手链/酸酸果当蓝珍珠/别问它有多贵/我无法回答/本真与珠宝之间的换算关系/从前的乡村女孩/谁没有几件像样的首饰?/山芋藤做项链/狗尾巴草做头饰/草叶点亮了纯真的梦/我们拥有世上无价的饰品

写这段文字,源于看到微信上一张图片,芦叶编的蚂蚱,我把这张图片发给老乡看。伯洪哥哥说,早先我会编好几样东西呢,现在都忘记了。锡芬妹妹说,我用麦秸秆编过螺蛳篓,小时候用来装青蚕豆,边走边吃,清贫的日子充满了快乐……

是的，从前几乎人人都会编几样，现在全都忘了，我们疏离草叶太久了。生活条件越来越好，却丢失了关注草木的心境和能力。曾经，我们很懂得与自然相处，用自然的东西，让艰苦的生活变得有意思起来。那些草叶编曾经带给人多少遐想和抚慰啊！正如《往日时光》里唱的那样："人生中最美的珍藏，正是那些往日时光。虽然穷得只剩下快乐，身上穿着旧衣裳……如今我们变了模样，为了生活天天奔忙，但是只要想起往日时光，你的眼睛就会发亮。"

2

秋阳下，狗尾巴草随风摇曳，男孩采一棵草，两手掌夹着放在嘴边，向它高喊：黄狗窝啰啰，家来吃乌米饭呵。黄狗窝啰啰，家来吃乌米饭呵。

孩童的世界充满野趣，一棵小小的草，因它的穗子毛茸茸，看起来像狗尾巴，孩子们就想象它是小黄狗，唤它回来吃饭。

此草还可以演变成胡琴。不需要化钱买的胡琴，只需要拔二根狗尾巴草，在草底部一寸处，打半个结环，然后将另一根草放在结环中，同样打个结环。两手拉着结环留下部份，拉开、推进，模仿牵胡琴动作，像真的一样。

这是乡村孩子眼里的胡琴，所以，我们那里的人也把狗尾巴草叫做"牵胡琴草"。

### 3

镇上小学出来往东，有座桥叫营桥，走过桥就是乡间，那里有学校的农场。夏收夏种、秋收秋种时，学校放忙假，农村户口的师生都回家劝忙，街镇上的学生就去太湖边的小农场劳动。到小农场去，要穿过一个叫夏村的村庄，沿路可见金色的麦场，农家忙着脱粒，我们会顺手抽出几根麦秸杆，编个小玩艺。

新鲜麦秸杆柔韧性好，女生编成戒指戴在手上，阳光下闪着金光。男生用三根麦秸杆编个风车，两手夹着搓几下，往远处一抛，然后看风车在空中旋转着。

我最喜欢编织烟筒头，抽一把麦秸杆，捏断头和梢，折下中间段，将它们搭成米字型，边编边添草，我不知道为什么编烟筒头，年少时没来由的好玩。现在回想起来，正是这些无来由的好玩，形成了我生活中温柔的部分。

4

我有过一把麦秸杆扇子,很轻巧精美。那是沽渎汇的婆婆赠送的。她是菊芬姐的婆婆,因为是宜兴老大塍那边沽渎汇村人,我们叫她沽渎汇来的婆婆。

沽渎汇来的婆婆会编织、会剪纸,会扎花灯,还会推拿。我的妈妈终日劳碌,常常腰酸背痛,婆婆来了就帮她推拿。妈妈站起来,试着扭腰甩臂,顿觉轻松。她喜欢起来,要紧告诉左右邻居,于是街坊都来请婆婆推拿。我嫌妈妈多事,婆婆难得来,我们要请她剪纸呢!

她会剪好多花样,在红纸上东一剪西一剪,一会剪出个石榴,一会剪出个如意,栩栩如生。

这个小脚老太婆,细眼睛,脑后盘个发髻,挺神的。

我记得她有次从大塍坐轮船,到周铁镇上来看《卖花姑娘》电影,住在我家。她用的扇子是自己编的麦秸杆扇子,淡黄色的扇面,扇柄与扇接头的地方,用一块圆形的蓝布缝合,她说那是月亮。我抬头看看天,只有银色的月亮,还有蓝月亮吗?她说有的。

扇子上的蓝月亮,顿时让人觉得诗意起来。

我很喜欢这把扇子,她离开我们家的时候,就送给了我,这是我儿时用过的、最有特色的一把扇子。

现在想来，她也许不懂啥叫乡村美学，她只是想法子让平淡无聊的日子变得有意思起来。

这样的巧妇，过去乡村很多见。

我后来曾经问过菊芬姐姐，有没有老人家做的手工物品保留下来。她说，婆婆编的麦秆扇，做的西瓜灯、蛤蟆灯，当时不觉得稀罕，现在思量起来，一件都没有了。

5

外婆的草叶编最抚慰人心。

那时候，昭的爸妈相继去世，年迈的外婆怜爱昭，时时牵挂。有次跟她说：等秋收新稻登场，外婆用新稻草编一只鸟你玩玩。

昭当时已经大学毕业，外婆还说要编一只鸟她玩玩。我知道，外婆这是拿出她的看家本事，来抚慰昭啊。

外婆是我嫂子的妈妈，我跟着侄女儿昭叫她外婆。记得鸡年的时候，她用稻草编了只鸡和风车叫昭送给我，捎来歉意的话：年纪大了，手抖，编得不像样了。她还精选了一把稻草芯送给我，叫我有空自己编个啥玩玩。

我一直把她送我的草编鸡和风车放在书架上留念。

慈爱的外婆今年春天去世，我和妹妹去芳桥后村送别，泪流满面。

## 6

我老家有个蓑衣桥村，当我想弄明白，蓑衣桥村是不是因为编蓑衣而得名时，这个村前不久拆迁了。

我记得从前蓑衣桥村的人赶集市，都在我家落脚。他们到镇上来，有时候送给我家两只南瓜，有时候带来一大把芦粟。最让我觉得珍贵的是，有个叫胡兆生的人，送的金铃子和芦叶编蚂蚱。金铃子不像其他瓜果一样普遍种，因为种的人少，所以格外宝贵。成熟的金铃子外皮是橘黄色的，剖开来，可见鲜红鲜红的果肉。金铃子好看胜过好吃，它的色彩非常明丽。后来，得知它俗名叫癞葡萄，我不能接受。这么好看的瓜，怎么可以姓癞？直到现在我都固执地叫它金铃子，清脆明媚的名字。

胡兆生送来的金铃子归我，蚂蚱归我哥哥。那蚂蚱编得活神活现，头、须、翅膀像真的一样。后来，我在乡村节场上，总看到有人在卖。现如今，这编织手艺估计我们宜兴已经失传了。

7

有次我在沙塘港村老年活动室,看到大厅山石水景里,飘着几只芦叶船。我以为是哪个孩子编织的,一问,原来是村里的老人编的。

芦叶编船,那是他们儿时的拿手好戏。摘两张叶子,三下两下就编成,窄一点的芦叶织成舢板船,宽一点的芦叶织成蓬船。

船放在湖面上,飘向远方,远方有他们的向往。

前不久,村里两位老木匠,老戴和老裴自费六万块钱,用一年时间打造了一艘扯篷船。他们开到太湖里去兜了圈,圆了自己造船航太湖的梦想。老戴说:我其实还有个梦想,想造一部风车,再现农耕时代利用风力灌溉农田的风情。

他说着唱起了电影《柳堡故事》里的插曲"东风呀吹得那个车轮转呀,决心没有下呀,怎么开言。"

老人唱着曲子,不无遗憾地说:"可惜没有实力做这件大事了,自费打了扯篷船,再要拿养老钱出来造风车,家里的老太婆要骂我了。"

我被老戴逗笑了,依稀可见那个用芦叶织船,飘向湖河的少年,用三根麦秸秆编风车,追着奔跑的少年。

## 8

我不知道红庙小学还在不在？好多年前，我被这所乡村小学所吸引的是，那里的老师极具美学思想，他们的课堂不单纯在教室，还在广阔的野外。学生们采集各种草叶，制作的画非常美。20世纪八九十年代，红庙小学在宜兴很有名，我看到过他们富有创意的画作，枫叶、银杏叶、冬青树叶，都可用来贴画。那活泼泼的灵性、想象力，可见学生的烂漫之态。在自然物语中，学生能够向细微之物学习到书本上没有的知识。想必，他们写作文，语言也会丰富起来。大自然是儿童最好的老师，有教育家说过：如果一个孩子在七岁时知道了什么是美，他就会用一生去寻找美。我不知道就读过这所小学的孩子，长大了会不会比别的孩子动手能力更强，内心更丰盈些？我也不知道红庙小学现在还有没有？如果有，还会不会保持自己的教育特色？这个秋天，我忽然想去找一找红庙小学。我打电话给一位朋友，他以前在张公洞附近的一所学校当过教师，距离红庙小学不远，应该知道情况。电话打过去，朋友听了我的话哈哈大笑起来。他说，红庙小学早撤并了，原来的手工制作课是很有特色。不过，应试教学背景下，这种教学稀缺了。

我放下电话，有些失望，不过也不完全失望。新学期刚开学，现在众多学校提倡"双减"，乡村正在试点搞少年宫，今后的学生会更多地接受美学教育吧。

2021 年 9 月 16 日

# 心中有桨

在我的人生中，有过多次入太湖的经历，印象最深的是，跟随两个老头航行。

太湖边的两个老汉，老戴和老裴自费打一艘扯船篷船，圆自己的梦想，航行太湖。他们打船一年，我跟踪了六个月，有空就拎着茶杯，坐河岸边看他们劳作，听他们生动的对话，并与他们击掌相约，扯篷船造好后，一定跟他们航行太湖。

2021年6月23日，新船下水，村子里沸腾了，两个老头当喜事来办，隆重得不得了，按老传统，置办猪头三牲请利事，还在饭店里订了三桌喜酒，邀请至亲好友到场。特别好笑的是，太湖边的人都驾过船，个个是内行，这天，站岸上的村民七嘴八舌，人人抢着指挥开船，弄得老头没了主意。

这两个老头毕竟七十几岁了，多年不驾船，是不是行得住？还有，新船第一次试水，船质量可有保证？我和同伴有点犹豫。

老戴因为兴奋，像一只打足气的篮球，一拍蹦得三尺高，他神气得很，跟我们说：没问题，要相信我。当年我结婚，接新娘子就是摇船去的，从湖父山里接到太湖边。我年轻时风里浪里，扯起篷帆到处去的，稳得很。

他说这话时，好像自己还是小伙子的时候。我们被他的豪气鼓舞，情绪调动起来。

朋友中，七旬的田先生识水性，他年轻时在部队当过潜水员。1974年，全军强化训练的科目是打坦克。太湖当中有个大雷山，部队将此山作为坦克目标。有一次，军用飞机对大雷山进行训练，歼击机左炮射出第七发炮弹后，在炮膛里突然爆炸，导致飞机失衡，坠落在太湖。田先生和战友奉命到太湖打捞炮弹。这是他第一次潜入太湖深处。第二年，他再次奉命去太湖潜水打捞。正是有这两次不寻常的经历，田先生特别想坐船入太湖。

而在场的人多半是被两个老头感动，都穿了救身衣跟随去。

村里派了护航船，一艘白色小汽艘。有个小伙子本来在护航船上，他不停地指挥对面新船上的人，怎么开，怎么扯篷。说到后来，他干脆招呼开小汽艇的师傅往新船边靠，他要跳到新船上去帮老头开船。这个人从小在太湖边

樱红蕉绿 | 355

生活，不让他驾船，好像空有一身武功，他雀跃着要显显身手。

船过内河，进入太湖，升起帆。此时，太湖风力三四级，正适合扬帆，根本不用人摇船，只见船快速向前，茫茫太湖，水天一色，这感觉应合了民间谚语：仙人眼热扯篷船。

这天，好多人都在传扯篷船航行的视频。特别是太湖边的人，他们对船太有感情了，人人心中都有扯篷船的模样。儒坊村的莫先生看了我发的视频与图片，说两个老头打的船只会平稳踏浪，不会劈浪。然后，他画了一艘太湖船给我看看。

有个叫杨小根的人看了莫先生画的船说，这是画的太湖大罛船。两老头打的是淀区农船。农业用船不需要长途航行，只在太湖周边运送。农船的特点是底平，仓浅，面宽，货物装卸快捷轻便，农民的萝卜，冬瓜，芋头装下船，到码头后船要靠得拢岸，所以船底要平。

我听听都有道理，人人心中都有一支桨、一支橹，划向太湖。

2022 年 12 月 14 日

# 草　木

人与人的邂逅是灵魂的交织，人与大地的恩赐邂逅，是生命与生命的交织。

在农人眼里，土地是有人情味的，它对农家的馈赠，难以言尽。田间地头长着各种野草，蒲公英、车前草、灯笼草、马齿苋等是治病的良药，凉粉草可以充饥。20世纪三年经济困难时期，农家没粮食吃，弄点凉粉草回家，搓搓碎，用草木灰点浆凝固成凉粉，救了不少人的命。

如果要写吴地植物，研究学者可以洋洋洒洒写一本书，本文仅选择那些低贱而非凡，曾经给予我们生命供养和接济的草木。

## 芦　苇

太湖边最有代表性的植物当属芦苇。《诗经》中的句子广为人知，"蒹葭苍苍，白露为霜，所谓伊人，在水一方。"

蒹葭即是芦苇。

诗人笔下的芦苇飘逸动人，浪漫多情，而在沿太湖的农人眼里，芦滩是包涵湖河的活命大地，芦苇曾经是他们收入的重要来源。

早春挖芦笋，端阳摘粽叶，深秋收割芦苇，冬日编芦帘、芦帽，湖边庄户人家一年四季围着芦苇过日子。芦产品拿到市场上销售，换来钱供子女上学和日常开支。

过去太湖边芦苇遍地，湖风吹过，起伏奔涌像浪一般，一望无际的芦滩延伸出去二三里路。如果不熟悉芦苇荡路径，往往会迷路。可勤快的庄户人自然熟悉路径，知道哪里芦笋多，哪里芦叶好。当寒风劲吹，芦叶尽落时，他们将野地里的芦秆收割回来，上半断劈下来破成篾子，编织成芦席。下半断的芦梢头用来做芦苇帽子。这种帽子以前销量很大，劳作时戴在头上用绳子系牢，遮阳又挡雨，轻巧不闷气。朱春芳从小生活在太湖边，在她的记忆中，小时候最快乐的事，莫过于跟外婆到山里去卖芦帽，她家编织的圆形尖顶拱芦帽平整细密，式样好看，很受山里人欢迎。卖了芦帽，回来可以做新衣，上学交学费。

宜兴大面积芦滩消失是 1984 年修筑太湖防浪大堤，至今，人们念着它的种种好处，风浪将湖淀打到芦滩，蓝藻被吸附，自然之力强过现在各种方式的打捞。

## 秆棵

秆棵长在原野，如竹鞭般扩张，成片生长。其开出的花，先是淡黄色，然后变红色，紫红色。夏至时节，它站立在乡间田野上迎风招展，活脱脱像一面面旗帜。在农人眼里秆棵是宝，是风向标，是旗帜，民间谚语"秆棵掮枪，黄秧正当，秆棵扛旗，黄秧插齐"。六月，田里秧苗插齐，秆棵已经捐旗了。

乡土植物中，除了芦苇，难有一样植物像秆棵一样，可以用到极致。你看它，花初开时，花絮呈淡黄色，随风飘荡。这个时候有农家集花穗成束，扎成掸帚，拿到集市上卖几个钱，换成针头线脑，油盐酱醋。

花穗皮壳剥下来用木榔头敲打夯软，搓成绳，其韧度比苎麻绳强几倍。它的外壳还是粽叶的标配，过端阳裹粽子时将它当扎线用，入锅煮时有草叶清香。

秆棵叶子呢，采下来编织一下，做蒸笼垫。乡村农历六月十九有做馒头习俗，有人家摘秆棵叶编蒸笼垫。而秆棵的主干用场更大，编床席搭房舍。

从头到梢，花、茎、杆、皮、壳，该用的用尽了，剩下的叶枝当柴火烧饭。

秆棵着土而生，依时而长，花开宛如芦花，比芦花更细腻。它的叶子青绿时非常锋利,像刀子一样,一不小心拉你一条口子,条条见血。相传,朱元璋曾用秆棵利叶割下牛头,鲁班发明锯子,就是受此启发。

而今,秆棵已很难见到,生态环境不一样了。

## 绿 帚

六月。吴淑珍老太太穿着一件蓝布衣衫,站在田埂边,目光所及之处,是一片绿茵茵的植物。这种绿得特别出挑的植物叫绿帚。

吴淑珍八十二岁,看上去,清清爽爽的样子。正值绿帚茂繁时,再过两个月,收了绿帚棵子她还是要扎扫帚的。可子女不想她太辛苦,再三跟她说,家里不缺钱,你别弄这个事了。她笑笑。子女不知她对绿帚有怎样的不舍情结。她八岁丧父,临终前父亲交待母亲:讨饭讨到天尽头,也要供儿女念书。

那时候家里穷,娘扎绿帚扫帚卖,供子女念书,她姐姐大学毕业,她也读到高中毕业,这在当时的农村比较少见。

绿帚对苦难的农家接济多多。吴淑珍自小帮娘扎扫帚,出嫁后到婆家扎,这辈子扎了不知多少把扫帚,十粒手指因劳作常开裂破皮。现在,她还有三分地绿帚草,八月收割上来，晒干后可以扎三百把扫帚。从前扎扫帚是谋生，现在拿到街镇上去买，换几个钱袋里摸摸，逢年过节给小辈出点压岁钱，已是乐趣。

绿帚春天出苗，入秋收割上来，晒干后扎扫帚。这种植物，村边屋旁常见，不需要多少人工照顾。现今有人繁植栽种，村上绿帚草多的人家，一亩地可收入一万元。

## 辣蓼草

乡间植物蕴含着大自然的神奇力量。草叶还可以用来做酒曲丸，只消一点儿便能酿得一缸好酒。

最初发现草叶谷物可以用来发酵做酒是偶然的。乡间传说，远古时，一日农人背靠大树打盹，忽然闻到树洞里有醉人的香味飘出来，忍不住用手指伸进去蘸点尝尝，一尝味道就美得不得了，这就是传说中的仙人做酒。其实呢，最早很可能是鸟出去寻找食物，贮藏在树洞里、鸟巢里，时间久了变质发酵起来，就产生原始的酒。

在宜兴乡间，用来做酒曲的草主要有两种：辣蓼草和曲香草。辣蓼草开粉红色的小花，曲香草开淡蓝色的星星小花。宜兴西乡一带的人用曲香草做酒曲丸，比如官林的史汉林老汉，他擅长做酒。而在东乡地区，太湖边的人大多采集辣蓼草做酒，比如太湖边沙塘港村袁永祥，从前他的酒曲丸远近有名。

辣料草长在太湖边芦苇荡湿地、沟涧路旁，春天冒出枝叶，夏天长到一人多高，远远看过去，紫红色的穗子非常美。到秋天，采集辣蓼草，用来做酒曲丸。有两种做法，一种采它的籽和在米里磨成粉，经发酵日晒等工序做成酒曲药丸。另一种是，农家采了此草，加南瓜花一起捣碎取汁，和上米粉捏成小丸子，然后找一只筛子，上面放一层剪成一寸长的稻草，将做好的酒曲丸均匀地放在上面，用报纸盖着发酵二三天，然后放在阴凉通风处吹一二天，酒曲药丸就做成。

## 绿苎头草

江南的绿色糕点用绿苎头、艾草、棉茧头、老鸦蓬草来做，这几种我都吃过。有次我带友人到湖汊花境去，管家现做了几块老鸦蓬草饼。我不好意思白吃，随手写了几句微信，结果店家很喜欢，当花境美食推介语。

老鸦蓬草是春天的馈赠，学名叫泥胡草。我更喜欢前者的名字。就像绿苎头草，古名叫"天青地白草"，朝天的一面青色，背面是白色。乡下土名比学名更有野性，天青地白草，老鸦蓬草，这草一下子立了起来，天、地、老鸦、草有了江湖，如黄霑的"沧海一声笑"和"清风的寂寥"。

用草叶做的绿色糕点，我最喜欢的还是绿苎头草，它的清香来得绵长、细腻，是自然天成的香。

绿苎头草夏季采摘后，放水里焯一下，拿生石灰炝一炝，这样贮藏起来，可以保鲜很长时间。过年时拿出来做绿团子吃，清香无比。过去人情往来，乡下人回礼，送一坛绿苎头，给街镇上的人过年做团子，也是诚挚的心意。

## 臭花娘娘草

乡间草木的名字常常怪里怪气，打官司草、酱板草、奶奶头草、臭花娘娘草……这其实是小名，外号或者绰号。好比人一样，你叫他学名，村里人往往对不上号。一叫他绰号，大家都知道。我老家有个人捉团鱼很出名，这人夜半起来，驾条小船，沿着河岸边用竹竿拍打，水中的团鱼听到声音，受了惊吓，钻进泥里冒泡泡。一冒泡就暴露了目标，他用渔叉对着冒泡的团鱼背，叉住，用勾子钓上来。于是大家给他起个外号叫"团鱼"，年纪大了，团鱼前面加个字，叫老团鱼。他儿子叫团鱼，孙子叫小团鱼。

人的外号是贴着特点起的，草也如此。比如臭花娘娘草，学名叫鬼针草，它还有个粗俗的名字，叫婊子草。鬼针草的果实有倒刺，农人干活时，一旦碰到此草，裤腿上沾着密密麻麻的针，掸都掸不掉。乡人边掸边骂：婊子，婊子。于是，婊子草就叫出名了。然而，此草却是一味良药，清热解毒、消肿止痛，农村有人牙齿痛，将它煎汤药用。

讲真，我对吴地草木见识寥寥，知之甚少，希望今后多识草木少识人。老家有个从前做过赤脚医生的吴云初大哥，以前我哥哥读中学时，要学工学农学军，贫下中农进校来上课，吴大哥就带学生去野外采集各种有药用价值的草，有次挖到好几斤何首乌。吴大哥喜欢讲，全草入药。后来我读到王开岭的句子："每次看到全草入药几个字，我都肃然起敬！草木深深，福佑其中，花果累累，生之有养。"

"肃然起敬"四个字用得真好呀！

2021年11月23日

# 光阴故事

## 甲骨鸟

锡芬带我去看她的旧居，指着小木窗说，这个地方我们小时候挂甲骨鸟测阴晴。

她母亲用甲鱼的头骨和腿骨，加尾巴骨做成小挂件，挂在北窗屋檐下，像一只小鸟。天晴，小鸟是平衡的，如果要下雨，小鸟就会倾斜。倾斜度的大小预示着大雨或小雨。

那时候只能从有线广播里收听天气预报，有时会错过。自从她家有了这个小挂件，就能预知明天的天气。大概原理是，雨天空气湿度加大，骨头吸收了空气中的水气产生了倾斜。锡芬说，很准的。每天晚饭后，她都要跑楼上去看看它，然后告诉外公外婆及周围邻居，明天是晴天或下雨。母亲做的这个小玩意让儿女们的童年生活增加了乐趣，日子也变得欢快起来。

我听了便笑："有意思，要是穿越到东汉，你娘说不定就是张衡的妹妹。张衡发明地动仪预测地震，你娘用甲鱼骨测风雨。"

锡芬说做这个小鸟挂件挺麻烦的，一家人围着桌子小心翼翼地吃着甲鱼，骨头不能遗失，也不能咬断。母亲把吃剩的骨头收集起来，放入小汤锅煮出多余的油脂，然后把每一根骨头剔洗干净，晾干后拼装，用细棉线悬挂起来，一定是挂北窗外。

我觉得有古意，你想啊，她母亲为什么要挂在北窗外，而不是南窗？因为龟在古代有"玄武"之称。"玄武"位于北方。古人用龟壳占卜，《管子·水地篇》中说："龟生于水，发之于火，于是为万物先，为祸福正。"

意思是说，龟生长于水中，用火灼龟甲而出现卜兆，所以能先于万物，预知人间祸福。

乌龟和甲鱼看起来相像，但不是同一个科目。甲鱼属鳖科，乌龟属龟科。古时候占卜用的是乌龟壳。锡芬妈妈用甲鱼骨做小鸟测阴晴，有古人占卜的意思，但实际是增加点生活情趣。

我家没有做过这种小挂件，我倒是想起娘健在的时候，每年春节做团子蒸年糕，蒸最后一笼时，年糕上会放两个米粉捏的大元宝。灶火蒸熟后掀开蒸笼盖，娘会留心元宝翘起的两头有没有水，以此来预测来年是否风调雨顺。如果水正好，不干不溢，娘就眉开眼笑，总要谢天谢地，保佑乡村年成好，小镇物茂丰。

这是民间之趣，是母亲们过日子的期盼。

## 小英

农历六月十九，是观音菩萨成道日，小镇上的人这天有吃馒头的习俗。小英一个通宵没有睡，做馅心，包馒头，上笼蒸，都是一个人。忙到天亮，一早出来，先到城隍庙敬菩萨，拿去三十多个素馅馒头。然后将做好的馒头十个一袋装好，放在老街小店铺里，回家继续做馒头。她人不在场，顾客自己取货，拿一袋或几袋，墙上微信扫一下码。四百个馒头卖光，她算算账，居然没少一个馒头钱。大家都是凭良心做事。

小英除了做素馅馒头卖，还做重阳糕。我回老家经常买她的糕，她用纯植物汁调色，紫色糕是加了紫山芋泥，黄色的糕加了南瓜，黑色的是黑米做的，红色的是红仙人掌果做的，绿色的是羽衣甘蓝汁做的。

她喜欢做各种吃食，田里收到二十多斤黄豆，她准备做黄豆酱瓣。我听了很欢喜，嫩姜上市时，酱瓣拿来熬嫩姜片，鲜得不要不要。

大伏天热得地发烫，我问小英，你的两缸黄豆酱做得怎样了？她发来图片，说还得晒几个响亮的日头，晒到酱面红黑油亮，这样的酱存贮时间长。

伏天阳气最盛，小英除了做酱，她还将黑芝麻九蒸九晒，以后制成芝麻丸。

小英除了喜欢做吃食，还喜欢种花，我很想去她乡下的家看看，那天我开车到陈大里村，这是一个古老的村，村里人都姓陈。我在她家屋前屋后，看花看草看树，看田地上的蔬菜。小英说，树上的果子结了，她不全部采摘掉，父亲说要留一部分给鸟儿来吃。

她的老父亲生了大病，是癌症，手术后身体刚恢复就起来垦地，屋后种了一片竹子。父亲心疼女儿没有帮手，跟她说：往后我力气越来越小，有一天种不了菜，再也帮不了你。我帮你种这片竹园。竹子不用太多手脚管理，以后年年出笋，你开吃食店总会用到笋的。

想到自己以后不在世，帮不了单身的女儿，抱病起来垦地，留一片竹园给女儿挖笋，这比富商留下万贯家财还要珍贵。

## 黄家姐妹

黄家姐妹，常州口音。姐姐叫黄谨一，妹妹叫黄兰如。

她们的父亲叫黄啸眉，是个画家，民国时在常州颇有名气。据说他创作过一幅画卷《十八勇士下赢洲》，曾在某个画展评比中得奖。这幅画歌颂中华勇士驱除挞虏。也正因为此，黄家后来旅居上海遭日本人驱逐，流落到宜兴周铁。

黄啸眉四十多岁时因双手发抖就搁笔了，他在周铁东街开了个皮鞋店。小镇上很少有人知道黄先生的过去，他早年在常州指点过吴青霞画画。

吴青霞是江南收藏家、鉴赏家吴仲熙之女，后来成为中国著名的女画家。吴青霞与黄家女儿以师姐妹相称。黄兰如结婚时，吴青霞以诗画相赠：夏日薰蒸花意浓，柔滕叠翠小桃红。两个白头喁喁语，长佳仙山安乐中。

画景是青山绿水的背景下，柔滕叠翠的桃红树枝上一对白头翁喁喁对偶，意为祝福白头偕老。

黄家姐妹受父亲熏陶，都会画上几笔。我记事开始就晓得她们以绣花为业，各自在东街开店，初时手绣，后来有了"洋机"，以机绣为主。她们的绣品，花样是自己绘的，金鱼戏水，蝶舞牡丹等栩栩如生。手绣细腻秀丽，机绣大气豪放。

从前，我们那里办喜事嫁女儿的人家，有的自己做绣品，到她们店买丝线买花样，有的不擅长女红，就到店里订做几样。

黄谨一鹅子脸，秀气得很，黄兰如脸方圆些。姐妹俩不同于镇上家庭妇女，她们讲话慢语轻言。

黄兰如叫黄谨一为三姐，而镇上好多人私下叫黄谨一"陈大姐"，陈为"剩"的谐音。乡人习惯把老姑娘叫"陈大姐"。

黄谨一终身未嫁，她将情思倾注在一件件绣品上，绣鸳鸯、喜鹊、牵牛花等。我长篇小说《十八拍》里的三绣娘就是以她为原型。

黄谨一1986年去世。后来我退休回到小镇，在东街安了个书屋，书屋正对面的地方就是黄谨一原来的绣品店。我常想起她清清秀秀的模样。至于黄兰如，我印象不怎么深。直到后来有一天，老乡们相聚，我碰到黄兰如的儿子，他给我看了她母亲写的诗，《悼树荣》：

> 生死幽别两茫茫，空留冷意透寒光。推门单见遗容在，千呼万唤无回响。长夜无眠梦难觅，往事如影苦回想。忆昔恐怖沦陷事，共驾小舟闯波浪。薄资经营遭排挤，敲诈勒索苦备尝。风吹雨劫心不灰，

互勉互慰互商量。盼得平地一声响，报导日寇已投降。相互祝贺同欢悦，只道乐业可安康。谁知国共难相容，转眼内战又打响。物价波动金融溃，政府无暇管地方。盗匪乘机四下起，白昼黑夜都劫抢。

为做营业城中去，往返难免受风霜。可怜娇女才五月，伤心夭折在他方。战乱三年得解放，岁月艰辛年年长。幸喜儿女多长进，各成家室图自强。每遇年节多归省，融融儿孙聚一堂。本应欢度晚年乐，何其病魔从天降。奔走求医全无效，华佗再世无良方。眼见病痛心欲碎，临危言语更断肠。一生辛劳今已已，何曾一日有安享？纵有争吵长相依，四十六年非寻常。只因患难未同乐，遗憾终生怎补偿。人去屋空已无家，空余孤岛恋旧林。凄凄徘徊何所事，坐待日落夜深沉。幸喜儿孙慰我心，争做百岁老寿星。

读完全诗，我非常感动。

这是黄兰如八十大寿时写的叙事诗，忆及与丈夫同甘共苦四十六年的岁月，由她弟弟黄柏寿钢笔抄录。过往岁月在她笔底娓娓道来，我录下了此诗存记。

**攀谈**

老张是旧渎村农民经纪人,我认识他十多年了。到了那里,人在一百米外,我就大呼小叫:"老张老张,帮我弄袋鸡屎来垩垩果树。"

他旁边有个老汉悠悠插话道:"果树施肥最好用豆饼,鸡屎垩出来的果子味道不怎么甜美。"

老张这样跟村民介绍我:"她就高兴攀谈。"

还真是这样,我喜欢与他们聊家常聊收成,喜欢听接地气的话。比如他们说某个人的特征,说他是渎上西瓜,老婆是8424瓜。

我一听就明白。太湖边渎上西瓜从前很有名,属晚熟品种,特点是厚皮厚肉。8424瓜,皮薄肉嫩,条纹清晰讨欢喜。骂人也用庄稼指代,秧田蚕豆、过年雄鸡等。

细想一下,秧田里的蚕豆能存在吗?过年雄鸡是短寿的意思。

他们讲一个干部做事虚,不踏实,就说他是田里的"谎花"。只开花不结果的那种。

老张说我随和,旁边那个老农乐了,他也喜欢跟人攀谈。他叫周庆法,八十七岁。他讲,1937年11月29日,日军中岛十八师买通了湖匪做先锋,小汽艇本想从竺山港登陆，结果遇到那里的国军阻击，于是掉头转往邾渎港、师渎港上岸，宜兴自此沦陷。当时我才出生九天。老张的叔叔那天打野鸡藏在芦苇丛中，亲眼见日本人上岸，鬼子衣裳都湿了。11月底，已有寒意，他们进村后就到村民家里卸门板，抢被子，然后架火烘衣。到夜里，村里有对老夫妻去讨要门板，鬼子给他们两枪。我小时候，老张的叔叔怜惜我没父亲，打野鸡时带着我，夜里看瓜棚就跟我讲这些往事。

周庆法的父亲农闲时贩卖羊毛、羊皮，有次驾扯篷船从苏州回来，船过太湖进港时遇着强盗，往船舱里躲时被强盗一枪打死。父亲死后，小脚母亲领着四个孩子艰难度日。他从小会吃苦，因为家里穷，只念到一年半书。为了谋生，他种田之外还打野鸡，并且杀猪，现在种二亩地疏菜瓜果。

他说杀了三十年猪。我看他的脸容，不像杀过这么多年猪的人。

他说，早已不杀猪了，现在种好几亩无花果，因为不用化肥，果实吃口好，拿到市场上特别好卖。

这是一个苦水里泡大的人，他不与别人比，只与自己比，日子一天比一天好就满足。

2023 年 4 月 16 日

# 樱红蕉绿

1

院子里有棵八角毛眯树,学名叫"枸骨"。因树叶边缘上长坚硬细长的刺,鸟都不停留,所以也叫"鸟不宿"树。

八角毛眯生长缓慢,长成型要许多年。这棵树估计树龄有几十年了,因为树干中间有一段给虫蛀空,茶场老板不怎么稀罕,D君挖来给我种。我接手至今也已有二十三年,中间虫蛀空的这段,用治虫药水和水泥搅和着填实,时间长了,树身浑然一体,基本看不出破绽。树两层造型,四季常绿,秋天红果满枝。

看到这棵树,我就会想起D君。

我每年到山里去住几天,他会兴致致地跟我说好多话,领我看他的农庄。有次傍晚我坐他的电瓶车,在山间小路上驶过,看山里升起的月亮,看他养的竹香鸡上窠。

他的鸡挺神,夜晚地上没有窠,二百多只鸡都飞到四五米高的杉树上栖息。

春天山上笋旺长,他说夜里如果下雨,笋会长一尺,要是不信可以做个记号。我半信半疑,什么植物一夜会长一尺?

见我不怎么信,他真的拿根老毛竹依着一棵笋刻个记号,看看它一夜会长多少。

第二天,我一早起来打开门首先看笋,哟!果然长了接近一尺。

春笋的长势让人喜悦,门前坡地上的水泥便道被笋顶破了。D君说,出笋时经常会有这样的情况,斜坡上的大石头自己会滚下来,石头撞到竹子发出啪啪啪的声音。不知情的外地人,还以为鬼出现了,明明没人碰,石头怎么会自己滚下来。哪知道春笋力道如此大,直径八寸的笋能顶动几百斤的大石头。还有个很夸张的笑话,说有人蹲在毛竹园里拉屎,屎还没拉完,屁股下土里出笋了。

我听了大笑。

那个时候,D君意气风发,话多得很。朋友圈发微信,他每天早上像批奏折一样,逐条评说。

而今,他眼里少了光亮。

他得抑郁症已经好多年了,对啥事都不感兴趣。我有时候会打个电话给他：你好吗？

他基本上只回答一两句话：

还好的。

就没有了声音。

然后，我说："你要多晒晒太阳，多跟人交流讲讲话。你要开心点……"

他噢噢应着，然后就没话讲。

我站在院子里，看着八角毛眯树年年长新叶，祈愿人也生生不息，喜乐安康。

## 2

绿玉铁线莲是百岁翁周坤生老先生送我的。

绿玉与花色艳丽的外来品种不同，它原产我国秦巴山区。春秋绽放，花似荷莲，色胜碧玉，茎如铁丝，楚楚动人。周老先生说，此花来历不凡，曾深藏于明代无锡东亭华太师（华察）的花园。华府上下视其为珍品，精心栽培。到了清末，有五品头衔的造币局局长——华氏裔孙华锡琦，将小女儿许配给荣巷进士府。华荣两家联姻，门当户对。准备嫁妆时，小女儿说："金山银山我不要，绫罗绸缎我不贪。我要后花园中的铁线莲相伴。"

绿玉就这样伴随新娘扎根到荣巷，一代接一代人精心照料。

多年前，周老先生在无锡城里结识了一个孤老。也是有缘，那人年纪与周老先生差不多，住在荣巷。周老先生经常去陪伴他，帮他在院子里种花。这样来往了多年，老头身体不好，住进了敬老院。而周老先生牵挂老友院子里的绿玉铁线莲，常去帮着浇水管理。

见花开得清雅，就剪枝移植栽培。十年里，他不知培育了多少小苗，将它们分送到东亭街道、荡口华氏义庄、梅园开元寺、惠山北麓离垢庵、宜兴老家等地，开枝散叶，生生不息。

我也得了一棵。

有次我陪周老先生去下邾街看望老友马丙庚。听两人站在花丛中说话。

周老先生问："丙庚，我们认识有多少年了？"

双目失明，仅见一个模糊人影的老朋友说："老早前一起种花，算来有三十年了。"

紧接着，一个说："你很不容易，生病这么久，没有放弃希望，眼睛看不见，种出了一片花园。"

另一个说："周老师，你送我的绿玉铁线莲苗，今年开出了一百多朵花，老伴帮我数的。"

这几句话的背后，是令人动容的贫贱之交，令人动容的世间温厚。

## 3

我退休这年回老家安了个"牧笛书屋"。当时镇上正在修路，汽车进不了街巷，停在银杏树下。邻居小良叫老徐推三轮车，帮我将车上的书和生活用品搬到牧笛书屋。街坊们是那样欢喜，迎面碰到刘孃孃，她说："大小姐回来了。"老铁匠余顺根说："丫头回来了。"

他们以最大的热诚和亲切，接纳我。

牧笛书屋不营业，我愿意让街坊邻居们来这里翻翻书，喝喝茶，唱唱曲，说说话，我愿意从这个窗口里去触摸故乡、回望故乡、记录故乡。

那回老徐帮我搬运物品，过后还送了我两盆天竺。一晃已有六年，天竺绿叶转红，果子长了又落。而今微风轻轻吹，相视已是对故人。送我花树的老徐在一个寒冷的冬日去世了，可花树年年岁岁。

人活不过一棵树。

想起蒋捷的词，"流光容易把人抛，红了樱桃，绿了芭蕉"，大有"初闻不知曲中意，听懂已是曲中人"的意味。

"流光"是时间概念,是直觉可以体验到的时间,而红了樱桃,绿了芭蕉是绵延感。唯绵延感是长久的。纵然流光将人抛了,樱红蕉绿年年岁岁。

细想哦,原来岁月并不是真的逝去,它只是从我们的眼前消失,却转过来躲在我们心里。

2023 年 5 月 25 日